PLANO AMERICANO
美式镜头

Agustín González Ruiz
Fernando González Ruiz

（西班牙）奥古斯丁·冈萨雷斯 费尔南多·冈萨雷斯 著
黄艺 闫立 何诗华 译

南方出版传媒 花城出版社
中国·广州

图书在版编目（CIP）数据

美式镜头 /（西）奥古斯丁·冈萨雷斯,（西）费尔南多·冈萨雷斯著；（西）黄艺，闫立，何诗华译. -- 广州：花城出版社，2022.1
书名原文：PLANO AMERICANO
ISBN 978-7-5360-9440-6

Ⅰ. ①美… Ⅱ. ①奥… ②费… ③黄… ④闫… ⑤何… Ⅲ. ①长篇小说－西班牙－现代 Ⅳ. ①I551.45

中国版本图书馆CIP数据核字(2021)第173104号

Plano Americano by Agustín González Ruiz & Fernando González Ruiz
All rights reserved.
著作权合同登记号：图字19-2019-218号

出 版 人：肖延兵
策划编辑：林宋瑜
责任编辑：刘玮婷　揭莉琳　林　菁
技术编辑：薛伟民　林佳莹
封面设计：DarkSlayer

书　　名	美式镜头 MEISHI JINGTOU
出版发行	花城出版社 （广州市环市东路水荫路11号）
经　　销	全国新华书店
印　　刷	佛山市浩文彩色印刷有限公司 （广东省佛山市南海区狮山科技工业园A区）
开　　本	880毫米×1230毫米　32开
印　　张	10.875　1插页
字　　数	214,000字
版　　次	2022年1月第1版　2022年1月第1次印刷
定　　价	59.80元

如发现印装质量问题，请直接与印刷厂联系调换。
购书热线：020-37604658　37602954
花城出版社网站：http://www.fcph.com.cn

I

当那张贴在学院的"业余爱好者戏剧社"广告映入我眼帘的瞬间,我便马上意识到,这将是一个绝佳的机会,可以让我把在演艺学校里学来的超现实主义派表演技巧付诸实践。在这里,我将可以检验斯坦尼斯拉夫斯基[①]和斯特拉斯伯格[②]的理论,还可以验证我那位花艺培训班女同学给我的评价:"你太青涩了,得放开来演!"可我敢保证,这位薄唇轻言的女同学一定不知道,真正的艺术绝不能止步于机械式的重复。但不幸的是,我却被她说中了,我的确需要学会**放开**。不过话说回来,作为一位表演艺术家,被人家像对待小学生一样,指手画脚地说你应该怎么怎么做,仍然是非常让人恼火的一件事。"他妈的这是在故意找碴儿!"换作舍吉奥,以他未来

---

① 斯坦尼拉夫斯基(Konstantin Stanislavski,1863—1938),苏联著名戏剧和表演理论家,坚持以"体验艺术"为创作核心的现实主义创作思想,代表著作《演员的自我修养》。——编者注(后略)

② 斯特拉斯伯格(Lee Strasberg,1901—1982),美国演员、导演、教师,强调表演的主观特性,表演理论核心包括即兴表演和情绪记忆。

整形外科医生的一贯机智与沉实的作风，一定会这样回敬过去。

舍吉奥是我如影随形的铁哥们儿，跟我亲得就像孪生兄弟一样。一般人总是很自私，喜欢把对他们有利的想法强加给我，好让我顺着他们的心意做事。但舍吉奥除外，他对我说的一定就是对我而言最好的。如果没有他，我一定会像无头苍蝇那样失去方向。也正是他，把我从那次最悲惨的童年经历里拯救了出来。

对于任何一个头脑清醒的正常人来说，学校的期末舞会都是一场令人抓狂的折磨，至少在那些私立精英学校里面就是这样的。我爸妈就是为了让我能接受和咱们家社会地位最相符的教育，才把我送进这样一所学校。毫无悬念，这当然还是一所教会学校。既然是教会学校，相信大家也非常清楚，这里的传统就是以富含各种至高无上教条的忏悔来对学生们进行折磨："在享受主赐给我们的假期以前，要先表演一场圣父、圣子、圣灵的诞生、死亡与复活的戏剧。"

说实话，在礼堂里当着众多家长的面表演，顺带被他们手上的最新款摄像机将这一幕永远地定格下来，对此事我其实并不反感。在那个年纪，我已经义无反顾地热爱上表演艺术了。我想成为演艺明星的愿望非常坚定，也无比强烈，就像我崇拜的所有好莱坞偶像一样，他们都坦白地承认在刚出道时也有过和我同样强烈的愿望。表演是个很虚荣的行业，而且还无须假惺惺地掩饰。这样说吧，如果你是个二线演员，也许会有那么几个人知道你，但在我那些珍藏杂志的封面上绝不会给你留一寸地方。低调在别的行业里可能是一种美德，但在电影和戏剧圈子里，即便是慈善演出，各大媒体的头条也只会被那些**大明星**占据。

可我，却总是被分配去做些无关紧要的角色：没有台词的天使、没有台词的牧人、没有台词的传教士……老师和教会的人都觉得我没能力出演更重要的角色。他们也许有道理，但在选角时流露出的冷漠和偏见，还有对我这棵正处于萌芽期的天才小苗的无视，还是让我恨得牙痒痒的。耶稣和圣母玛利亚的角色一般都会分给那些家里给教会捐钱最多的同学。不过实话实说，如果能有机会说台词，即便让我去反串圣母马利亚，我也绝对不会介意，那套著名的埃尔切神迹剧[1]不也是那样的嘛。毕竟，只要你戴上假发披上羽衣站在台上，娘娘腔或者屁精这类外号和标签便一定会如期而至了。所以我觉得，没有台词还背着一双翅膀的天使，是台上最难堪的角色，并且最能激起那些毒舌淘气鬼们的兴致，注定要被翻来覆去地嘲弄。而我的一头金发更是火上加油："他那张脸蛋长得真如天使一般啊！"但其实大家都在心里偷笑，浑身是羽毛的天使[2]……

小学六年级那年，我终于时来运转，获得了一个有台词的角色！虽然还不至于放烟花来庆祝，但我已经觉得自己是

---

[1] 埃尔切神迹剧是一场完全歌唱风格的音乐剧，被联合国教科文组织列为人类口头和非物质文化遗产。戏剧表现的是圣母马利亚死亡、升天、加冕的故事，里面所有演员均为男性。——译者注

[2] "有羽毛"在西班牙语里是取笑某人娘娘腔的意思。——译者注

地球上最幸福的人了，因为我终于有机会向全世界展示我的演艺天赋了。

为了庆祝奥古斯丁教会学校成立 70 周年，校长艾杜薇修女亲自操办了本次活动。校庆是 8 月 28 日，因为那天是历史著名的酒鬼圣人圣奥古斯丁①的**纪念日**，可这日子也恰好碰上了我们的暑假。不过，我对提前返校这事儿绝对没意见，因为对于我来说，与其窝在家里看攻占了八月底电视屏幕的广告和听能把耳朵都听得起茧子的"**返校歌**"，还不如早早回学校作为**新晋演员**进行首演呢。许多职业演员都是从懵懂少年时期就开始踏上明星之路的，像威尔·史密斯、米基·鲁尼②、朱迪·福斯特③、伊桑·霍克④、娜塔莉·伍德⑤等。我很想成为他们那样，但我知道，我还需要和家里那些保守的传统观念做斗争，因为我的家人对演艺行业总是嗤之以鼻。每当我提起这个话题时，他们准会抓住机会，把所有针对演员或导演或相关职业的负能量一股脑儿地释放出来，说他们

---

① 奥古斯丁（Aurelius Augustinus，354—430），欧洲中世纪哲学家、神学家、罗马基督教拉丁教父的主要代表、新柏拉图主义者、基督教教父哲学的完成者。

② 米基·鲁尼（Mickey Rooney，1920—2014），美国电影演员，获得奥斯卡终身成就奖，代表作《小镇的天空》（*The Human Comedy*）。

③ 朱迪·福斯特（Jodie Foster，1962—），美国著名演员、导演、制片人，两度获得奥斯卡影后，代表作《沉默的羔羊》（*The Silence of the Lambs*）。

④ 伊桑·霍克（Ethan Hawke，1970—），美国电影演员、导演、编剧，代表作《爱在黎明破晓时》（*Before Sunrise*）。

⑤ 娜塔莉·伍德（Natalie Wood，1938—1981），美国知名电视、电影演员，曾两次荣获奥斯卡最佳女主角奖，代表作《西区故事》（*West Side*）。

都是流氓、淫棍、骗子、舞男、妓女、瘾君子……在多年以后，当我自学心理学时，终于恍然大悟，知道他们为何反应如此激烈。

"你叫什么名字？"艾杜薇修女走进六年级的课室，她正在为那场戏剧物色演员。她注意到我了！这让我多年来由于参加各种假惺惺的**校内试镜**而积聚在心里的不快一扫而空。

"费尔南多！"我高声回答，声音异常坚定。周边的同学用刻薄和轻蔑的眼光包围着我，都盼着腼腆的我失口说错话，这让我连说出自己的名字都能成为天大的难事。但这一回，也许是为了奖励我与顽固的内向性格进行的长期斗争，命运赐予了我第一次翻身的机会。

艾杜薇修女的目光落在了我一头北欧人才会有的金发上，我这头金发在方圆十几里内已经不知被议论过多少次了。"你这儿子是从哪儿来的啊？"每当有陌生人看见我这一头不同寻常的金发时，总会毫无例外地向我爸妈提出同一个问题。后来，我在埋头研究深奥的心理学读本时发现，这类行为其实属于一种隐藏在华丽外衣伪装下的侵扰，甚至可以说是我貌似幸福的童年里被迫承受的一种精神折磨。

"木讷寡言，外加一头操蛋的金发……"我的铁哥们儿舍吉奥就是这样直言不讳地形容我的，企图用刻薄的大实话来帮助我战胜人性弱点。

而不可思议的是，咱们家族真的从来没有这种**日耳曼系发色**的先例，连舍吉奥也不得不承认这一点。我爸妈没有，爸妈的爸妈也没有，叔舅姑姨们也没有，连在表亲里也没有谁能长出一小撮金发，除非用多种工业化学元素来与他们的头发制造反应。我有些亲戚，无论男的还是女的，为了得到和我一样的**金黄发色**，用最昂贵的染发剂把自己的头发染成金色，来假装得到了大自然的恩赐。因为对于他们来说，**金发人种曾经统治世界**是无可争议的**历史事实**。

可我，另一厢，却在整个学生时代默默地忍受着这头操蛋金发为我带来的折磨。别的不说，就说咱们班上那位未来平面媒体职业创作者，他就是这样抓住我——这位可怜同学——的显眼特征不放，进行了大量漫画创作。

虽然曾经听过无数含沙射影的流言，可我那少根筋的老爸却从来没有怀疑过我到底是不是他亲生的。作为一个严肃的孟德尔定律①追随者，他在我的金发与我的曾祖父之间发现了直接的关联。我这位拥有西哥特人血统的曾祖父，在那场遭遇了惨败的 98 战争②里，把自己的发色用作最好的伪装，像电影里的英雄那样巧妙地骗过了美国佬得以脱身。每逢圣诞节大家回忆起这位西班牙人是如何假装成美国佬，把新兴帝国玩弄于股掌之间时，在场所有人的家族自豪感都会情不自禁地高涨起来。

这个故事最让我喜欢的地方，就是本家族曾经有人能把

---

① 孟德尔定律（Mendelian inheritance）是一系列描述生物特性的遗传规律并催生了遗传学诞生的著名定律，包括两项基本定律和一项原则：显性原则、分离定律、自由组合定律。

② 98 战争，即西美战争（Spanish·American War），是 1898 年美国为了夺取西班牙的美洲殖民地进而控制加勒比海而发动的战争。

演艺才华发挥得如此淋漓尽致。看来我不单只是遗传了他那一头不可思议的**金发**，还遗传了他那收放自如的表演天赋。我认为，在我认识的所有亲戚里面，只有在他和我身上才能找到这两个最明显的特征：满头金发和对表演的热爱。至少我是这样想的，因为在我家族大部分人的脑袋里，都只有对科学的热爱和对表演的憎恶。

当我因为外科医生父母要我继承其荣耀的衣钵而**被迫**学医时，连舍吉奥也没有办法阻止我陷入这场严重的决策危机。我很想追随那位英姿飒爽的曾祖父的脚步，但为了避免闹出家庭分裂的下场来，我最终还是让步了。再者，我在学校里参演过的那些舞台艺术作品也的确没有获得过太多成就，甚至可以说是恰恰相反。艾杜薇修女让我出演的角色，最终只留在了学校年册和家庭录像的收藏箱里，成为我童年演艺生涯里最大的一个烂摊子。并且，还为我的人生带来了一次不可磨灭的**情感创伤**，就像一根扎在我体内拔也拔不掉的鱼刺一样。我绝对没有夸张，那场景可谓是如**地狱一般**。当时的我是台上的主角，扮演宣告**耶稣之星**降临的牧人。当我磕磕碰碰地说完那句台词后，成功地让观众们觉得我对**降生**、**荣耀**、**天堂**、**伊甸园**和生气勃勃的皇家园林都恨之入骨。

"耶……耶稣……之……之星……在……在那……那儿！"

我在台上到底说了些什么鬼啊？我已经每天对着镜子练习了不知多少遍，怎么就不能把一小句**简单得要命**的台词完整地说出口呢？在我的一生里，这**见鬼**的内向性格到底还会给我添多少乱啊？我也不是**嘴上没毛**的小孩儿了，怎么还会像个**小屁孩**一样扭捏呢？也许我就是个有受虐倾向的**窝囊废**，喜欢享受别人的**嘲笑和戏谑**？或许我将永远无法摆脱这**混账的内向性格**？我何时才能真正地把从 19 世纪的曾祖父那儿继承下来的光辉历史遗产发扬光大啊？曾祖父能轻松地调戏一大堆金发美国佬，我现在竟然会被几个**土鳖到掉渣还自以是的西班牙人和一堆摄像头**吓倒？

舍吉奥对我百般拷问，声色俱厉。这次的舞台表演经历实在让我太无地自容了，以致我在表演结束后持续高烧，在床上度过了我假期的第一周。那几个平时**不苟言笑**的家长的嘲笑声在我耳边回荡，挥之不去。他们给我拍了大大的特写镜头，然后带回他们舒适温馨的家，在高清平板电视上回放，一家大小对着录像里的每个细节哄堂大笑，其乐融融。这些影像一次又一次地在我的脑海里重播，无法停止。而最糟糕的是，艾杜薇修女在众目睽睽之下走上台，把我拉了下来，就像无情地撤去一个制作失败的**布景**一样，舞台效果堪比那些电影里被剪去的失败镜头，只能放在 DVD 的花絮里博人一笑。

我在心里一遍又一遍地发誓，一定要把所有这些缺点都改掉。我要像曾祖父调戏那些**不可一世的金发美国佬**那样，向那些**沾沾自喜的围观者复仇**。我要向世人证明，我比某些人更优秀，而时间将会是我的最佳盟友。在这个 21 世纪初的伟大冒险之旅上，我并不是孤独前行的，舍吉奥将会和我一起踏上这次特殊的远征，说到底我们都是在同一个历史悠久并且硕果累累的快乐冒险传统里长大的。心理学也是一位很好的盟友,特别是其最杰出的代表人之一阿尔伯特·艾利斯①,他就像一根尖锐的针,温柔地插入舍吉奥的心灵,将他异常怯懦的性格化解于无形。这无疑是我迈向成功的最佳良方,又或者是……**自寻毁灭**?显然,前一个假设是舍吉奥的,后一个是我的。我在心里默默地寻思着,我们之间到底谁猜对了呢?我老妈说,**时间将会冲淡一切**。这也正是我所衷心希望的:但愿时间能让我忘掉一切,忘掉我是如何在同学们和他们的摄影爱好者父母面前出丑的。

然而事与愿违,每逢新年期间,艾杜薇修女见到我都会无名火起,原因是我搞砸了她那次精心筹备的戏剧演出。如此严重的事件,根据犹太天主教的伦理教条,一定得找个人出来赎罪。虽然这是无法避免的,但舍吉奥觉得艾杜薇修女才是最责无旁贷的一个。既然这个**蛇蝎妇人**选中了我当演员,责任当然应该由她来负了。将责任推卸给一个小学六年级的天真无邪的小孩儿,不正是**宗教裁判所**在漫长历史里遗留下来的最黑暗腐败的传统吗?

圣诞假期结束以后,艾杜薇修女觉得应该把我送到学校的语言治疗师那儿接受几次治疗,当然,她说这是为了我好。正如敏感的舍吉奥在多年以后观察到的那样,这个**阴险的女**

---

① 阿尔伯特·艾利斯(Albert Ellis, 1913—2007),美国临床心理学家,在1955年发展了理性情绪行为疗法,透过对人非理性信念的驳斥,能有效地帮助当事人较具弹性地面对人生种种挫折与困扰。

人像极了加尔多斯①小说里那些表面纯洁但内心恶毒的修女，不断地使用各种诡计来坑害那些无辜的受害者。虽然经过了几次革命的洗礼，但人性总是没那么容易改变的。**说是为了我好！**舍吉奥把最常用并且最难听的形容词都说了一遍都还不足以泄愤。艾杜薇修女肚里能有多少坏水，才能想到要在社会课上到一半时，当着所有同学的面把我拉了出来。她浸了蜜般的声音在我太阳穴附近回响，她一手搭在我的肩上，熟练地以身体半拥着我，带我离开了课室。如果在她的脸上再加上两颗肉赘，就能完美满足拉瓦特尔②面相学的判断了：**她那险恶的模样完完全全就是个漫画里的巫婆，只差了脸上的肉赘而已。**

　　那次的经历实在是太恐怖了，直到现在我还会在噩梦中感觉到她那灼热的爪子冒着热气在我一丝不挂的、手无寸铁的身体上游走。并不是所有的心理障碍都能在一夜之间解决的，可能用那句歌词，才能抚慰一下我心里的郁结吧："我们都几岁了才懂，我们都是受害者。"因此，即便爸妈没有重视这次事件，我也并没有责怪他们。他们每天都在受万人景仰的手术室里忙碌，哪儿有时间去操心我在学校里接受的阉割式礼遇呢？但我却无法原谅艾杜薇修女和那位语言治疗师。

---

　　① 佩雷斯·加尔多斯（Pérez Galdós, 1843—1920），19世纪后半叶西班牙现实主义小说的杰出代表作家，他的46卷巨著《民族轶事》，生动再现了19世纪开始以来70年的西班牙历史。

　　② 拉瓦特尔（Johann Caspar Lavater），18世纪的瑞士作家、哲学家和神学家，最著名的作品是《通过面相了解一个人的艺术》。——译者注

心理学上的宽恕就是这样子的，可以宽恕任何事物，但需要思考，也需要时间。专家们说，当这个时刻到来时，所有的童年阴影都会一扫而空，完全不会留下印记。不过我在语言治疗师那里的**遭遇**却比在艾杜薇修女那里的**经历**更加惨不忍睹。

奥古斯丁学校的语言治疗师并不是一位虔诚的教徒，起码穿教士服和佩戴十字架这种事情他是从来不做的，并且也不会用浸了蜜般的语调来说话。多年后我才知道，他其实只是个按小时算工资的合同工。由于在那个人人都想在房地产捞金的年代实在很难找到教职工作，于是他便跑到了教会学校以图混口饭吃。在这样一个浮躁浅薄的国家里当中小学教师，换作在美国早就被定义为典型的 X 世代①**失败者**了。

所以我说嘛，这**杂种**连自己说话都口齿不清，怎么能当上发声学专家的呢。舍吉奥和我都讨厌死他那一口只有在郊区下三烂舞厅才能听到的口音。在他窄小的办公室里，每一个角落都充盈着从他口腔里飘出来的恶臭。他头上耷拉着的几根油腻头发掩盖不住严重脱发的真相，每次走进他那猪圈一样的小房间时都让我忍不住想作呕。他脸上挂满肥肉，但身材却不对称地瘦削，简直可以成为我那天才小画家同学的最佳漫画素材：一个身高约一米八五的**火柴头**，并且有身体脂肪严重分配不均的问题。后来，我通过电影美学的计算和

---

① X 世代（Generation X），专指 1965—1980 年出生的人，也就是婴儿潮世代的下一世代，他们出生富裕，难以面对挫折，欠缺身份认同，面对着不明朗的前景，具有强烈的不安全感。

分析得出，他面部的非正常脂肪堆积，是由于不当腹部吸脂而造成的。他肥大的下巴与35岁刚过的年龄严重不相称，新吸收的类脂化合物无法在已被缩减的腹部落脚，于是只能另寻去处，结果就在鼻子、眼睛、嘴唇、下巴、前额、颧骨和耳朵附近安家了。

"猪头！臭巫婆罚我来这儿任由一个猪头摆布！只是因为我在一个小小的戏剧表演里结巴了而已！"舍吉奥说这个仇无论如何一定得报，我用尽全力且使上了全套心理学技巧才成功阻止了他。否则，我真不知道会发生什么事情。

艾杜薇修女第一次把我单独留在语言治疗师房间时，**直面极度险情**的我，使出了超人的意志力才控制住了晕眩，强忍住没有在那个散发着恶臭的龌龊房间里呕吐出来。难道就从来没有人和他说过，应该把窗户打开一下，或者买个空气清新剂吗？不过当时是一月，外面的天气太冷了，所以没有任何学生或老师会胆敢违反学校的严格规定擅自开窗的。

"你就是费尔南多，对吧？"一股带着酸腐臭味的气体从他喉咙内喷涌而出，让人不禁想象那里面一定有个化粪池。

我紧闭着嘴唇点了点头。我被一片毒雾笼罩着，没法在不吸入毒气的同时说话。滑稽的是，我来语言治疗师的办公室，就是为了证明我口吃的原因是我那改不掉的内向性格，并不是因为有什么基因缺陷。我家里没人有发音障碍，发音不正兼口臭的恰恰是语言治疗师而不是别人。放过我吧，我能治好自己的腼腆症，不需要语言治疗师，也犯不着麻烦辅导员或者那些骗钱的心理医生！这只不过是那个**整个人生就**

是一场悲剧的巫婆对我进行的报复而已。她和一切没有能力获得自我实现的人一样,无视人类在发展进化的不同阶段中会发生的各种观念、行为、智力因素等的变化。所以说,在我这个年纪,还没长定型是很正常的事,是内向还是外向、话痨还是木讷、爱笑还是严肃、高大还是矮小……都还没有定论。就是这样一个小孩,给他贴上标签,然后还把他送去和这个满嘴郊区口音的猪头语言治疗师关在一起,简直是没天理啊!

实际情形一定是这样的:语言治疗师看上了这位小学六年级小朋友的一头金发,还有他单纯内向的性格。"费尔南多,我们一起努力,一定会取得很大进步的……你别担心!"他那双汗淋淋的手搭在了我的肩膀上。他喉咙内的化粪池继续源源不绝地释放出污染气体。气氛变得越发紧张了。我用眼角瞄到,他在我背后竟然还做出了企图抚摸我一头亮丽金发的动作。万幸的是,他最终还是忍住了,而我却不由得想起了"**揩油手**"① 的故事。这个战后时期的恐怖故事被委婉地编成了家喻户晓的儿歌,以作鉴别恋童癖所用。我的家人长期以来都处处小心,提防我被**揩油手**侵犯,可能因为他们知道,那种人最喜欢的就是那些长着金发的小孩。此时,我开始怀疑那些听得烂熟的忠告作用到底有多大,也对**揩油手**

---

① 揩油手指的是弗朗西斯科·李奥纳(Francisco Leona, 1835—1910),西班牙20世纪初的一个连环杀人犯,专杀小孩,并声称用他们的脂肪和血可以治疗肺痨。这个故事后来被编成儿歌,吓唬晚上不愿回家的小孩。——译者注

为什么喜欢金发小孩更甚于其他发色的小孩表示非常不理解。此外我也想不明白，为什么**揩油手**会看上小孩而不是成年人，同龄的不是更好吗？经过一番严密推理，我猜可能是因为金发小孩的**肉质和味道**比别的小孩更胜一筹。我被看上了应该感到幸运才对，这可是其他同学没有的优点啊！所以他们才会取笑我，还用漫画丑化我的金色头发，因为我是班上唯一拥有这样特殊发色的人。

可是，揩油手为什么要割小孩的脂肪呢？我整个童年时代都在思考这个问题，同时也非常害怕落在这些人的魔掌上。某些叔叔在向我提出此类忠告时，我都会问他们这个问题，但我得到的回应通常只是几秒钟的沉默，因为他们根本不知道该怎么解释。我觉得这是非常奇怪的事情，他们给我一些忠告，却完全不知道个中原因。而更让人费解的是，我爸就曾经有个弟弟不幸落入了**揩油手**的魔掌里成为牺牲品。他们的回答无一例外地含糊其词："等你长大以后，自然就会明白了。"我在外头听回来的版本说，这些脂肪是用来制造皮革或者直接吃掉。而我的爸妈，有次我偷听到他们私下说，别**在孩子面前提这件事**。

揩油手的谜团随着我不断得到的相关信息的增加，在我脑子里像下坡的雪球一样越滚越大。所以，当这位语言治疗师企图用他那一双汗津津的手抚摸我的金发时，我疑心顿起也就毫不奇怪了。这个场景和我脑子里的**揩油手**故事版本简直是一模一样的。

也不知道为什么，我全身的神经都不由自主地绷紧了，在感觉到他的手搭上来的那一刻,我蓦地跳了起来,差点就让这个可疑的语言治疗师现出了揩油手的原形。

"你咋啦?我没对你干吗啊……"

难道他已经看穿我对他的戒备了吗?我猛然从椅子上跳起来的原因其实可以有很多啊,比如说像我的同班同学罗伯特时不时出现的癫痫发作,或者是因为房间里浓烈的恶臭让我的呼吸系统缺氧而导致的突发性呼吸障碍,又或者是每天导致几千名与我同龄的小学生紧急造访洗手间的严重肠绞痛,等等。如果有需要,我还可以继续列举出无数个和我发狂似的从椅子上跳起来的原因完全无关的理由来。许多年后,我学会了一个法学的黄金定律,也是我曾遇到过的最好的高中老师所说的话:"欲盖弥彰者,不打自招。"

这时,我几乎冲口而出,想质问这个**臭流氓**(这里我必须引用舍吉奥的常用语),为什么想要揩我宝贵的油?是想吃掉它吗?难道他不需要为肥大的面部节食,以抵消不当腹部抽脂手术导致的后果吗?或许是因为他对自己的**猪脸**感到自豪,希望用珍馐美味来为它增添更多营养?

然而,我并不具备这个勇气,因此直接导致了我有生以来首场好戏的上演。而最让人哭笑不得的是,我来到这个肮脏的语言治疗室,恰恰就是因为我搞砸了最后参演的那出戏剧,所以才需要来这里加强我的演艺才能的。我从来没有对那句我们亲爱的拉丁美洲**女佣**经常挂在嘴边的名言如此赞同过:"塞翁失马,焉知非福。"

"我肚子疼!"我朝着被吓坏了的语言治疗师大喊,他已经开始暗自寻思自己到底做错什么了。我流利地喊出了这句台词，完全没有口吃，并且用逼真的生理表现佐证着我急于上洗手间的需求。我用手捂着肚子，身体微微向前卷曲，表现出很疼的样子。本场演出效果是极好的，我看上去就像有一肚子的东西随时要炸开，然后排山倒海的腐臭气体将会迸发出来，进一步填满这个本来就不通风并且臭气充盈的办公室。语言治疗师无奈之下只能同意我离开。他的门一打开，我就迈着轻盈的脚步快速奔向自由了。我感觉自己就像一位职业演员，在没有出路的死胡同里，单凭自己的演技硬闯出了一条生路，和我曾祖父在那场战争里的表演不相上下，也完全具备了电视广告里用富含纤维素的酸奶成功地调节了**肠胃蠕动**的演员的神韵。

在**生死攸关**的紧急时刻，我爆发出了堪比著名职业演员的演艺潜能。

II

在家里，我最喜欢待的地方便是厨房了。当然了，我说的家，指的是我爸妈的家。如果换作是其他中欧国家或者英语国家的人，我这个年纪的人应该都已经离家自立了。舍吉奥常说，像我这样的21岁年轻人，应该和别的学生一起，住在合租的公寓里，过着**逍遥自在**的生活。

"你是屁股长脑袋上了吧！你爸妈绝对有足够的钱可以供你到外国留学几年，顺带让你变得机灵点儿。你在留学时可以参加无数的学生研讨、学生派对、学生酒会……人只能活一趟啊。你这个年纪就该拿着'欧盟合作**性**交流计划'[①]的奖学金去纵情快活：你想象一下，和来自瑞典的、挪威的、芬兰的辣妹子一起在派对里狂欢的情形，在那里你绝对不会因为一头金发而被看作异类……在她们眼里你无非只是其中一个可上床的雄性动物而已，唯一不同的只是你血管里流淌着

---

① 欧盟国家之间有学生交流计划，学生可以申请奖学金到别的欧盟国家去交换学习一年。学生之间流传甚广的说法是这一年的三大主题就是"酒""派对"和"性"。——译者注

的热情拉丁血统。赶紧飞出去吧，不然你那儿都要长锈啦！"

虽然舍吉奥是为了我好才这样说的，他希望我能把傻冒的害羞性格彻底甩掉，但他可能不知道，咱们家那祖传大宅可是非同一般的。大宅位于马德里最高档的住宅区耶罗门，实用面积几乎有五百平方米，所以在日常的家庭生活里各人还算是可以保留点独立空间的。大家对公共空间与私人禁地的划分都有不成文的默契，包括用人在内的所有人都不会打破这个规矩。

入口处的花园和种在那里的百年老树、各季鲜花，还有那条经常躁郁症发作的德国牧羊犬的小房子，都是人人有份的公有财产。不过那条德牧的小房子，对于我来说却是多余的，因为这条**癫皮狗**（舍吉奥就是这样称呼它的）除了会对**我龇牙咧嘴**以外，没啥别的能耐了。如果不是因为我众人皆知的平和性格，我早把它的皮扒掉好几次了。它似乎也能感觉到我不太喜欢犬类生物，所以经常故意将我错认作一个入侵的宵小之徒，有次甚至还用血淋淋的利齿咬上了我那细滑粉嫩的脚踝。要不是这**畜生**那次舍己救人的英雄事迹，我早就对它无情下手了。有次我老妈同事的女儿掉进了游泳池里，幸亏被这狗及时拖了上来才没有被淹死，它也因此得到了一块**免死金牌**，可以随心所欲了。自此，再没有人会去怀疑它的威信，如果它突然对我狂性大发，大家都会觉得一定是事出有因，而我才是最大的嫌疑人，谁让我活在深色头发的人们之间，却诡异地长了一头金发呢？没有人在乎我每天回家时都会因为这条**贱狗**胆战心惊，虽然我已经多次使出演艺技能,假装对它亲热和顺从,但可怜的我从来没有得逞过,它仍然处处和我作对。我多么希望有一天我的表演技巧能以假乱真,高超得连狗都能骗过,那时我便可以自豪地说我是一个伟大的演员了。骗过这条该死的**躁郁症德牧**正是我作为舞台表演艺术初学者的其中一个挑战和目标。

带玻璃幕墙的室内恒温游泳池也是公用设施,包括用人们也可以使用。当然,这只限于在主人一家外出的时候。我觉得和那位厨房**女佣**一起泡在游泳池里没什么大不了的,虽然我生性害羞,但也和她一起泡过好几次了。不过我的外科医生爸妈可不这么想,他们对这种不同社会阶层的融合非常反感。这些平民阶层的人能得到他们的领首,在主人外出时能获准使用游泳池已经是天大的恩赐了,在他们朋友之间甚至没有人可以容忍这种程度的革命性阶级跨越。不过,我的爸妈也深谙最新的劳资依赖法则:"**对任务进行嘉许与鼓励,工人的生产力才有保证**。"事实上,他们虽然作为名声在外并且每天工作 16 小时的外科医生,也得和尊敬的上司争取工资福利,才能维持他们因住在高级住宅区的豪华别墅而带来的巨大开销。

舍吉奥认为,多亏了这项特殊的**家庭经济政策**,才使我们得以避免在厨房女佣做出的饭菜里吃到加料不加价的唾沫或其他有机物残骸。虽然他的猜想听起来有一定的逻辑性,但我和爸妈请回来的厨房女佣们都相处得非常轻松愉快,所以实在没法想象她们会做出那么下作的事情。身为大西洋主义的传承者,我们家族深受大洋另一端的饮食习惯影响,口味喜好自成一派，所以拉丁美洲特产调料的味道和香气从来不会在我们家的饭桌上缺席。这大概是在潜意识里以某种方式对祖先为我们留下的丰厚遗产表达谢意吧。面对高不可攀的房地产价格，这套将近五百平方米的大宅的确值得我们进行永久的追思感恩。就算把爸妈全年的整形手术收入统统加起来，肯定还付不起这套房贷的首付。但舍吉奥却觉得，这明显是在宣示殖民国家主义，让人想起那句曾经非常流行的口号："**征服美洲**"，说到底他们其实是想**无限期**地延续伊比利亚①老祖宗在新大陆上的主仆关系而已。

虽然舍吉奥坚持这样认为，但全家上下除了我以外，实在没有谁觉得自己被奴役了。那三个曾经在我们厨房工作过的女佣，无一不让我朝思暮想，她们与我之间经常会产生一种奇妙的共生关系，可能单纯是出于异性相吸的普遍定律，也可能是因为我们真的都觉得对方很有吸引力，以致我和她们在一起的时候，我那讨厌的害羞性格竟会神奇地消失无踪。只有在厨房这里，我才能感受到家里缺少的真正人间温暖，因为对于我爸妈来说，这栋大宅和随便哪家公路旅馆比起来，在功能上其实并没什么区别。

安娜·玛格丽塔是哥伦比亚人。她到我家的时候，我刚满17岁，正在上高一。这学年是我有史以来最快活的一年，我真正感受到了学习的动力，并且学会了用积极的态度来面

---

① 伊比利亚半岛，位于欧洲西南角，东面和南面临着地中海，北临比斯开湾，在东北部由比利牛斯山脉与欧洲大陆连接，西班牙占据半岛大部分地区。

对生活的困境。可以说，我实实在在地领悟到了心理学家们常挂在嘴边的**自我实现**。在那段时间里，我分析问题的角度和以往比起来大不一样。舍吉奥坚持说，每当安娜一出现，我就紧张得发抖，活脱脱**一只待宰的羔羊**的模样。但我却不这么认为，我觉得我可能只是处于班上同学经常讨论的那种由于爱情的冲击而造成的"**间歇性痴呆状态**"。的确，我每天都盼着回家进厨房，去欣赏这颗**加勒比海哥伦比亚最令人向往的明珠**。我完完全全变成了一个情窦初开的少年，为她在日记里写满了一页又一页春心荡漾的浪漫诗句和咏叹小调。

安娜既甜美又性感。她经常在厨房里一边忘情地听着罗伦索·冈萨雷斯①的博莱罗②曲子，一边为我们做着手工全麦面包，让人觉得她仿佛就是从曲子里走出来似的。她还像极了《波多黎各的女孩》这首歌里描画的主角，拥有细嫩的棕色肌肤和乌亮的双瞳，迷人的微笑始终在两片丰满的嘴唇边绽放着，还有那凹凸有致的丰满身材……

正如我之前所提过的，我爸妈觉得为了让服务人员提升专业工作效率，应该偶尔给他们施点小恩小惠，因此甚至还在厨房里安装了一部14吋的电视机。我对他们简直感激得涕零不止，以致在某种程度上还原谅了他们长期缺席家庭生活的行为，心里对他们的刻薄怪责也稍稍被抚平了一下。以前

---

① 罗伦索·冈萨雷斯（Lorenzo González, 1923—）是著名的委内瑞拉博莱罗乐曲与热带乐曲歌手。——译者注

② 博莱罗（Bolero），一种传统的西班牙舞，通常以四三拍子、稍快的速度、以响板击打节奏来配合。

我觉得他们无论做什么，都只是因工作时间过长而产生愧疚，因此需要做出一些自责性的补偿而已。

这项革命性的举措让我有了和拉美肥皂剧亲密接触的机会，它们如一股激发的洪流，向我内心的欧洲主义与传统认知机制发起了猛烈的冲击。每到黄昏时段，我和安娜便会就这些充满激情和生活气息，并且让人脸红心跳的故事情节进行促膝长谈，我对演艺事业的热爱也因此日益加深。在看到心仪的主角被活生生地推向命运的悬崖时，我俩都会无法抑制住自己的激动与紧张。我们的同理心是绝对一致的，因为安娜和我并不只是单纯地喜欢看这些电视剧，我们之间还有那么点儿别的。我觉得我俩就是一对男女主角，活在一套只属于我俩的电视剧里。

对于安娜来说，一切都很简单。在乐观的她面前，无论什么问题都会变得无关紧要，而我只要一靠近厨房门，便会被她感染。我从来没有见过她哪一天心情不好，也可能是因为她非常了解我，知道我有什么不顺心的事儿都会往心里搁，而她则不忍看到我这个**被宠坏了的小孩**伤心。她对我有种特殊的亲昵，她待我像弟弟像儿子又像情人……我和她在一起的时候所有的羞怯都会不翼而飞。舍吉奥老骂我，一口咬定我在滥用**多金富二代**的身份优势，利用**主仆关系**占她便宜。可是安娜对于我来说，绝对不是什么仆人，她是我最宠爱的公主，是我整个高中时代都魂牵梦萦的梦中情人。

"费尔南多快来，我给你做了我们家乡的特色菜……"安娜点燃了刚买回来的香薰蜡烛，摆好了圣诞节才会用上的精美餐具，打开唱机让加勒比风情的优美旋律飘满每个角落，放下百叶窗，营造出一个在**浪漫别致**的餐厅里才该有的烛光晚宴氛围。

那天是5月3日，一个春光明媚的星期三。我的爸妈，跟往常一样，还在进行他们的不间断双倍工时作业。

只有她和我单独在家。

"太好吃啦！"在如此醉人的环境下，我忍不住脱口而出。

"这是哥伦比亚的国菜，派萨盘菜。很有营养的喔，我的宝贝儿！"安娜边说边用她那加勒比女王般细滑的双手轻抚着我的一头金发。我浑身一颤，霎时间觉得体内似乎有一股地震般的能量炸了开来。

"嗯……这奶昔……也很……很不错……"

我无法控制住身体的颤抖，这是一种我从来没有体验过的感觉。我只想扑向安娜，就像我在每夜的梦里一样吻向她的双唇。我心猿意马地吃光了这份营养丰富的哥伦比亚特色菜，只觉得体内有一股躁动的热流在不断推动着我的体温向上爬升。她不停地向我展示着她的微笑，笑得那么温柔，笑得让我不能自制，两片丰满的嘴唇之间微微露出几颗象牙白的牙齿。

"为咱俩干杯！"我举起杯子，把里面的饮料一口喝光。安娜不断的轻偎低傍似乎转化成了一股神奇的魔力，源源不绝地向我体内输送。

加入了**几滴朗姆酒**的椰子特饮让我彻底豁出去了，开始喋喋不休地向安娜诉说着甜言蜜语。虽然我两眼都发红了，但我敢保证我的内心是完全清醒的，可以对我的所有行为负责，就像这世界上所有的**酒鬼**一样。可这时舍吉奥又跳出来了，以他粗俗下流的思想格调，认定我无非是欲火焚身，只是想把安娜就地扑倒，与她初试云雨。

舍吉奥粗鄙的腔调完全打破了我最钟情的古典浪漫主义幻想。没错，我已经17岁有多了，还是处男，但这并不能成为他将我比喻成下流发情公羊的理由。我经常想象，在注定要交出我第一次的这个时刻，一定得经过万般精心准备，因为这毕竟是将要陪伴我一生的重要回忆。我已经在网上阅读过无数例子了，据说如果这第一次有任何差池的话，将会给人带来不可磨灭的精神创伤。

我用手轻轻捧住了她的脸。可就在这个时候，我的衬衫竟然不小心擦过香薰蜡烛，差点被烧着了，我之前小心翼翼地进行的所有步骤也差点前功尽毁。如果发生这种意外的话，对我在成长过程中的自信培养与**性格形成**都将会是一个灭顶的打击。特别是我的内向性格，它一定会凯旋进行大逆袭的，要知道，一直以来当我和安娜在一起时，它都从来不会出来捣乱。但这一次，一贯的不安全感和不确定感，迫使我需要用充足的时间来掂量将要踏出的每一步。

"接下来我应该怎么办呢？继续爱抚她吗？我这样呆呆地盯着她的甜美脸颊，样子会不会看起来很傻啊？我应该向她再多说一些甜言蜜语吗？为什么没人在课堂上教过这些知识啊？为什么我们上课的时候只能学一些在生活中毫无用处的像二阶导数这样的东西啊？在这个把任何简单事情都搞复杂化的社会里,我算不算是个牺牲品啊?或者说,是我无法适应这个社会吗?有没有一种人,他们无论做什么事都能得心应手的呢?"

"我这样想是不是正在把我的兀然退缩怪罪到不相干的人头上呢?"

"如果为一个将要献出初夜的人上一堂课,告诉他一些必须知道的注意事项,这有可行性吗?这合法不?"

我在心里不停地进行着荒谬的逻辑推算。这个习惯我还一直保留到现在,比如在理发后,需要衡量因小费问题而导致的各种得失后果时。因此,每次去理发店对我来说都实乃一次形而上学的体验,这种体验更适合20世纪下半叶的哲学家对存在主义教条的思考,而不是一位年方21只想成为著名电影演员的年轻人应该经历的。如果没有如优秀的专业演员一般的感知能力,你不可能理解我在付理发账单前蹿过脑子的一系列想法。我通常会花上一个到一个半小时来对自己进行拷问,对于这位专业理发师来说,我留下小费的数目到底会不会让他觉得不齿呢?如果我只是多留下几分钱,把账单的零头补齐的话,他是不是就会觉得足够了呢?又或者他会觉得不够,认为我给的小费少得可怜呢?也许舍吉奥说的有道理,他认为最正当并且唯一的小费支付方式,就是再次光顾同一个理发店,因为他们高昂的收费其实已经把小费包含在里面了。但如果真这样做的话,**我觉得他们可能会认为我是店里唯一的一个铁公鸡老主顾**,而这样将会对我的自尊造成毁灭性的打击。我总是被同样的烦恼困扰,而且越接近付账的时刻我就会越发坐立不安。对于很多人来说，理发都是一段轻松聊天时光，他们会和理发师聊他们的假期、工作和足球爱好，但对于我来说却是一场实实在在的折磨。我不知道应该和理发师聊什么好，尽管他用尽浑身解数试图从我嘴里掏出几句话来，而我却只会挺着脖子上的头呆坐在椅子上，腼腆地保持笑容，用舍吉奥的话来说，就是**十足一个弱智**。于是同样的联想又开始折磨我了，理发师可能认为我是一个彻彻底底的守财奴，不想和他聊天只是因为不想和他建立太多友好关系，以达到不需要支付小费的目的。

  我在一些杰出的美国心理学家写的心理自助书籍里面，找到了我这个问题的相关解释。我这种情况属于几种心理畸变类型之一，就是内向型人格、遇事老往坏处想的消极人格，或者完美主义人格的典型表现。其表现就是所谓的"**读心术**"，是一种常见的毛病，也就是说在脱离了目的性和现实性的情况下，企图光凭一己推测对别人的想法和情感进行解读。舍吉奥经过他天马行空并且不容置疑的分析后得出结论，"**鬼才有兴趣去推测我怎么推测他的想法，理发师不会，这世界上恐怕也没有人会**"。而看似矛盾，也最让我惊奇的是，这些心理自助书籍竟能有效帮助我解决缺乏自信的问题，而我去咨询的那些职业心理学家，却只会给我一些古怪的建议和令人上瘾的药片，让我的问题越来越严重。在此时，舍吉奥的干预绝对是一场及时雨，他让我**下狠心踢走了那些骗钱的心理医生**，因为他们只会宣扬那些抢了他们饭碗的书籍的无用性。但如果他继续这样做的话，也同时意味着亲手给自己判了死刑。

不过，在我拥有足够的自信以前，我还是选择一步一步来。这事儿不能急，因为我现在迈出的每一小步，从长远来看都会变成征途上伟大的一步。我应该制订一个雄心勃勃的行动计划，通过加强表演技巧的锻炼来改善我的日常行为，使我能从逐渐适应窘迫的环境，发展到能镇定地应付任何原始恐惧。而经验的累积是最基本的，所以我决定每次剪头都换一家理发店，直到找到一家我可以在里面**扮演正常人角色**的理发店为止，也就是说在理发时不会去**推测**理发师是否会**推测**我会不会给小费的问题，而是会和他聊一下**马德里竞技**的宿命，为什么每次对战奥萨苏纳或者桑坦德竞技时都会被逼平或者输掉。"真操蛋！"好吧，最后一句是舍吉奥自己加上去的，目的是为了重点突显我的风俗派表演风格。

可是，我对自己的现实主义表演从来都无法满意，因此顶着一头蓬勃金发的我，年纪轻轻却已被迫造访过大半个马德里的理发店了。这并不是由于容易产生心理畸变的另一种**人格——完美主义人格**，而是因为我无论怎么努力装，都能被理发师一眼看穿。在和我对话时，从他们的脸上能很明显地看出那种迷茫的神情。我的表演实在太假了，假得就和B级低成本电影里的假石效果墙纸不相上下。

事实上，正如我常说的那样，如果我能做到以下这两点，一定能成为**奥斯卡奖**级别的伟大演员。第一，能假装友好骗过那狗娘养的德牧，这厮长期以专业独裁者的身份管理着我家祖传大宅的大门。第二,能骗过在这座熊与草莓树城市①里登记的所有理发店内的理发师,不止男宾理发店,还包括男女宾混合的理发店,甚至那些一般来说只接待女宾的理发店。虽然不得不承认,那些女宾理发店经常有一个坏习惯,就是老喜欢把我的一头北欧金发剪得娘里娘气的,刻薄的舍吉奥经常说这就是我老被人嘲笑的原因。

怎么才能在初夜表现镇定,不会惊慌失措呢?

我连在理发店都不能轻松表现得像个正常人一样,但在面对安娜这样的尤物时又是怎么能保持镇静的呢?

很简单,我和安娜在一起时,一切都和平常不一样,全世界似乎都消失了,只剩下我们俩,就像进入了没有人可以破解的奇妙结界那样。可是,真的只有我们俩吗?

当我正准备将初吻印上安娜的嘴唇时,那条**该死**的德牧竟然在这个关键时刻企图蹿入厨房。舍吉奥无疑是最恼火的一个,发誓一定要报这个仇。这条**狗杂种**不停地用爪子挠那扇直接通往花园的厨房门,差点就把门给推开了,我当时受的惊吓简直可以载入史册。幸好安娜马上插上了防盗门链,才成功避免了它的搅局。但是,它还是将滴着口水泡沫的嘴巴塞进了半开的门缝里。虽然我位于它已征服的领地之外,可它似乎并不想放过我。而舍吉奥则认为,它一定是在**发情**,甚至发得比我还更厉害。

"全世界的狗都喜欢操主人的腿,甚至操翻所有一切!"

---

① 熊与草莓树是马德里的城市标志。——译者注

舍吉奥建议的解决办法就是，要不我给它弄条母狗来中和这**混账东西**对我的仇恨，要不就赶紧学会演戏然后一劳永逸。

第二条建议对我来说是一个很大的挑战，虽然今后我可能要忍受一些不希望得到的后果，即是说可能会让一条狗疯狂爱上我的裤管。

"别捣乱……去去去！"安娜用钥匙把门锁上了。

但突然间，我们之间的魔力，还有由**派萨盘菜**和**醉生梦死特饮**①所带来的巨大兴奋感，都从我的脸上和身体里消失无踪了。

安娜牵起我的手，把我引到室内游泳池。在那里，世界上任何一条德牧都无法溜进来干扰这个神圣的历史时刻。此时的我，又慢慢地找回了一部分流失的情感，即便那条**贱狗**还在继续又吠又嗥，企图搅局。

"别理它，放轻松嘛！"安娜将我的手放在她充满加勒比风情的圆润丰满的臀部上。

"我正在放松啊！"我怯怯地重复着。舍吉奥看着我手捧绝世珍馐却无从下手的窘样，忍无可忍地跳了出来。"喂喂……你这小子，现在横看竖看都像台一触即发的五阀加双排气管摩托了，手捏着两顶加大蒙古包，竟然还在假正经！赶紧上啊……"

舍吉奥对我一次又一次的客气委婉彻底地绝望了，他用

---

① 醉生梦死特饮是多米尼加共和国的特色饮料，主要材料是橙汁加牛奶。——译者注

尽方法恨不得像勇猛的公牛那样冲出来替我战斗,而我就像电台咨询节目那样只负责开场白就好了。

他说其实每个女人在心底里都喜欢在床上狂野霸道、雄风爆表的男人。虽然她们嘴上都说喜欢男人温柔体贴,但其实心里恨不得所有男人都像电视上《动物世界》纪录片里的雄性动物一样。

"只要床上功夫好,别的神马都是浮云!"舍吉奥的定论为泡在水里的我注入了一支强心剂。

我努力联想着埃罗尔·弗林①,还有他那不用手而是用身体其他部位来弹奏低音吉他的绝技,身体马上有反应了。多亏了那些电影秘事为我提供了重要启示。

"看来你已经准备好了嘛,我的宝贝儿!"安娜又开始轻抚我的头发,用她性感的波哥大口音在我耳边轻轻地呢喃着。

我的胆子一下子壮了起来,正如舍吉奥希望的那样。我开始解开她衬衣上的纽扣,这时的我表现出来的动物本能,连我自己都从来没有见过。她那一对圆鼓鼓的乳房是那么完美,就像日历上的那些裸体女郎一样,实在令我发狂。我不禁像着了魔似的开始亲吻她的乳房。

"你真让我热血沸腾,血脉贲张啊!"我喘着粗气,连自己说了什么都不知道。

我已经完全控制住场面了吗?还是舍吉奥把我挤出去了?

---

① 埃罗尔·弗林(Errol Flynn,1909—1959),澳大利亚演员、编剧、导演、歌手,代表作《侠盗罗宾汉》(*The Adventures of Robin Hood*)。

我不知道。

有一点可以肯定的是，我的**表演**是完全依照电影里面的床戏套路的。唯一不同的是，我们半裸着身子在室内泳池的边上，没有打算模仿埃丝特·威廉斯①的特技，也没有一个舒服的床垫能躺下，周围只有一池飘着浓烈氯气味道的温水。

我想象中的第一次是很常规的，从来没想过会是在自己家里和厨房**女佣**干的。

安娜将我卡其色校服裤的裤纽解开，眨眼间我俩就脱得如新生儿那样一丝不挂了。我们步入游泳池，泡在每天早上我爸都会在上班前为锻炼身体而游上几个来回的池水里。

游泳池里水深齐腰，刚好可以让她玉雕般的乳房和我在奥古斯丁学校健身房里练出来的两块胸肌露在水面上。而我们的**私密之处**，则隐藏在水下，通过荡漾的**水波**可以隐约看到模糊扭曲的形状，令我们激情躁动的念头不断上涨。

这个室内恒温游泳池简直就是为了战胜我怯懦性格的最伟大发明，也是我意料之外的最佳治疗手段。

舍吉奥又怎会放过这个轻易得手的攻击机会："家里有这么豪华的设施，换作谁都早就被治好了啊！你就是个十足的笨蛋！"

后来，我和安娜见面的地点一般都在游泳池或者她的房间里。我们会尽量利用一切没人骚扰的时间在家传大宅里创

---

① 埃丝特·威廉斯（Esther Williams, 1921—2013），美国著名电影演员、编剧，代表作《出水芙蓉》（*Bathing Beauty*），出演了一系列展现她特色的歌舞影片。

造独处的机会,效率堪比中欧国家的人。我们制作了一个时间表,上面精确地记录着我爸妈、其他维修工、园丁和清洁工的工作时间。

令人费解的是,我和安娜相处时会越来越无拘无束,甚至会向她倾诉我所有的秘密和忧心的事情,但和其他人在一起时,比如学校的同学或亲戚等,我就会马上恢复一贯的孤僻并且寡言少语。

我相信这恰恰验证了我们在高一的哲学课里学过的大卫·休谟①的理论:某些人拥有特殊的能力,当与别人接触时会无比增进他人的利益。

安娜就拥有这种能力,她对我渴望成为专业演员毫不惊讶,并且还对我万般鼓励,确信我未来一定能取得巨大的成功。她将我比作午后电视连续剧里的英俊小生,还向我保证我的一头北欧金发肯定会让我在拉丁美洲红得发紫,无数电视出品人一定会打破头抢着来和我签约,并且把我的名字放在最受欢迎的主角演员表上。虽然我觉得她这样说可能只是为了哄哄我,但我还是不由自主地做起了飘飘然的白日梦来:

在一套集数不限的拉美肥皂剧里演戏,可以让我将演艺技巧打造得更加完美。持续不断的曝光也符合心理学的建议,能帮助我将顽固的内向性格一扫而光。其效果等同于在全世界最好的演艺学校里学习,却又不需要去学外语,还可以天

---

① 大卫·休谟(David Hume,1711—1776),苏格兰哲学家、经济学家和历史学家,是西方哲学史上最重要的人物之一。

天被一群我最欣赏的充满活力、热情如火的拉丁美女包围着。这不得不说是世界上最好的主意了,这将会成为我实现内心深处最真切梦想的通行证。我以前怎么会没想到呢!

舍吉奥也对这个想法欢呼雀跃,因为他将会为我积极分担性爱狂欢的那一部分工作。**我将会被世界上最性感的女人包围着。**

于是从那时候起,我便彻底变成了拉美肥皂剧的死忠粉。

III

每逢周日下午,我都特喜欢去逛丽池公园,就为了看在那里自愿向过路的本地人和周末游客展示他们艺术才能的小丑和业余艺术家们,而我正好可以趁机深入分析他们的表演技巧。

这时,舍吉奥便经常会跳出来煽风点火,预言说在不久的将来这可能就是我要从事的行当。

"这里将是一个端着演员架子的富二代小孩最终沦落的地方!"

虽然我经常用成千上万的例子来企图说服他,向他列举出我的那些电影偶像们是如何从**最低处**努力上进,最终成为巨星,不过还是无法动摇他那个看透世态炎凉的死脑瓜子。而且,他还会用上最大杀伤力的讽刺和具有超强破坏力的现实统计数据来力证他的观点。

"在美国,很多明星在成名以前都做过门童、服务生、加油工之类的工作,但他们从来不会失去希望!"我抱着无比坚定的信念回击他,因为我有安娜的支持,她确信我就是其中一个被选中的真命天子。

"难道你不知道那些美国佬的吹牛能力吗?"他反问我,嘴角带着轻蔑的笑意。

"难道汤姆·汉克斯在成为演员以前,不就曾是个在万宝盛华打临时工糊口的普通人吗?"我坚持己见,还不忘拿出我对美国劳动市场的深刻了解来炫耀,但这样一来却进一步激怒了舍吉奥。

"哈,汤姆·汉克斯是谁啊?"舍吉奥非常清楚我的弱点在哪儿。当他故意摆出这副只承认电影圈里的大神们,连在我眼里大名鼎鼎的汤姆·汉克斯都不放在眼内时,他在这场辩论里就已经占尽了上风。

只需几秒钟,他就把西班牙、美国和其他国家电影行业的神秘面纱给撕掉了。在他眼里,只有黑白片时代的电影才算得上是真正的艺术。并且何止是电影,连整个人类社会都已经大不如前了。但尽管如此,我还是固执地相信我能成为一个出色的演员,无论是演戏剧、喜剧或是恐怖片,都行……当然,我还一定会战胜我那返祖的怯懦性格。

"前披头士乐队成员保罗·麦卡特尼①说过,想要成功,必须先成为一个不折不扣的浑蛋。而你横看竖看都只像一只柔弱的雏鸟儿。你睁眼瞧瞧,政府每次发放的资助是不是来来去去都落在了那几帮人的口袋里?然后再看看那些'星二

---

① 保罗·麦卡特尼(Pawl McCartney,1942—),英国歌手、词曲作者、音乐制作人,前披头士、羽翼乐队成员。

代'是怎么上位的！在整个电影行业里，大家都只会看你老爸是谁。肉都被那几家子人拿去分光了，你可能连汤都喝不着：他们把电影和戏剧里面最好的角色都留给了自己的小崽子，而且还摆出一副天经地义的样子，好像在这个世界上铁定没有比他们更体面更专业的人似的。如果拿出统计数据来看的话就更吓人了，看完这些数字，你就绝对不会再有心情继续浪费时间在这里想入非非了。"

"你懂什么！"我一下子前所未有地爆发了，企图打断舍吉奥对我咄咄逼人的打击。

"我不懂？我在帮你睁大眼睛看清这个世界啊！这叫作什么也不懂？你是想四处碰壁，直到头破血流才满意是吧？"

"你看问题怎么老是那么偏执，是你长期的挫败感导致胡思乱想症越来越严重了吧！"我的奋力回击让舍吉奥立时勃然大怒。每当我反过来用他自己的理论来挑明他可能的心理动机时，他就会变得像头饥饿的野兽一样恼羞成怒，直到把他在弗洛伊德**本我**里积蓄起来的所有能量都释放完为止。不过这种宣泄也是维持我们之间关系的最好方式，当我们互相把**该吐的槽**都吐完了以后，我们的关系都会进一步变得更加牢不可破。

"你以为自己很了不起是吧？我是没办法让你相信，人家让你当主角以前一定会先让你干点别的事儿了是吧？"舍吉奥向我竖起中指，好为他的假设增强画面感。

"你就不能有点儿新意吗？翻来覆去都是说这一套！"

"老一套？你是没看过《洛城机密》① 还是怎么的？"

"《洛城机密》是什么？"当我向舍吉奥亮出这张"以其人之道，还治其人之身"的王牌时，争吵暂停了几分钟。接下来，双方就会进入自我反省阶段，最后，我们之间的其中一个就会用老练的外交式幽默，向对方提一个或谐趣或奇怪的问题。这招便是我在心理自助书籍里面学到的"**息怒技巧**"。

这次轮到舍吉奥来启动本次的**外交交涉**。我们俩对争吵与和好的仪式都是非常重视的，也有一套默认的特殊礼节在这些场景下使用，我们对这些规矩都已经烂熟于心了。

"那你干吗不去拿纸牌占卜一下你在第七艺术世界的灿烂星途啊！"

舍吉奥的提议把我杀了个措手不及。我本来以为他会用我常被旁人侧目的金发来开玩笑，或者拿我和那些拉美女孩开玩笑，说我这颗明日新星将会成为她们追捧的万人迷。

"看！那个女孩因为你在《放眼前途》里演的角色认出你来了！"舍吉奥应该这样说。

然后我就会回答他说，她在看的不是我而是他，是因为他那部票房大卖的电影《永远在一起》。

舍吉奥内心深处的梦想其实是成为电影导演，不过他执拗地认为这是不可能实现的，"谁会白送几百万欧元给我啊？我甚至连漂亮脸蛋或健硕身材都没有。"像他这样的人，应该

---

① 《洛城机密》（L. A. Confidential），此片根据詹姆斯·艾罗瑞（James Ellroy）的小说改编，描写了20世纪50年代警界腐败、犯罪纵横的洛杉矶。

没有制片人会动一下哪怕是一根手指头来帮助他的。再说咱们家也不是西班牙最有钱的家族，不像布努埃尔的家族那样，能资助他把那些稀奇古怪、独一无二的念头拍成电影。我们甚至连轮流上台执政的那些政党的党员证都没有，所以获得政府资助的机会也是微乎其微了。这可算是世界上最腐朽并且最反艺术的现象了。在每隔一段时间新任文化部部长上任的照片上就能看出来，新部长总是被一大帮**导演**、**出品人**、**画家**………伸手党团团包围着。

在马德里丽池公园的湖边聚集着大量**纯粹而地道**的文化活动：街头音乐家、表演默剧或者话剧的小丑、会耍礼帽和纸牌的魔术师、漫画家、塔罗牌占卜师和东方按摩师，绝对不是那些眼睛长在头顶上的、矫揉造作的和正如舍吉奥所说被权力腐蚀了的艺术家。由于无须提前购买门票，而且价格随喜，因此周日前来休闲的观众们便可以随心所欲地欣赏各种琳琅满目的精彩**艺术表演**，不会受到任何限制。

当舍吉奥为了缓和紧张气氛并把话题接下去，而提出让我去那些塔罗牌占卜师的摊位上占卜时，我一下子愣住了。我从来没有想过要去为我的前途占卜，而且我也很怀疑这种把戏是否真的有用。像我一直以来的习惯那样，我对这玩意儿的了解只限于在电影内。在主题电影内，**命运占卜**通常会和神秘事件、阴谋和恐怖事件相关，这也是在某些时期特有的风俗表现手法。比如在某些场景里，"吉卜赛女人在他的掌纹里看出了某种东西，不由得脸色大变"。我小时候特别怕看到这类**占卜女巫**的**脸部特写镜头**，无论是在动画片里还是真人拍摄的,每次看完晚上睡觉都会做噩梦。所以,倘若舍吉奥给我的建议是中式按摩的话,我倒会觉得比较容易接受,虽然届时我可能会在无数的路人注视下让温柔的中国女孩敲打舒缓我僵硬的肌肉群,而我则需要发挥出全套心理学技巧才能承受住这些目光。

"去试一下嘛!"舍吉奥怂恿我去唯一的一位空闲占卜师那儿坐下。

"我不敢!我觉得不太好意思……"

"像你这样前途无可限量的演员,需要大量能丰富你艺术灵感的经历。每个新的场景都是一次考验,一次彩排……一次挑战。你不应该放弃这些机会,谁知道以后你会不会碰巧需要演这类场景呢?到时你才后悔就来不及了。"

"那万一她对我说一些不好的东西呢?"我可怜兮兮地继续反驳。

"你不是真的相信这些把戏吧?你只是在锻炼演技罢了……大胆去演吧!"

"你怎么越来越像我那位语音学老师了,老是啰啰唆唆地讲语言技巧……可万一我的未来真像《你要去哪儿,阿尔方索十二世?》里的帕季塔·李克①那样,预言应验英年早逝,该咋办呢?"

---

① 帕季塔·李克(Paquita Rico, 1929—2017),西班牙女演员,在电影《你要去哪儿,阿尔方索十二世?》(*Where Are You Going, Alfonso XII?*)中扮演奥尔良公主梅塞德斯,她是阿尔方索十二世的第一任妻子,18岁便患病去世,该电影改编自他们的爱情传奇故事。——译者注

我灵机一动,使出**联想主义**绝招,指着湖边著名的阿尔方索十二世国王雕像,在电影里他带着神话色彩的历史故事正好可以作为支持我**逃过**占卜的最好理由。

"你怎么只懂得拿那些老掉牙的破电影来说事儿啊!人家笑话你是'希菲萨①'时你却又不高兴……"

舍吉奥对我老爱拿出渊博的电影学知识来晒的这种行为不胜其烦。他无法忍受我长期穿行在两个平行的世界中:一边是平淡无奇的现实世界,另一边是被大屏幕**无限美化**的虚幻生活。当说到那些西班牙**立宪时期前**的电影时,他就更激进了,企图说服我自认是个**无法适应新时代的**"青年老头"。

"我们时代那位最重要的思想家曾经说过,电影是最完整的艺术作品,因为它包含了一切其他的艺术:音乐、文学、表演、绘画……"我继续争辩。

"这可是你自己说的啊,是'电影'……不是那些饥荒时代的毛糙小录像。"

"艺术是超越历史的存在!"

"别跟我扯哲学了,赶紧去占卜师那儿啊,她的脸长得明明就是你最喜欢的演员类型!"

舍吉奥啰唆起来时,我一般都无可奈何,只能顺他的意。这样做对我的心理健康来说是最好的选择,否则,他将会不停地唠叨我缺乏自信、不能自由发挥演艺才能等,绝对更让

---

① 希菲萨(Cifesa)是西班牙1932—1961年间的一家电影制片公司,由于当时的经济环境有限,出产的都是些粗糙的低成本电影。——译者注

人抓狂。他以我想成为演员做把柄,无时无刻不在强迫我进行演艺训练,弄得我好像被他判了"生活场景表演"的**无期徒刑**那样。就算我经常会和他解释,那些职业演员在表演前都会先参加集训排演,但他总是像对自家的狗一样大声地呵斥我:"直接上啊!……最出色的演员都能即兴表演的……"

于是,我就即兴了一回。像以往无数次的经历一样,舍吉奥就像一个刚愎自用的高级将领,容不下我一点儿心理反抗。

"你不觉得这时候我应该先用'应该……否则……'这个句式来评估一下情况吗?"我在迈出这至关重要的一步以前还是犹豫了一下。这个"**应该……否则……**"句式是一种心理畸变的表现,经常会让我们为了寻找借口或者减轻负疚感而**必须做**更多额外的工作。"你应该如此这般地做,否则你就是一个没用的人,就不能成事。"那些心理自助书籍就是这样教你在内心暗念这个句式的,而其结果则是让各种艰难的任务和活动填满你的生活,让自己更加苦闷。可有时我对这些"**应该……否则……**"的用处也会产生疑问,到底哪些是有意义的,哪些又是没用的呢,我都不是十分清楚,起码在这一刻我是很迷惑的。不过舍吉奥很快就用他一贯的饶舌把这个困境轻易打破了。

"去他妈的'**应该……否则……**'!……上啊!"他一把扯住我,我就像一个第一天上学的小孩那样被他拽了过去。

命运为我挑选的这位塔罗牌占卜师,看起来就像是从一个灵异事件纪录片的拍摄现场跑出来似的。她的同行们穿着都很随意,都是牛仔裤搭配绣着流行英文标志的衬衣,而她却是衣不惊人死不休。这也可能是她的摊子门可罗雀的原因了:横看竖看她都是个真正的**女巫**。

这是一个不折不扣的**女巫**,虽然是现代版的。**一个人得有多大的麻烦才会想到跑来找这个穿着电影里全套吉卜赛行头的占卜师啊**?好吧,这儿就有一个艺坛新人,被一位不知从哪里冒出来的舍吉奥先生以武力威胁,被迫不断地练习他的演艺技巧。

"下午好!"占卜师的口音让我觉得似曾相识。

"下午好!"我费了好大的劲儿才成功控制住了口吃。

占卜师开始在铺着天鹅绒的桌面上把塔罗牌摊成扇形。她的一头爱尔兰红发被东欧风格的吉卜赛头巾半裹着,深邃的眼神让人看得浑身发怵。阳光穿过她的瞳孔时会折射出说不清是柠檬绿还是浅蓝的色调,但看起来她却又不像是戴了有色隐形眼镜。

"用你的左手选13张牌!"占卜师对我说。我的脑子突然灵光一闪,她的口音是典型加勒比海委内瑞拉口音。拉美电视剧对我的致命吸引力使我同时成为各地西班牙语口音的辨别大师。

我强作自然地按照她的要求在那副西班牙纸牌①里面抽出了几张,努力装出经验丰富的样子。虽然老实说,谁都能看

---

① 西班牙纸牌和扑克牌不同,四种色分别是大棒、宝剑、金币和圣杯,数字只有1到7,而三张王牌则分别是仆人10、马11和国王12。——译者注

出我的左手在抽牌时抖得跟筛豆子一样，足以让人怀疑我是不是得了帕金森综合征或者其他类似疾病。我太嫩了，还不足以像舍吉奥要求的那样，能即兴表演一个角色。这样看来，我的明星梦似乎遥遥无期，占卜牌也一定会告诉我，要出人头地达到我想要的专业高度还得熬上一段时间。

"你将会需要经历很多苦难才能达成你的职业目标。"她指着一张大棒三和一张在大棒七旁边的宝剑三说。"但似乎运气最终会降临于你……并且竟然会以这种方式！"当她翻出了金币一和金币三，并且有相同花色的马被一起翻出时，她的两眼都放光了。金币马代表的就是我，因为我有一头金发，而那些深发色的人则是由圣杯马代表的。

舍吉奥不停地唠叨我，说我表现得那么胆小，还浑身发抖，人家一眼就能看穿我的人品和性格，我的身体语言早把我给出卖了。

"你想进演艺圈发展是吧？"占卜师用带着委内瑞拉口音的西班牙语问我，把我的计划一下子全打乱了。

这世界上真的有这样一种能提前预知命运的能力吗？或者说，她注意到了我有一头引人注目的金发，而因此看出了我今后将会在电视连续剧里面功成名就的可能性吗？就像安娜说的那样。

"是的……嗯……是有那么一点儿！纸牌是这样说的吗？"舍吉奥认为我表现得太急切，这不等于马上承认了嘛！他不厌其烦地重复着，说我在控制自己情感反应方面不行，再这样下去前途一定堪忧。

"我问了一些关于你的问题，"她指着旁边围绕了七张纸牌的金币马说，"从牌面看来你的职业兴趣和艺术有关，尽管在现阶段还存在一些阻碍。"

"没错，我是想做演员，但我的家人坚持让我做像我爸妈那样人见人羡的外科医生。"

舍吉奥为我的坦白抓狂了。他认为这样一来，就正中占卜女巫的下怀了：我把最担心的事告诉她，然后她就可以轻松地围绕这个问题将话题展开，给出一系列模棱两可的建议了。

这是所有玩纸牌占卜的人的套路，而我就**像个笨蛋**一样掉入了她的圈套。

我对舍吉奥说，如果他真的这么明察秋毫，为什么他自己不坐到摊子上给别人占卜去呢？可他却反击我说，想进电影圈的人是我而不是他，所以这类非同一般的重担应该落在我的肩膀上。

"何以如此说呢？"我继续以一个问题来向他发出挑战。

"如果你最终能成为职业演员的话，你可能会变得非常有名，并且得到成千上万粉丝的崇拜。如果真有这一天，你身边的人在你的成功光环映照下，都会无端地变得像蚂蚁一样渺小。这就是相对得失理论，你应该在社会学的课堂上学过的。有得必有失，并且得与失的比例应该是一致的。生活就是这样混账的！"舍吉奥用一句最通俗易懂的格言总结了他的理论。

"我们这些普通人，虽然注定了每天都要平平无奇地上班下班,但我们都热切地想知道那些活得高高在上的人都经历了哪些不为人知的苦,然后才可以自发地得出结论说,其实用这些苦来换取成功并不值得。否则你觉得为什么电视节目和八卦杂志上的狗仔队战报会那么受欢迎呢?"

我被问得哑口无言,而舍吉奥则窃窃自喜,因为这等于变相宣告了他在这场辩论里的胜利。于是我的注意力又重新回到了那位委内瑞拉占卜师身上了。

这次丽池公园的周日下午出游完全脱离了我出发前的设计和构想,"从被动的旁观者到积极的参与者",我连几个小时后将会在日记本里写下的标题都想好了。

我本来只打算通过做一个普通的观光者,怀着纯粹的目的去观察那些倾尽自己的艺术才能与创意来换取报酬的业余演员,摸索他们的灵感来源与表演方式,绝没想到结果竟会被一副洗了几手的纸牌弄得**前途未卜**。

我敢肯定舍吉奥一定经常到处吹嘘他是如何把我玩弄于股掌之间,虽然他也会试图用各种理由和好意来掩饰,在别人面前说一切都是**为了我好**。

"为了我好……才怪了!"我觉得他在心底里其实是这样想的。

这**浑蛋**欣赏我**窘迫**的样子时简直是在享受,和那些中学里的青少年校园恶霸一样,又或者说像一个毫无教养的**成年人**,不知道取笑别人是最讨厌的社会变态行为。这个占卜师场景,加上我正在经受的巨大情感压力,刚好可以成为他的史上最佳笑料,甚至比我以前灰头土脸地从演艺学校的试镜活动或者彩排里溜出来的情景更加有趣。在最近的一次试镜里，人家让我"**微笑**"一下，可我却抛出了一个"**边缘人格式的怪笑**"。结果？当然就是在后来的好些日子里不停被他取笑了，直到我把他**关了禁闭**让他好好反省，他这才消停下来。

不过，随着一抹微笑在那位美丽的委内瑞拉塔罗占卜师的嘴边绽开，形势很快就逆转了。她刚刚把一副特别的纸牌从桌底下的黑牛皮手提包里取了出来，"现在让我们问问塔罗牌吧！"即便舍吉奥无比坚持之前的理论，但她似乎对我说过的话一点儿也不感兴趣。

当她看到天鹅绒桌面上出现的纸牌时，布满皱纹的干瘪脸庞突然像被施了魔法一样，重新焕发出这个世界上获得最多环球小姐的国家应有的精致与魅力来。

"要是换作我抽到这样一副好牌……"这位曾经的玛格丽塔岛①优雅小姐获得者不由得惊讶地发出一声感叹，语气中还隐隐夹杂着对往事的依恋。

"这意味着我会走好运吗？"我带着不解问道，不知道为什么她会有这样的反应。

"好运？你说好运？……我的乖乖，这哪止是好运啊！"

我霎时间喜出望外。可舍吉奥还是不依不饶，不断地提醒我所有的占卜师最终都只会说出她的主顾们喜欢听的话。

好吧，那他让我干这些都是为了**哪门子**目的呢？是要训练我**脱去伪装**，变得像他那样欠抽，满嘴脏话是吧？是要我

---

① 玛格丽塔岛，加勒比海南部岛屿，属委内瑞拉。

承认我们这些所谓上流社会的人也是**满嘴跑火车**的是吧?是要我供认我们都是一些没事时假装斯文,有事来比流氓更流氓的人是吧?

然而,人都是这样的……不是因为我是个住在**高档小区**豪宅里的富二代,而是**人性**使然。我一直追求的目标,就是像我那位**堪称**杰出**业余**思想家兼独立战争英雄的曾祖父那样,熟谙**人性**看透人心。掌握了这种技巧,我便可轻松地演绎**人性**邪恶一面的角色。也正是因为这样,我才会**睁只眼闭只眼**地让舍吉奥对我使出的那些狡猾计谋得逞。他又一次为自己的行为搬出了看似**合理**的解释,说这一切都是他为了"驱除我木讷害羞的性格"而精心设计出来的。他端出收音机主持特有的深沉语调说:"你不只是上了一堂关于人生的课程,而且是一堂究极的人生课程!大师级的课程!能为你余生留下无法磨灭烙印的课程!

"你在学习的是除了你以外谁都懂的伪装术!你还记得上次在演艺学校彩排时被用作背景音乐的拉鲁佩①的博莱罗乐曲吗?人生其实就像歌里所唱的那样:'人生如戏'。"

可是我对自己说,虽然人生**的确如戏**,但教电影史的墨西哥老师却认为不能一概而论,因为有时它是**纯**喜剧,而有时它却是**纯**悲剧。舍吉奥发觉我将要把喜剧面具换上时,开始有点嫉妒了。

---

① 拉鲁佩(La Lupe, 1939—1992)是20世纪六七十年代当红的美国古巴裔女歌手。——译者注

"难道纸牌就不能真的灵验吗?假如我努力争取的话,难道一定没可能成就我的梦想吗?"

委内瑞拉占卜师从她那副特殊的塔罗牌里看到了很多旅行,而且不是休闲旅游,而是有关职业的出行。她说我将来会因为工作而周游列国,并且会深受各地观众的喜爱。她甚至还预见到,我的其中一个福地竟会是她的**故乡小国**,于是兴奋得连脸色都不由得潮红起来。

"当然了……你们这些卡提罗有天生的优势呢!"

"卡提罗?"

"在我的家乡委内瑞拉,人们都把像你这样有着一头令人艳羡的金发的人称作卡提罗……"她边说边用那双如猫眼般敏锐的绿色眼珠打量着我的头发。她的眼神似乎拥有一种神奇的超灵力量,这个场景像极了《霸王妖姬》① 的 21 世纪秘传版本里的场景。

这么多年以后,我终于开始重新审视自己,并发现了这个使我无法享受快乐童年的生理特征的价值所在。由于拥有一头不同寻常的**金发**,我一直以来都是一个处处被欺负的小孩,到哪儿都感觉被排挤。我做梦都想和其他发色的小孩一样,可以跟大家一起在公园里玩。如果我和他们长得一样,就不会有人对我指手画脚,在有人敢欺负我的时候,我就可以马上理直气壮地反击过去。但在现实里,如果我真的要反

---

① 《霸王妖姬》(Samson and Delilah),讲述圣经《士师传》中的人物大力士参孙因爱上大利拉被剪掉头发而失去神力的故事。

击的话，大部分的小孩都会觉得我是在和他们全体过不去，接下来便是联手对付我。可是，谁能和一大群人同时过不去啊？这是不可能的啊！他们只会欺负最弱小的、最无力反抗的，或是与他们不一样的人。

在我古怪并且焦虑的幼稚脑袋里，经常幻想生活在一个人人平等的世界里。在这个理想世界里，每个人的长相都一模一样，所以没有人会因为别人有一头**金发**便耻笑他，这才是我心目中最公平公正的世界。既然我们的身体都同样是由血肉构成的，为什么要长得不一样呢？一定是哪里出问题了。我更不能理解的是，为什么有些人会因为他们有些相似的特征，便觉得他们有权歧视和攻击与他们不一样的人呢？这个世界怎么会是这样的呢？

所以，我觉得马德里的丽池公园是最接近人间天堂的地方了，特别是对于在童年饱受欺凌的我来说。有着黑色、白色、黄色等种种不同肤色的人都可以在这里和平共处，没有任何社会歧视，还能欣赏丰富得无法想象的艺术表演。

"你的理想世界在拉丁美洲！"舍吉奥回味着委内瑞拉占卜师的动人话语，做出了定论。

"你说什么？"我丈二和尚摸不着头脑。

"没错……占卜师说得有道理！"舍吉奥的态度是前所未有的严肃，"你没看见整个公园里面的拉美女人都对你垂涎三尺吗？"

"人家只是因为可以和她们的家人朋友一起过周日，所以看起来开心罢了。这些生活中微小的事情，其实是非常值得庆贺的，但西班牙人却对它们视而不见。"我学着以前高中的一位支持享乐主义思想的老师那样，趁机进行了一番反省。

"你该不是还没把安娜弄上床吧？"

"呃……这是另一回事。"

"你懂不懂异性相吸这个原理啊？你北欧式的冷若冰霜和她拉美式的热情火辣刚好可以成为绝配，难道不是吗？"

"嗯……有可能！"

"不只是有可能，事实就是这样！当你的腼腆遇上拉美的感性时，一定会被抛到九霄云外的！"

"那我该怎么做呢？"我还是猜不透舍吉奥想说什么。

"去拉美演肥皂剧吧，这样一定能把你的傻病治好！你得到拉丁美洲去！你在咱们古老的欧洲大陆没法待，这里的演员都太人模狗样了！"

"拉美肥皂剧啊！"这个主意听起来不错，舍吉奥这次说到点子上了。事实上我也对无休止的试镜失败和演艺学校里面那帮死板的老师烦透了。

IV

　　饭后聊天,这是一个多么奇妙的美好习惯啊!它从童年起便一直陪伴着我成长,而我对表演的热爱也就是在这些周六的饭后时光里应运而生的。我会边看电视,边让想象力随着影片穿越到一个假想的世界里。在那里我不再是一个害羞的内向小子,而是一位著名演员,以满满的自信和气魄为观众带来或惊讶、或恐惧、或欢笑、或流泪的体验。他们为我无所不能的演技目瞪口呆,**因为我是个典型的美国全能娱乐达人:能唱会跳能搞笑会催泪**……

　　演艺学校里面的老师,大部分都是些不入流的演员。他们都不愿意承认在这世界上会有全才的演员,觉得一个演员顶多可以**在喜剧、悲剧、音乐剧或者其他任何一个单一剧种方面有特长**,而全能的天才演员是不可能存在的,那些所谓的天才演员只不过是好莱坞的一项发明而已。

　　"没有人可以演好所有剧种,这绝对是不可能的,在我看来这就是天方夜谭!"教戏剧表演艺术课的老师马丁老是反复地强调他这个结论。我们这位老师在演艺界里最辉煌的成就,便是那次在著名的"拉丁剧院"上演的戏剧《唐门多》里，作为主角的替补出场。事实上，无法用科学方法来论证我们这位老师对艺术界的真实贡献程度到底有多大，我估计应该是位于被他吹得"过度"鼓胀的牛皮和把他贬得一无是处的"贫乏"流言之间的某个亚里士多德伦理学平衡点上。

马丁曾经复印了一些剪报发给我们，都是关于他那次"令人难忘的演出"的评论，起码他自己是这样形容的。其中《山区日报》的评论最为精彩，这些地区性的报纸经常会表现出强烈的传统审美倾向。而马德里的报纸，则在很久以前就已经把这个传统丢弃了，一切都归咎于报社之间的**近亲交配**和**文化部的陈腐政策**。

"要不是这种无法打破的可恶集权制度，我们的剧院一定不会输给伦敦剧院的！"马丁用夹着英式冷漠的语气抗议道。这不是没有原因的，因为他认为英国的演员是世界上最好的。

"那么，该如何评价日本演员隐忍压抑的艺术风格呢？中国演员迸发出的充满活力和创造性的表演技巧又怎么说呢？难道阿根廷演员不是已经把上百个国际奖项收入囊中了吗？还有弗雷德·阿斯泰尔[①]和吉恩·凯利[②]，他们不是无论什么剧种都能驾轻就熟吗？"茅罗在课堂上曾经提出过反驳，却得不到回应。对于马丁老师来说，茅罗这种表现只是那些自以

[①] 弗雷德·阿斯泰尔（Fred Astaire, 1899—1987），美国电影演员、舞蹈家、歌手，获奥斯卡终身成就奖，代表作《随我婆娑》（*Shall We Dance*）。

[②] 吉恩·凯利（Gene Kelly, 1912—1996），美国演员、导演、好莱坞歌舞片巨星，代表作《雨中曲》（*Singing in the Rain*）。

为是的学徒演员特有的抢风头做法,天真地以为耍耍小聪明就能引起别人注意,甚至妄想能用这种小把戏将热门的角色抢到手。

"咱们走着瞧!"马丁虽然私底下这样想,但脸上还是挂着安特艺术工作室风格的牙膏广告式笑容,答非所问地含糊应对,以免让这位年轻人的小计谋得逞。

马丁是属于"老一辈"的,也就是在佛朗哥独裁时期①,在康普顿斯大学城②附近衍生出来的一批未来政治转型期的导演、演员和编剧。由于这一辈的艺术家经历了60年代末70年代初的剧变,所以有人认为这些"老一辈"是当时社会转型的决定性力量,但马丁不同意这种说法。

"红色艺人起源地?还不如说是赢了内战的那帮老大的小崽子们的根据地而已。"马丁操着国家电台主持人的声线发表着他的评论,同时适当地配合了酸溜溜的受伤表情,"然后他们就走后门瓜分了西班牙国家电视台的导演职位,还有上至国家下至地方的各种资助,欧盟的当然也不会放过!这些小家伙的厚颜无耻都来自父母的真传,甚至青出于蓝而胜于蓝啊……"

"那么您的意思是说工人阶级是没法挤进电影圈子了是吗?"茅罗继续反驳,他看穿了这位一把年纪的艺术老师在话

---

① 佛朗哥独裁时期指的是西班牙在1930—1975年间由弗朗西斯科·佛朗哥实行独裁统治的时期。

② 康普顿斯大学(Universidad Complutense),西班牙历史最悠久、规模最庞大、科系最齐全的大学,正式建校于1499年。

语里透露出的**心理倦怠症状**，这种症状的主要表现为**工作热情被燃烧殆尽**。

"那您数一下国内导演的数量，然后告诉我，他们里面有多少人是从底层做起的？这就是西班牙电影的现实！没有制片人会把几十万欧元轻易送给一个只懂**叽叽歪歪**可又没啥背景的小子的……"

"演员呢？也一样吗？"茅罗开始被这位艺术老师的末日论调弄得惴惴不安了。

"呵呵……有没有出路就要看一个人愿意付出多少了……"

马丁开始涂画杰克·尼科尔森①在《闪灵》里那张让他名震天下的可怖脸庞。他自从看到这位美国演员在一部影片里面的出色表演以后，便马上成了他的忠实粉丝。在他看来，连与他同为主角的马龙·白兰度②与他相比起来都黯然失色了。

"你们看……希区柯克③把演员比作'畜生'。所谓畜生可以指很多人：客串演员、三线角色、配角、主角……他们

---

① 杰克·尼科尔森（Jack Nicholson，1937—），美国著名演员、制片人、编剧、导演，1980年主演的恐怖片《闪灵》（The Shining），是其代表作之一。

② 马龙·白兰度（Marlon Brando，1924—2004），美国著名演员，代表作有《教父》（The Godfather）、《欲望号街车》（A Streetcar Kazan）等。

③ 希区柯克（Alfred Hitchcock，1899—1980），导演、编剧、制片人，是著名的电影艺术大师，他在恐怖片和悬疑片这两个领域是当之无愧的开拓者，对于电影事业的发展起到了巨大的推动作用。

之间唯一的不同就是，要想做最后一种畜生，得有**好后台**才行……"

"就是说，即便要被潜规则也得硬着头皮上，是吧？"茅罗认为用上床来换角色不是电影圈特有的潜规则，也不是在电影圈里发明出来的。

"还得够机灵才行！否则就会重蹈那个西班牙电影当红小生的覆辙，由于取笑女主角胖导致被赶出剧组，后来才知道原来人家是制片人的老婆！"

这个花边新闻马丁已经说过不下百遍了，目的是让我们知道，不能相信这个演艺圈最大的谎言，别以为所有演员都是文化人，随手拈个什么话题都能说个海阔天空的，都是天生的**知识分子**。

"千万别相信……他们都是些胸无点墨的粗人！"

可茅罗觉得这番话对他来说却是莫大的侮辱，效果等同于被人指着鼻子说："我们就是要把你们培养成一帮未来的**蠢猪**！"

既然这位不得志的**落魄戏剧演员**向我们这位高年级优等生发出了挑战，直斥他这些新一代演员不懂世事，只能沦落为繁规缛节和顽固成见的牺牲品，茅罗便决心要穷尽他的见解与智商来向他宣战了。茅罗最擅长的就是把握别人的心理，所以他非常清楚，要戳中马丁的痛点，只需直接指出，或者含沙射影地讥讽他已变成一个"**脾气暴躁的偃老头**"，又或者是一个"**混迹演艺圈多年但却得不到观众认同的蹩脚演员**"就可以轻易取胜了。而更是往伤口上撒盐的是，在这个从来不待见大龄人士的演艺圈里,有位无良兼冷血的学生曾经给他画了一幅涂鸦式的漫画,标题是"**保守的反动派**"。

不过,一向喜欢抓住任何机会成为话题主角的马丁并没有对这幅漫画生气,甚至有人在背地里说那其实是他自导自演的,目的是不惜一切代价也要**成为众人的焦点**,无论是因为好事还是坏事。他拿着这张本用于讽刺他的漫画拍了个照片挂在了网上,趁机模仿了一番电影《小狐狸》的主角①:"连演艺界的天后也曾在报纸上发广告找工作:'拥有奥斯卡奖的女演员求职'……卑微的在下又何尝不可呢?"

可是,马丁使出的**伊比利亚式自我推销**并没有得到他想要的结果。没人找他拍新电影,那些正在拍摄的电视剧剧组也没来找过他,甚至连一个小小的广告也没弄到手。他整容以后拍了好些照片放在自己的**影集**里,还登了一些在那本为演员们提供展示平台的杂志《电影导读》上,但这并没有为他带来任何好处。他身边的敌人,也就是同为电影行业老师的同事们说,这证明了在现实里还是存在一些审美观不至于太惨不忍睹的制片人的。

"马丁就是他自己的漫画的漫画版……"校长安吉拉**痛心疾首**地说。

说实话,马丁的整容手术不但让他看起来突然老了好几岁,就像与魔鬼进行了交易似的,还瞬间花光了他的积蓄。

---

① 《小狐狸》(*The Little Foxes*),1941 年由贝蒂·戴维斯(Bette Davis,1908—1989)主演的电影,文中提及的主角就是指她。——译者注

要知道那些宝贝积蓄可是他参与的唯一一次重要演出时赚回来的外快,并且他还完全依照守财奴的角色设定,把这些钱严严实实地藏在保险箱里面的。

"我们这些丑人会越老越值钱的……"他在私底下经常不厌其烦地和朋友这样说,还不忘绘声绘色地描述在课堂上由此而引起的争论。

他在66岁这样的年纪终于开始自我欣赏起来了。他自认为是一位能让全世界剧院的观众席都爆满的帅大叔,对年轻的女演员有着致命的诱惑,而别的寂寂无闻的同龄人每天所做的只是吞食着各种药水和提神药片。

"看到了吗?这就是你将来的样子!更年期老不正经兼伟哥成瘾!"我一边打量着马丁的嘴唇、他的眼睛、他的鼻子、植过又染过的头发,一边听着舍吉奥在我耳边的絮絮叨叨。

"其实这样也不错嘛,看起来有点儿像阿图罗·费尔南德斯①!"我反驳道,试图纠正舍吉奥的消极完美主义倾向。

"对对对,帅得让人恨不得咬他一口呢!"舍吉奥带着嘲讽的语气接下去,并且指出这位保守的反动派更像是从整容手术室走出来的雪儿②和米基·洛克③的合体版。

茅罗的批评技巧比舍吉奥还更胜一筹。他经常会在课间

---

① 阿图罗·费尔南德斯(Arturo Fernández, 1929—2019),西班牙喜剧演员,代表作《一个傻瓜》(*The Complete Idiot*)。

② 雪儿(Cher, 1946—),美国歌手、演员,代表作《月色撩人》(*Moon Struck*)。

③ 米基·洛克(Mickey Rourke, 1952—),美国演员、编剧、拳击手,代表作《摔角手》(*The Wrestler*)。

休息时，活灵活现地模仿那些有鲜明特征的老师的表情肌活动，技巧堪比变色龙。模仿马丁老师的时候，他还会故意对老师从祖籍卡里昂村带来的特色西班牙语口音稍加修改，因为在理论上，面部拉皮手术应该会对摩擦音的发音有所影响。茅罗是**天才**，真正出类拔萃的人才。我们都自问，在演艺界既然有茅罗这种人的存在，还会有机会留给我们吗？搞笑模仿和表演对他来说都易如反掌，和吃喝拉撒一样简单，似乎是他与生俱来的自然能力。

"演戏对这臭小子来说就和撒尿一样容易！"这就是辛达为他下的定论。辛达是个非常直爽的人，在说起自己的成功意愿时也是一样，她说让她在电影、戏剧、歌唱或者**随便什么鸟地方**干都行，只要能出名就好。

辛达可以说是我在演艺学校里唯一的朋友。她是吉卜赛人，但却是女同，而且艺术才华横溢。她是从南部小村欧努瓦离家出走的。据她所讲，虽然家庭对于她来说是人生里最重要的东西，但如果按照吉卜赛传统的活法，**她注定要嫁给一个粗鲁的乡下人，然后和他生下一窝小孩，平淡地终其一生。但身为女同的辛达，又怎能接受这样的安排呢？于是理所当然地，她逃出来了。**

马丁和其他的一些男同事，只要看到辛达出现就会忍不住口水嗒嗒地流。她那符合超模尺寸的身材和带着异域风情的美艳，足以把最挑剔的审美专家的脑部快感神经都撩拨得躁动难耐。只不过，她却**不思肉味只羡鱼腥，而在这个不靠海的城市里，很难遇上她最喜欢的小鲜鱼。**

校长安吉拉也无法抗拒她的魅力，拜倒在了她的石榴裙下，连番保证会为她介绍非常高层的权威人士，但辛达却优雅地拒绝了她，并且做得那么漂亮那么不着痕迹，简直可以被选入良好举止行为手册做教材。

我最大的运气，又或者说是不幸也好，就是辛达特别喜欢找我说话。虽然她得忍受我单音节的回复，还有磕磕碰碰无法顺畅进行的对话，但她是不求交换的，不像别的女同学那样，和我聊天的唯一目的只是想找个能在周末上床的对象。她源源不绝的活力和南方人特有的无法抵挡的幽默感，恰好可以中和我近乎病态的**孤僻**。我们在语言能力方面，刚好代表了东方神秘的阴和阳两个极端，所以我们经常喜欢凑在一起说话聊天。

"你该不是许下什么诺言了吧？"辛达在某次彩排时问我，伴着她标志性的真诚语气。她实在不明白为什么一个像我这样**又傻又天真**的人要跑去这种地方。

我费尽力气也解释不清我为什么一心想飞越这片汪洋，投奔拉丁美洲，去尽情汲取热情的拉美能量；也说不清为什么我和安娜在一起时，会感觉特别美妙；更无法讲述我在饭后时光里如何享受并吸收着电视明星们生动逼真的演技；还有我表情肌的灵活程度是如何日益增加，能做出如鬼脸、惊讶、欢笑、生气等表情，安娜又是怎么全神贯注地倾听我惟妙惟肖地模仿着墨西哥口音、阿根廷口音、哥伦比亚口音，然后为我的每一个小进步欢呼鼓舞的；当然也无法解释为什么我的血液里会流淌着这样一组敦促我横跨大西洋去冒险的基因。

不是每个人都可以拥有像茅罗这类人那样的天赋的,演戏对他们来说就如撒泡尿那么简单,又或者说他们连撒泡尿都可以让人觉得在演戏。不过,表演技巧的培养对于这门艺术来说还是很重要的。这让我想起詹姆斯·迪恩在《巨人传》①的拍摄过程中,为了缓解紧张情绪,使出了**情感宣泄对策**,竟然在众目睽睽之下拉开裤子撒尿,最终造就了他大师级的演出。

即便辛达觉得这一切都像是天方夜谭,但她还是遵循了实用主义的心理学技巧,没有提出反对意见。既然是对我有好处的决定,那就一定得勇往直前了。辛达自己不就是一个为生活奋斗的活生生的北漂例子吗?

"你不会觉得我来丘埃卡②就只是为了泡妞吧?我这明度陈仓也可能会有意外收获的。"

辛达脱口而出的格言,让我觉得她其实比给人的第一印象有深度得多。我知道,我要度的陈仓在美洲,在那里我一定能"称霸关中、旗开得胜"的。

想到这里,我头脑一阵发热,突然一改往日沉默的样子话痨了起来,向辛达大谈我和安娜最近在追的一部电视剧的情节。可能是因为我想借此回答她关于"许诺"的这个问题。这个讨厌的问题对深藏在我潜意识里的骄傲造成了很大的伤

---

① 詹姆斯·迪恩(James Dean, 1931—1955),美国演员,《巨人传》(Giant)是由他与伊丽莎白·泰勒主演的剧情片,也是他的代表作之一。
② 丘埃卡是马德里同性恋文化非常集中的一个区。——译者注

害，甚至比我想象中的要更大。别人的第一印象会觉得我很害羞内向，但实际上并不是这样的，只是时间和对象不对而已。就像舍吉奥在不捣蛋的时候说的那样，得找到我的软肋才行。

辛达觉得我能找到一个这么温柔照顾我的"潘启达"，应该感到非常幸运才对。"潘启达"是西班牙人对拉丁美洲人的别称。她也梦想能有个**潘启达**陪在身旁，过着每天面朝大海春暖花开的生活。她曾经和一个路过马德里的波多黎各女孩**有过一腿**，结果却被伤透了心。但基于她在各大娱乐场品鉴过的足够数量的各国女性样本来看，她可以拍胸脯保证，拉美女人是世界上最温柔最性感的。辛达一口咬定我们这些有钱人一定在身上的某个部位长有四叶草标记，所以我们一生都有好运相伴。而像她那样的拉拉、玻璃和变性人则一定只有个掉了叶的删减版两叶草，所以他们连找个稳定的伴侣都会比海底捞月更难。

我也尝试过在自己身上寻找这样的四叶草标记，甚至连手掌和脚板的每道皱褶都翻开来仔细查看过，但都是徒劳。我想它可能藏在了我一头引人注目并且金黄茂密的头发覆盖下的某处头皮上吧。在《八月的月光》这部电视剧里的人物身上也出现过类似的情节，不过有点小不同。

"你们看过《八月的月光》吗？"茅罗在听着我们的对话时突然插了句话进来。他的大脑芯片是随时能轻易进入模仿表演模式的，并且他那套现在风靡全西班牙的拉美口音也已经准备就绪可以随时调用。

"有什么不妥吗?"辛达的口气有点不悦。

茅罗装出阿根廷口音调皮地回答:"没有啦,亲……你别想得太复杂啦,你面前这小子也是很粉肥皂剧的啦……"

茅罗边说边夸张地用后现代坎丁弗拉斯①式的姿势晃动着身体。他无论什么时候都不忘炫耀他那套能精湛演绎所有剧种的技巧,甚至能把浪漫的《爱情故事》里英俊潇洒的小生和他无下限的搞笑技能结合在一起。在千分之一秒的时间里,他的身体似乎变成了一块软胶,能把四肢以惊人的角度弯曲起来,就像在大晒**霹雳舞**特技一样。

"但你可别让马丁这头大学毕业的老笨牛知道啊……这个犟老头一说起肥皂剧和剧中那些优秀演员就特别抓狂。因为他可不和我们一般见识,是一位温文尔雅的西班牙绅士呢……"

马丁恨死那些拉美肥皂剧了,但不只是因为他那已被后浪拍死在沙滩上的自命不凡,而是因为他有些**老同学**在大洋彼岸把演艺事业发展得如火如荼,正如那时的报纸特别喜欢报道的那样,"向海外市场迈出了坚实的一步"。马丁由于当时孤注一掷地粉英国电影,没有跟上队友的步伐跑去拉美开创新天地,现在当然嫉恨交织了。每次提到这些由于判断失误而从他指间溜走的肥肉时,他都会竭力掩盖自己的醋意,把它们说成是"……那些我没来得及亮出的王牌……"。

---

① 坎丁弗拉斯(Cantinflas,1911—1993),墨西哥喜剧电影演员、编剧,饰演的角色都是下层人物,因此深受墨西哥观众喜爱,在拉美也很受欢迎。

也正因如此,他认为戏剧才是至高无上的。他把自己定义为杰出的戏剧演员,而肥皂剧则属于低级的剧种,所以他从来没有参演过任何一部,甚至连跑龙套或者客串的角色都没有演过。而短片才是最有鉴赏品位的人眼中的**佳肴**,因为马丁曾经作为主角出演过两部短片,而这两部短片据说都在业余短片艺术节上获得过一定的好评。在另一方面,他还觉得由大量科技堆砌起来的 21 世纪电影已死,因为已经没有人记得马丁这个演员,甚至连一个恐怖片怪人的角色都没人找过他演。

"已死的是你才对吧!"舍吉奥对他的观点嗤之以鼻,愤怒地反驳道。

马丁自认为只有他做的才是好的,凡是别人做的都是不好的。这种根深蒂固的心理扭曲源自他的童年阴影。有次他在《唐璜》剧试镜时,竟然当着剧团导演的面大言不惭地批评经典戏剧,差点把这个在郊区剧团里饰演重要角色的唯一机会都弄丢了。而他得出这个结论的原因,只是因为他曾经参加过一个流动剧团,到西班牙各地学校表演一套当时文化部指定的戏剧,于是越发感受到后现代的演员更能贴近观众。

因此,他对**英国戏剧**的所谓热爱,实际上只是他无法宣泄的感情的一个出口而已。而真相是,他从来无法用莎士比亚的语言连续说出两个以上的单词,当然也不会傻到梦想自己真能成为伦敦老维克剧院①的一员了。可是马丁却老是自诩为**正统的英国代表**,感觉自己就是个阴差阳错生在了西班牙卡里昂村的英国人。所以他永远无法原谅他的同事们,并经常在他的表演艺术课上咬牙切齿地咒骂他们。毫无疑问,这是本国最常见的同僚嫉妒反应。

"正如那位著名诗人所说:该隐的阴魂隐藏在公牛的皮囊之下。"

《八月的月光》里面也有个名叫付汉斯奥的人物很像马丁,他直到第 66 集都是剧里的大反派。一些国内报纸的**高大上剧评**批评此剧的**风格太夸张过火**,横看竖看都像部**拉美肥皂剧**。但舍吉奥非常肯定地认为,那些在电视节目里评论电视剧的人,事实上连看都没看过这些被他们私底下称作"**垃圾节目**"的电视剧。他们只会一味地唱好国产剧,因为他们本来就是那些**传媒集团**签回来为自己节目做宣传的。马丁甚至说,这是一部由怀揣党员证的演员、世家的俊男美女和为了成名不惜付出任何代价的年轻演员所组成的大杂烩。

"他们那帮浑蛋里面,有人甚至还趁着有朋友当权时导演了几部电视剧和电影呢!"舍吉奥的虚无主义最终把我激怒了,这些人与发起五月风暴②的那群年轻人同属战后的一辈,这起码证明了他们有一点儿价值吧。我中学里那位创意无限、

---

① 伦敦老维克剧院(The Old Vic),是英国最古老的剧院之一,1979 年出访中国演出《哈姆雷特》,成为英国第一家在中国上演话剧的剧院。

② 五月风暴是指 1968 年 5 月在法国发生的大规模由左派思潮推动的学生运动。——译者注

博古通今的年迈哲学老师在课堂上曾经和我们说过一件言之凿凿的逸事，说在那些六八分子①们眼里连尼采都"已死"了，让我至今还为之震惊。

"那又有什么不妥啊？"我反问舍吉奥，但并没有料到他的反应会如此激烈。

"你说什么？你问我有什么不妥？"我的问题导致舍吉奥肾上腺素骤升，我甚至敢肯定此刻在他体内没有一项指标的pH值能保持在中位水平。"这帮浑蛋恬不知耻，比电视剧里最坏的大反派还要坏……而且竟然还有人会觉得这种人不会在大街上出现，只能在滑稽舞台上看到……电视剧里面的大反派怎么看都还有个人样，而这些浑蛋连个起码的人样都没有……"

"那我们干吗要把这些人拿出来讨论呢？"我赶紧提出一个问题打断了他。如果任由他继续唠叨下去的话，这一集《八月的月光》我是没法好好看的了。付汉斯奥正准备向州长的女儿表白，以图从此鱼跃龙门呢。

"因为他们是一群愤怒的小鸟，由于自己无法做出受观众欢迎的节目，所以只能攻击别人的好构思，咒骂别人取得的所有成就……"

"这又关我们什么事啊？"我无名火起，因为州长的女儿艾丽逊正在回应奸诈虚伪的付汉斯奥的表白，而我却在这紧

---

① 这里指的是六八运动，即20世纪60年代中后期在欧洲及美洲主要由左翼学生和民权运动分子共同发起的一个反战、反资本主义、反官僚精英等的抗议活动。——译者注

要关头把部分情节给错过了。

"当然有关系啦!就是因为这帮浑蛋从中作梗,所以我们才不得不离乡背井去别的国家混饭吃啊!"舍吉奥作为一个名副其实的**局外人**,他保守而现实的回答让我彻底摸不着头脑了。

"桑丘朋友,命运的安排比我们期望的还要好。"我抛出一句塞万提斯的经典台词,把舍吉奥杀了个措手不及。他不知道我从那些最便宜的心灵鸡汤书籍里面到底汲取了多少格言收藏。

"你难道不想成为自己土地上的先知①吗?"舍吉奥冷不丁回击的一句《圣经》语句让我猝不及防,看来我从他身上学回来的垮掉派思路要重新整理一下了,况且说到底,我和大部分人一样,其实算是折中主义者。

"我只想待在受欢迎的地方!"我学着《八月的月光》里面我最喜爱的人物的语气,故作严肃地回答。

冷静从容的州长卡洛斯,也就是艾丽逊爸爸,眼睁睁地看着自己的女儿落入了付汉斯奥的魔掌。这位由乌拉圭演员饰演的角色,在这个场景的每个镜头内都表现得无比出色,真实自然。他的精彩演出绝对可以作为所有初学表演者的灵感与动力的来源。在一个波哥大的粉丝为他专门制作的网站上,同时也是有关他的网站里点击率最高的一个,可以看到

---

① 这句话来自《圣经》,原文是说"没有一位先知能在自己的土地上得到认同"。——译者注

一段风靡全拉美的明星节目《周六巨星》对他进行的采访，在节目里他谦虚地承认了刚出道时在埃斯特角城国家电台时的卑微经历。

"我要成为像卡洛斯那样的人！"我向安娜倾吐了心声，而此时安娜正在为跌宕的剧情强忍着激动的情绪。因为艾丽逊，也就是剧中卡洛斯的养女，眼看就要倒向背信弃义的付汉斯奥怀中了。

"你一定会梦想成真的……"安娜拉着我的手，无声地抽泣着。我知道她双重的内心痛楚：一来是为了《八月的月光》，二来是为了她自己。我的直觉告诉我，当我出发去**征服美洲**的那一刻，将会是我们爱情破裂之时，就像所有的电视剧结局一样。

我如慈父般轻抚着安娜，试图让她相信，没有任何事情或者人能把我们俩分开。如果我在美洲获得成功，一定会回来把她带走。对于我们来说，分离的日子不过是一抹短暂的留白。

"你还记得《日出》吗？"

安娜破涕为笑，因为那正是我们一起追过的第一部肥皂剧。这部电视剧几乎完美地诠释了我们的故事，里面的一对恋人由于命运的作弄而被迫分离，天各一方，但最终还是受到命运之神的怜悯而重投对方怀抱。

随着字幕缓缓升起，电视里响起了连续16周占据"帕拉德流行榜"冠军位置的博莱罗片尾曲。我们俩深情地相拥着，开始了我们可谓是一天里最美好的时刻：饭后时光。

我们的饭后时光是激情四射的。我们尽情地在床上缠绵，没有人会来打搅我们此时上演的重头戏。这时的我不会受到内向性格的困扰，不会听到舍吉奥的虚无主义拷问，不会遭遇躁郁症外加精神分裂的德国牧羊犬的纠缠，也听不见马丁老师的课堂余响……

V

对我来说，准备一次跨越大西洋的旅行是一件非常令人担心焦虑的事情，那感觉就像是让我从一座老高的桥上跳下来，而腰间只让绑一根橡皮绳那样。在曾祖父的英雄时代，我们的祖先曾经把足迹版图扩张到世界各地，尽管在今天这个传统已经被丢弃得七七八八了。我的爸妈越来越小资格调的夏季度假行为准则不允许我们到距离国境太远的地方去，而真实的原因其实是，对飞行的恐惧感足以让这两位外科医师的神经系统瘫痪。不过让人费解的是，他们对器官的缝缝补补却是如此得心应手。

"其实他们俩就是一高档人体杂碎店的切肉工！"像往常一样，舍吉奥精准的讽刺能一针见血地揭掉任何事物的神秘面纱，露出里面的本质来。可是，当他说起我们每年八月都会开着那台阿尔法·罗密欧75美洲型号狂奔几百公里拍摄的**公路电影**时，却又会添油加醋地夸张一番。那是一台六缸发动机的珍藏版，我老爸把它藏在车库里，宝贝得就像对待一件比哥伦布发现美洲时期还早的古老珍宝一样。

地中海各大海岸和大西洋法国段的海岸我们都能如数家珍了。我老妈最爱的是法国奶酪，而打开阿尔法·罗密欧的车尾箱时，无论什么时候都能闻到那股独一无二的"高卢"清新剂香味。

当我们在到处飘荡着"法朵"歌声的葡萄牙旅行时，一定会购回一大堆高档葡萄牙纺织品。我老爸坚信，全世界没有哪个地方的毛巾比葡萄牙毛巾手感更好了。"说得好像他去过好多国家擦手似的！"舍吉奥就是这样一针见血。我从来无法知道，他这种对葡萄牙纺织物的钟情，是出于对经济投机主义的热爱，还是因为他对阿尔加维肉桂甜品所特有的壮阳效果近乎病态的追求。我只知道，每次他从葡萄牙回来都会轻微超重，接下来便会疯狂地参加各种体育活动，并且还会积极响应电视上在开学时经常播放的那些收藏品系列广告，购买一些稀奇古怪的东西。

去摩洛哥也是我老爸老妈的另一个选择，并且据他们所谓的个人原则所说，这是出于利他主义的崇高情怀。他们不时会在马格里布①区域援助组织的一个项目安排下去德土安和拉腊什，为当地有严重残疾的小孩做手术，顺带以便宜得几乎是白送的价钱拉回一车高级地毯。他们这两位特地前来打救当地可怜无辜儿童的伟大医生，理直气壮地认为自己有权做这样的等价交换，虽然不得不说这符合康德伦理学的**自愿**

---

① 马格里布（Maghrib），非洲西北部一地区，逐渐成为摩洛哥、阿尔及利亚和突尼斯三国的代称，下文的德土安、拉腊什都是摩洛哥曾经的西班牙占领区。

善良意志实践标准,但说他们把这一切当成赚钱的机会也不是冤枉的。可以换来的好处还不止这点儿,他们还能获得当地最恬静迤逦的马丁海滩边上最奢华酒店的特别招待券。就这样,他们到这片古时的西班牙保护地走一趟回来,能为我们家带来不少收入,以缓解我们为了供养这套祖传大宅而深陷其中的畸形经济状况。我们在自家花园里架起的地毯**小摊**可以为年度家庭开支做出巨大贡献。结果便是,他们所有的医生同事们、邻居们和亲戚们,在各自家里都无一例外地摆放着摩洛哥地毯。

有时候我会赶超舍吉奥,比他更快地想到一个激动人心的理论:既然我们的传统老是和过去几个世纪里面的各种刁滑事迹脱不了干系,那换个角度来看,也可以算是一种进化出来的优势吧?我的根据并不是电影里面或真或假的历史故事,而是我目睹围绕在身边的一切人与事,似乎都预示着历史终究逃不出反复重演的怪圈,并且这种现象是无法避免、无法探知而且无法理解的,说到底,只能用一堆的"**无法**"来形容……总的来说,是无法形容的,因为实在是在我们能理解的维度之外。在这一点上舍吉奥的想法和我一致,但他不敢贸然提出这个理论来。可能是因为他的**伪科**学术语库内容不够,又或者是因为他并不是一个**超自然现象**的爱好者,矛盾的是他自己本身就是一个不折不扣的非自然现象产物。

他是一个神秘的、住在我脑子内的声音，正如**德尔菲的神谕**①**一样，时刻召唤着我最大程度地完成我的天命**。但另一方面，他又非常清楚我对家族的生理基因、文化基因以及染色体质量的重要程度其实过高估计了。

"我到底能不能说得上是个小滑头呢？我会是这个家族优良传统在21世纪的合格传承者吗？舍吉奥不是说所有的演员都是老滑头吗？"

我一点没觉得自己是个小滑头，长得也不像。不知道这对于要从事电影行业的我来说算不算是一个缺陷。但我是铁了心要去美洲的了，而且刻不容缓。我不打算再继续忍受马德里那帮装腔作势的选角导演的粗鲁与否定，我需要换个环境，在友好的氛围里发掘真我性情，离开医学院或者戏剧艺术表演学校这些杀气腾腾的非人环境。我唯一舍不得的就是安娜，尽管就是她给我介绍了在波哥大的第一个联系人。啊，波哥大，电视史上其中一个最重要的角色就是在这里诞生的，《丑女贝蒂》②！

安娜在网上联系了她的表姐罗莎里奥，到时她会来波哥大的埃尔多拉多国际机场接我机，并且会让我在她家落脚。

罗莎里奥在哥伦比亚首都其中一个最重要的电视节目制

---

① 德尔菲神谕是传说在3000年前于德尔菲神庙阿波罗神殿门前的三句石刻铭文：认识你自己、要自知、勿过度。

② 《丑女贝蒂》（*Yosoy Betty, la fea*），哥伦比亚电视剧，从1999年到2001年间一共制作拍摄了169集，在哥伦比亚取得成功后，其他国家纷纷效仿拍摄不同版本。

作公司里做行政工作。安娜说,她表姐认识很多编剧、演员甚至导演,所以她一定会以行内人的经验指引我在肥皂剧小圈子内游走。我问安娜为什么她以前没有和我提起过这位表姐,她回答说,她从来没想过我真的会去拉美发展,因为一般来说,在西班牙人眼里,拉美的一切都低人一等。

"难道你觉得我和其他人是一样的吗?"我气愤得跳将起来。我的表演略微过火了一些,但因为即将到来的离别将会使我们远隔重洋,只有这样急切掏心的悲愤才能与这样的场景相衬。

"对不起我的亲亲,消消气,我并不是这个意思啊……你也不是不知道,有些人的嘴里是怎么说我们的……而且我真舍不得你走啊!"

安娜整个星期都在为我登陆她的故土做准备工作:向我推荐全国最好吃的餐馆。她说,我无论到什么地方都会畅行无阻,因为我怎么看都像个**有钱的"美国佬"**。由于哥伦比亚被那场无法定性的**内战**蹂躏超过40年,大家的不安全感都在日益增加,所以有些地方会保留选择客人的权力。虽然我们知道,外国媒体对**当地游击队、民兵或是毒枭集团**的新闻报道都是经过夸张的,但安娜还是在城市地图上用彩笔圈出了一些重点区域,交代我如果想保住小命的话,无论如何都不要越界到那里去。虽然她的千叮万嘱开始时实在让我心里有点发毛,但接下来她也向我保证,当我漫步在市中心宽广的大道上,在特色餐厅品尝着世界上最好的咖啡时,一定会像个小孩一样流连忘返的。

"还要当心那些婊子！"虽然安娜确信我不会对她不忠，因为她知道单是未来我要面对的工作就已经够我忙的了，但她还是提醒我要警惕那些**街头女郎**。她们经常会衣着优雅、**浓妆艳抹**地出现在各大娱乐场所，以她们**温软性感的卡利式魅惑**为工具，游走在观光客之间骗钱。

"卡利式魅惑是怎样的呢？"我突发的好奇心是演艺学员特有的，希望借这个极好的机会深入探究这个民间表演风格的真髓。

"众所周知，卡利的女人是全国最风骚的……这些女人无时无刻不在扭腰弄臀，就像24小时都在跳雷鬼舞一样。她们最喜欢穿着暴露的衣裳，挑逗街上的男人，所以我们会把所有放荡的作风都叫作卡利风格。"

"还有什么别的注意事项吗？"

"当然有了……在机场千万别帮不认识的人拿东西，就算是个慈眉善目的小老太也不行，还有别让行李离开自己的视线，别去夜店玩通宵，别随便和女人上街……"

安娜在她送给我的那本哥伦比亚旅游读本上，用蝇头小字密密麻麻地写满了标注。她甚至已经帮我预先计划好，如果今后有机会在最受欢迎的电视剧拍摄地卡塔赫纳取景的话，我应该在哪个时段下海游泳。因为加勒比海美轮美奂的自然风景是举世闻名的，但原本健康无恙的游客被碧波白浪迷醉，从而引发**司汤达综合症**①，兴奋不已下海畅泳导致冷休克反应而魂归天国也是时有发生的。如果我们到以手工艺闻名的佩雷拉城或者卡塔戈去的话，则一定不能不尝一下当地传统的柠檬水。哥伦比亚的柠檬是全拉丁美洲最有名的。有一个传说，说是最早到达这里的头一批西班牙侵略者很喜欢狂吃柠檬，因为他们相信这种果实会为人带来刚毅与勇气。

"这就是他们老这么性致勃勃的原因了吧！"舍吉奥酸溜溜地插进来一句，心里暗暗地对安娜这样主动地张罗一切觉得不爽。

"就是因为哥伦比亚的柠檬水？"我故作惊讶地问他，企图琢磨出他这次又在发什么神经。

"你看那些英国人，五点一到，谁也甭想把他们从茶桌旁拉开！所以人家才有今天……"舍吉奥的话已经颠三倒四，把现实和历史都搞混在一起了。

"不明白你在说什么！"

"你不明白也不奇怪！你一辈子都是这样的，老是这也不明白，那也不明白的！"

"说人话！"我开始为舍吉奥的超现实假想担心了，他一脸严肃地嘟囔的样子横看竖看都十足一个公立大学里的西班牙历史教授。

"很简单，两个字：规矩！"

---

① 司汤达综合症是一种观赏者在艺术品密集的空间里受强烈美感刺激所引发的罕见病症，症状有心跳加速、晕眩、昏厥、慌乱甚至出现幻觉。——译者注

"规矩？这和去波哥大有什么关系啊？"

"智慧是维持伟大关系的艺术！"

"好吧，你是认为我无法钻进你的脑袋学习你那智周万物兼博古通今的智慧，所以嫌我笨是吧？可你有没有想过，要是真把你那些陈腔滥调的理论搬出来说的话，会让我在别人面前丑态百出呢？"当舍吉奥血气上冲时，我便会立马使出经过大量阅读心灵鸡汤书籍而学来的消泄招式来缓和紧张的形势。在我们和解以后，舍吉奥也承认自己有时会失控。

"如果你是澳洲或者英国演员，一切都会简单多了……"

"好莱坞的每扇大门都会向你敞开！因为那里的人都懂规矩、懂秩序、懂守时……一句话概括，英语世界的运作模式！"

"我看你现在是转投'保守反动分子'那一派了吧？"对舍吉奥最有效的打击，就是把他划到我们的表演与戏剧老师马丁那一类人里。这类人一生中能获得的最大成就可能就是省内小报上的几篇剪报，赞美他的表演不乏"劳伦斯·奥利弗爵士的格调与神采"。

"我都是为了你好……而你却以怨报德，这实在让我太痛心了！"舍吉奥伤感地甩下一句话便准备离开了。

"待我和你细细说来！"我希望能为咱俩今后的关系打好基础，于是倾尽所能来演这场心理戏。演出当然是相当成功的，用我曾祖父那辈人那时就经常使用的话来说，就是"**要上天了**"。

"不管它什么哥伦比亚柠檬还是五点英式下午茶，我只知道，我想去波哥大，是为了自我成长，也是为了将来能成为演员。那些贴标签和陈谷子烂芝麻都是上世纪的过时玩意儿了，我不会在乎的。我觉得我是世界公民：我会说英语、西班牙语、法语，还会一点儿意大利语、一点儿葡萄牙语、一点儿德语，我还想学汉语日语阿拉伯语和其他任何一种可以让我穿行在世界各地工作的语言。我勇于信人，无论他的种族、宗教、性别、性取向……这些我都不在乎。我是斯多葛派①世界主义者，知道不？"

"听起来好像是政府的反种族主义宣传演讲嘛！"舍吉奥大笑起来，同时宣告我们在本月内的第 N 次争吵正式结束。虽然听起来奇怪，但即便是心理学界最负盛名的**大师**，也是**非常推崇这类辩证性的争论**的，甚至认为辩论是相当**神圣**的。原理就和**高压锅**一样，当锅里积聚了过高压力时，得把阀门**松开释放蒸汽**，以免爆炸。

在舍吉奥面前吹嘘自己的**多语言能力**只不过是**自我安慰**而已。因为，虽然从奥古斯丁的修女们那里接受的教育**还算不错**，但在语言学习方面却实在有点惨不忍睹，除了英语以外。为了让我们这帮年幼的学童将来在找工作时无须在简历上造假也能在这个重视双语能力的职场上分得一杯羹，她们确实是下了点儿功夫。年过七旬的荣誉校长艾杜薇修女，不寻常地使出了实用主义这一大招，**成功**让教育部派给了我们

---

① 斯多葛派是塞浦路斯岛人芝诺（Zeno，约公元前 336—前 264）于公元前 300 年左右在雅典创立的学派，以伦理学为重心，秉持泛神物质一元论，强调神、自然与人为一体。

学校一批来自遥远的墨尔本的外教。澳洲驻马德里的领事馆一推出这个在旅游推广活动框架内的学校语言交换项目，沉迷于"信息时代"甚至达到病态迷恋程度的艾杜薇修女便立马抓住了这个机会。"小朋友们听好了：拥有知识和资讯这两件利器，很多大门都会为你们敞开的！"每次在开学典礼讲话时她都会重复这句话，就是为接下来的显摆做好铺垫，"我们学校是全马德里唯一一所拥有高级外教的学校，而且这些外教全都是从地球反面来的……"

西班牙语说得无比顺溜的墨尔本外教们对艾杜薇修女把他们称作是"地球反面"的人不太高兴。因为他们觉得修女校长把他们贬低成"地球反面"的二等公民，是非常**马基雅维利主义**①的做法，我也认为他们这样想绝对是无可厚非的。

"这不是赤裸裸的西班牙帝国主义情结嘛。"

山姆是教我们基础口语的年轻老师，浑身散发着活力，他对艾杜薇修女可不只是有微词那么简单。当艾杜薇修女问起他祖国的饮食传统、民族艺术和宗教信仰时，说话的语气简直是把他当作了特罗布里恩岛上的非洲土著。山姆显眼的鼻环，还有其他澳洲同事的文身，都使艾杜薇修女坚信这是马林诺夫斯基、列维-斯特劳斯或是其他人类学家对土著民族带着神话色彩的叙述的铁证。对这些"地球反面"来的人，得赶紧给他们传福音才行。圣奥古斯丁的恩赐与仁慈，指引

---

① 马基雅维利主义是从意大利文艺复兴时期作家马基雅维利的政治论著《君主论》一书中衍生出来的，是一种个体利用他人达成个人目标的行为倾向，后逐渐变成政治上尔虞我诈、背信弃义和不择手段的同义语。

这帮澳洲人来到这所最适合的学校,以拯救他们野性的灵魂。

艾杜薇修女的这种表现,说句好听点的,并且也是真话,是因为她的早期老年痴呆症。但还有一个非常有可能的原因就是她拒绝走出学校大门:她在过去的25年间严格遵守着修道院的清规,并且跟随一个怪怪的名叫"忏悔"的奥古斯丁正教派别闭关修行,而这便是她理解与接触这个世界上所有事物的唯一窗口了。于是,由于她无法接触到外部信息,可悲并遗憾地错过了近几十年来在全世界发生的翻天覆地的变化。教学主任莫妮卡修女还会用她们那个时代特有的方法,将外来的新闻进行审查过滤。最矛盾的是,自以为信息面最广的艾杜薇修女,其实只是在**坐井观天**。她没看到,那些在开学前最后一刻为了凑齐教师人数而临时签回来的本地老师,是怎样在跨进教室前偷偷把耳环摘掉的。并且实际上,找到这个澳洲语言交换项目的人其实是莫妮卡修女,但由于艾杜薇修女是最终在申请表上签字的人,于是便沾沾自喜地以为是由于她的天赋才发现了这块"教育宝藏"。

多亏了莫妮卡修女,让在这所超过七十年校龄的奥古斯丁学校上学的所有孩子,都能把英语说得跟母语一样。这些从墨尔本来的外教孜孜不倦地利用各种机会把大量词汇传授给我们,但艾杜薇修女却认为他们的行为不是由于众所周知的大洋洲居民所特有的勤劳美德,而是被**神道巫术**强迫驱使的。

当她看到操场的情形以后,气得大叫起来:"这些从地球反面来的人还让不让孩子们活了啊,连操场都不放过!"这些墨尔本的老师为了让我们更好地记忆单词，把操场上的所有物件都贴上了大大的硬纸卡，上面标明了各种物件的英语叫法：篮筐、网、草坪、垃圾桶、喷水池、健身房……

山姆从来不让我们在课堂上使用英语以外的任何语言，甚至连失控爆粗或者和邻桌吵架时也不行，非得说英语不可。我们必须百分百投入，否则在期末会被扣分的。突然想上洗手间拉粑粑的情况在我们这个年纪是很常见的，不过即便是在如此紧急的情况下也不能例外，一定得用英语和老师说，否则就等着**拉在裤子上吧**。话说这种情形在我们的课堂上其实也不是什么新鲜事儿了。山姆的要求是雷打不动的，虽然我们都得忍受邻座同学裤管内散发出来的阵阵恶臭，和感受那些**英语和肠胃都不好**的同学的耻辱。

"这个在墨尔本是怎么说的呢？拉屎还是蹲坑呢？"舍吉奥煽动我去问山姆，看墨尔本是不是也和我们一样，会有粗俗的用语来形容这件人类最羞于启齿的行为。

"疯了吧你？"

"难道在墨尔本没人拉屎或者蹲坑吗？"

我一直确信，在成长过程中会有一个比瑞士钟表还更精确的时间点，当到达这一刻时，那些让人忍无可忍并且会随时来临的小儿肠绞痛便会不治自愈。当然了，急性肠应激综合征或者其他类似的疾病除外。而另一件会同在这个时刻发生的事情，便是我那顽固的内向性格，它将会消失无踪，随往事**如烟散去**。

"你真的以为你那近乎病态的内向性格会和憋屎一样容易

控制吗？"舍吉奥使出如此恶趣味的比喻，目的是为了报复我不愿意去问山姆这些在西班牙语里甚至是世界词典里都应该是最常见的词汇的英语说法。这一刻，他让我从**精神到身体都产生了便秘的感觉**。

我顽固的内向性格也让我成了班上最早一位能成功调节自身生理活动的人。因此从另一角度看的话，这其实也不算是一件坏事：早在童年时期就已掌握成人阶段才应有的忍耐力。虽然班上的那些调皮鬼经常百般取笑我这个"**金发的自闭儿童**"，但这位**自闭儿童**却从来没有在大家面前羞耻地失禁过，连屁都从未当众放过一个。关于屁的控制实在是一个难题，往往很容易会由于一失足而成千古恨的。

"山姆放了个屁……"

课堂上立马炸了锅。山姆作为一位在学生的"态度问题"上如此严格要求的老师，这种"屁事"发生在他身上简直不可思议。当时他正想在教师专用的高脚椅上换个姿势，但在屁股和椅垫之间突然进出了一声异响，这位澳洲老师一下怔住了，像被定了格一样，脸上的皮肤则迅速地在涨红。

"呃……Excuse 意思……"

这位墨尔本人无论如何也不会料到，在他的职业生涯中，会由于**班里最调皮学生**的一声呐喊而首次陷入如此尴尬的境地，而他甚至没反应过来，这句话是用本地语言喊出来的，当然也没有想到，他自己竟然会用如此女性化的柔弱声线脱口说出这个用两种不同语言拼凑起来的句子来作出回应。他经常教我们说，英语一定要用**最强硬的语气**说出来，才可以

"像旧时的美国西部牛仔那样划出自己的领地",因为他认为那个时代的人说的英语才是史上最好听的版本。

"来自墨尔本的牛仔,你现在是真的划出自己的领地了,不过用的是美国臭鼬的方式!"舍吉奥无声地宣告,他比谁都更有兴致地欣赏着这场但丁式的灾难场景,就像在看一部近年来最优秀的喜剧电影一样。

话说回来,这个如此令人尴尬的场景,即便在多年以后还牢牢地储存在我的**镜像神经元**里面。我出色的**换位思考能力**使我能与这位**爱放屁**的澳洲老师将心比心,真切地感受到他的**尴尬时分**是如何刻印在了全班同学的集体记忆内,并且作为课堂轶事在家长们之间流传的。

我的直觉告诉我,这些**镜像神经元**能在舞台表演方面帮助我。因为如果我拥有这种在无论什么场景都可以随时入戏的能力,即便我生性羞怯,也可以在演艺圈子里有所作为的。

"我得感谢这位多屁的澳洲老师山姆,因为他不但教会了我带有轻微大洋洲口音的英语,而且还令我把自己镜像神经元的潜能像榨南非橙汁那样给挤了出来!"**舍吉奥接下来发表的意见,暗示了这事也有积极的一面……**

"你还记得那位英年早逝的迈克尔·兰登[①]吧,你现在唯一需要的只是观众……"

"就是那道在全国都受欢迎的名菜,阿斯图里亚炖菜豆

---

① 迈克尔·兰登(Michael Landon,1936—1991),美国演员、作家、导演、制片人,代表作电视剧《草原小屋》(*Little House on the Prairie*,1974—1983)。

汤,把我带到了希望的田野上……"当时我的脑子里就是这样想的,从小学开始我就明白蝴蝶效应的重要意义了。

莫妮卡修女是阿维莱斯人,因此按照阿维莱斯地区的饮食习惯,将她家乡的这道阿斯图里亚名菜加入菜单绝对不是偶然事件。那些从阿斯图里亚地区来马德里工作的厨师,在被分派给超过五千所学校时,恰好有人被派到我们学校来,也不会是纯属巧合。所有发生的一切,都只不过是组成宇宙间抽象秩序的一部分而已,就像在不久的将来我会遇到的那位年老但睿智的中学哲学老师所坚持认为的那样。

虽然山姆,也就是这位从遥远温暖的墨尔本来的,最讲秩序最完美的老师,因为吃了莫妮卡修女的阿维莱斯菜豆汤,而导致在这么多学生面前**当众放屁**,听起来是那么矛盾和让人凌乱,但其实对于宇宙秩序来说并没有任何影响。并且恰恰相反,对于这位**爱放屁**的澳洲老师来说,通过这件事或许会让他稍稍改变一下牛仔式的霸道,而且对于那些被忙碌的工作弄得疲惫不堪的家长们来说,这样一个**爆炸性**的新闻也能作为茶余饭后的笑谈让他们轻松一刻。而经过此事,舍吉奥也发现了我对别人痛苦的代入天赋,这也是我一直以来最崇拜的电视偶像迈克尔·兰登的拿手好戏。每一个行动和反应都会产生无数个与之相关的后果,而这些后果都是遵循着严格的规律性的。

"你说多亏了莫妮卡修女的阿维莱斯菜豆汤和山姆的臭屁,才让你发掘出隐藏在身体深处的迈克尔·兰登来?因此

"我们是碰上了众多可能的世界之中最好的一个①？什么胡说八道！"舍吉奥一向对莱布尼茨的哲学不是太感冒，他更喜欢尼采的怀疑论。

无论如何，我也得向爱放屁的山姆的伟大教学贡献致敬。要不是他，我将无法看懂迈克尔·兰登主演的传奇电视剧的原声版本，也无法把自己想象成《天堂之路》②里的天使，边看边用夹杂着遥远的墨尔本乡村口音的英语来哭泣。

"要是奥古斯丁修女们没有从墨尔本请来这些外教，而是从里昂、热那亚或者慕尼黑请呢？"舍吉奥继续提出假设性的追问。

"这些假设都不在宇宙秩序内！"我斩钉截铁地回答，虽然我也在学校里学了一点儿法语、意大利语和德语。

舍吉奥不发一言，绞尽脑汁地想找一个可以狠狠回击我的主意……但实际上我也很清楚，捍卫几个疯狂哲学家的理论来证明到底有没有这样一个宇宙秩序存在，也根本不会对任何事物产生影响，**毕竟，撇开那些战争、饥荒、自然灾害、地震、海啸、瘟疫还有数之不尽的人间惨剧不说，就单是人们得每天早起去上班这一点，我认为便是最明显并且最严重的秩序混乱了。**

---

① "众多可能的世界之中最好的一个"，此话出自于 17 世纪著名德国哲学家莱布尼茨（Gottfried Wilhelm Leibniz）。——译者注
② 《天堂之路》（*Highway to Heaven*），美国国家广播公司（NBC）在 1984 年到 1989 年间播映的一部电视剧，该剧的主角是一位被派到地球上的天使。——译者注

"说到底你就是个典型的纨绔弟子,厌烦了平静的美好生活,想要点儿冒险刺激来满足你那贪得无厌的内心!"

"你说什么?"舍吉奥的批评一举打破了我的稳定情绪,这是从来没有过的事。

"没错!就是你听到的这样:你和19世纪冒出来的那些所谓探险者一样,不去正正经经地工作,硬要跑去世界各地探什么险!"

"但我真的是想去工作的啊,在电影、电视、戏剧里工作……并且我要战胜内向性格!这也是我人生的一大挑战!"

"你现在就是在演戏!而且还演得超烂!……这就是你说的工作?"

舍吉奥完全占了上风,于是我决定以后**再也不为这些破宇宙秩序做公开辩护了**,即便我宝贵的镜像神经元毫无疑问是在臭屁老师的刺激下惊醒的。

"好吧,算你赢!"我的投降是真心的,和我希望尽快出发到波哥大的愿望一样真诚,舍吉奥也相信了。

"你现在终于明白,在哪里才能找到这颗蕴含着终极表演能力的'魔法石'了吧?"

舍吉奥给我上的这堂课实在让我受益匪浅,直到现在,每次响起让我向往而又紧张的一声"开机"时,我都不忘在心里寻找自己的"魔法石"。

VI

安娜给我讲了那么多关于波哥大的东西,让我熟悉得差点产生了错觉,觉得那儿已经是我的第二故乡了。不过,面前还有一道最难过的坎在等着我。

"怎样才能说服我爸妈呢?大学上了一半,突然说要去哥伦比亚,这和我手上的任何工作都扯不上半点关系,和我的大学课程更是八竿子打不着。我爸妈连离国境远一点儿的地方都不敢去,一是怕坐飞机,二是怕在遇上社会动乱或者突发战争时找不到能帮得上忙的西班牙大使馆或者领事馆。而我怎么偏偏就看上了这个在政府电视新闻里被说成是世界上犯罪率最高的国家呢?我该不是想把他们给气死吧……"

"一切都自有解释!"舍吉奥在我最需要指点迷津的时候又出现了,但这次他所摆出的观点和他一贯的**无政府虚无主义**现实分析手法无关,"你的问题很容易解释:你只不过是想得到爸妈的关注,因为他们整天都在手术室埋头工作,把教育你这个儿子的责任完全推给了那帮丧尽天良的奥古斯丁修女,和那几个足以移人的拉美尤物女佣那里。"

"你胡说些什么啊?"

"如假包换,一眼就能看出来,在精神分析学手册里就是这么写的:你的本我,你的潜意识,想要报复他们,但你却无法自我意识到这一点。"

"哎,你不是不相信事物的理性解释,也不相信预定秩序的吗?你这是想故意和我作对是吧?"

"精神分析学可以解释人类行为的非理性部分。"

"那么你的意思是说,我这样做的目的只是想**惹毛我爸妈**,是吧?"我脱口而出的脏话要是让奥古斯丁小学的修女和老师们听到的话一定会大吃一惊,他们一定想不到我这位学校有史以来最正经的学生竟然会使用这种词汇。

"没错,就是这个意思!"舍吉奥没有被我突然转变的画风吓倒。

"可是,你之前不还在口口声声批评西班牙电影行业搞小圈子、瓜分政府资助、利用裙带关系等吗?"

"是啊,但你借口要去波哥大来惹毛你爸妈也是真的啊……"

"好吧……既然你这样说,现在我就决定哪儿也不去了,不去波哥大,不去宝莱坞,什么鬼地方都不去了!"我的**逆反心理**一下子被挑了起来,而我也随之一反常态地进入了粗鄙的角色状态。

"好!厉害厉害非常厉害!考试满分过关!现在你可以和你爸妈说你要去波哥大国立大学攻读热带疾病硕士了!"

"呃?"

"你没听错:你有做演员的底子!你最终还是证明了你是那位老是挂在嘴边却从来没提过他名字的曾祖父的传人!你生气抓狂的时候充分显露出了你的天赋!真是连专演这类角色的大名鼎鼎的罗伯特·米彻姆①都难望你项背啊!"

"够了够了……你先别急着拍我马屁,我还不知道接下来该怎么打算呢。对了,热带疾病硕士是什么东西啊?"我正在饰演的角色的生气状态随着恭维话语的到来马上结束了,也就是说持续了……好几秒钟。

当舍吉奥想要控制局面时,他唯一会使出的有效招数就是拿我和那些电影史上最优秀的演员做对比,因为他知道我是一个所有第七艺术著名片段的**超级粉丝**。他只要使出这一招,我就会立马缴械。

"哎,你这微笑像极了《吉尔达》里面的格伦·福特②呢……"

"你现在的样子比《西部往事》里面的亨利·方达③还要邪恶啊……"

"你这前所未见的诙谐让我想起了《西北偏北》里面的加

---

① 罗伯特·米彻姆(Robert Mitchum, 1917—1997),美国演员,以主演黑色电影著称,代表作《美国大兵乔的故事》(*Story of G. I. Joe*)。

② 格伦·福特(Glenn Ford, 1916—2006),美国演员,是好莱坞黄金时代的代表人物,《吉尔达》(*Gilda*)是由他主演的爱情悬疑片。

③ 亨利·方达(Henry Fonda, 1905—1982),美国著名电影、电视、舞台剧演员,其主演的《西部往事》(*Once Upon a Time in the West*)是西部片的经典之作。

里·格兰特①了!"

"你真是百变星君啊,和《非洲女王号》里面的亨弗莱·鲍嘉②有得拼……"

说到底,还是西塞罗③的名言说得好,他的那些警句在我中学的某一时期反反复复地听了无数遍,已经烂熟于心了:"**没有人能抵挡住甜蜜的颂词,即便是最受尊敬和最有智慧的学者也不例外。**"我的愿望是要当演员,而真正的演员,恰恰需要各种甜言蜜语来填补他们**饱经风霜的心灵**,也许是为了弥补某些难以触及与治愈的心理创伤吧,甚至连那些在戏里能把心理治疗师角色演得栩栩如生的演员也无法避免这种心理需求。

不过,我还是得承认,虽然舍吉奥有时会**行为乖张**,但如果不是他,我大概会像一个身陷纽约证交所的斗鸡眼④那样无所适从,就像那位狂妄自大的典型曼哈顿**培训师**在无数次讥讽我时所说的那样。

"哼,而且还分文不取!我可以毫不夸张地告诉你,那些美国培训师每堂课收你个一千欧都算小儿科啦!"

---

① 加里·格兰特(Cary Grant,1904—1986),英国演员,《西北偏北》(*North by Northwest*)是其代表作,是由希区柯克执导的惊悚悬疑片。

② 亨弗莱·鲍嘉(Humphrey Bogart,1899—1957),美国演员,1999 年被美国电影学会选为"百年来最伟大的男演员"第 1 位,他在《非洲女王号》(*The African Queen*)中担任男主角。

③ 西塞罗(Cicero,公元前 106—公元前 43 年),古罗马著名政治家、哲学家、教育家,古典共和思想最优秀的代表,罗马文学黄金时代的天才作家。

④ 在西班牙有个说法,被斗鸡眼看到会带来霉运。——译者注

但话说回来，也多亏了他的**高级计谋策划**能力，才让我蒙混过关没让爸妈发现我在上演艺课。当我爸妈把我和衣柜里一大堆准备**用作彩排的戏服**人赃并获时，他立马为我编出了天衣无缝的托词，声称衣服是用作**为患病儿童进行慈善演出**用的。当他讲出这个完美的借口时，我一点儿也不吃惊：他的借口都是根据我的需要而量身打造的，其质量可媲美我老爸经常去的那家百年裁缝店的高级定制衬衣。

"这个热带疾病硕士绝对是你通往成名之路的通行证！我这个世界一流的培训专家可以给你打包票！那些自以为是的美国佬能和我比？"

舍吉奥无论什么都喜欢拿来跟美国比，这是他的参考标准与精神标杆。美国人热爱等级制度，俯首甘拜处于资本主义金字塔顶端和上层社会的人，但同时却又天真地自我感觉高人一等。

"你就这样和爸妈说，如果他们不让你去，你就没法闯出自己的一片天地。比方说如果没有这个学位，今后想要去著名的'婵集①'医生带领的感染性医学部门工作一定没门儿，又或者说想去那个远近闻名的'金康诊所'当医生也绝对没戏。这主意够好吧？"

"一半一半吧。首先，我觉得你最近应该是迪士尼动画片看多了：我爸妈是医学界的专业人士，他们清楚得很，根本就不存在什么著名的'婵集'医生可以在医院里给富二代走

---

① 婵集，取疟疾的谐音，传染病医生的名字就叫疟疾。——译者注

后门，金康诊所也没有什么研究需要跑到国外去做。不过，如果我们把这个主意该改的地方改一下，倒还真是条妙计了。"

"哪里才是该改的地方呢？婷集医生的名字还是金康诊所的名字呢？"

"我该说我要去波哥大的无国界医生组织！"

"可是你现在还不是医生呐！而且你每天脑子里除了演戏还是演戏，从来没有动过一根手指头去帮助别人呢……"我对现有借口的修改与优化让舍吉奥这个职业培训师嫉妒了。

"学了几年医的学生也可以去做志愿者的！"

"你那两位光知道要赚钱赚钱再赚钱来养这破房的爸妈会赞成你这个主意吗？"

"虽然你不这样认为，但其实他们也有自己的美好小心灵的：他们从来不会拿出自己去摩洛哥为儿童做手术且不求回报的事迹到处炫耀的。"

"真是这样的吗？那你们家院子里的那些马格里布地毯摊子怎么说？难道赚回来的钱是分给穷人了吗？"

"嗯……我都一成年人了，去波哥大又怎么啦？我愿意说我是慈善组织的志愿者也好，说我是警察也好，我爱以什么身份就以什么身份去……"

"好样儿的！现在就只差在你老爸老妈面前摆出这气势来了！"

"你是不相信我的专业演艺才能还是怎的？"

"我只不过想多踩你一脚而已！啊，对了，你把你的内向性格搁哪儿去啦？自从你和那哥伦比亚女佣有了一腿以后，整个人都变了嘛，连你妈都快认不出你来了。"

"不瞒你说，有时候还是会复发……和你一起当然没有问题，但真站在我老爸老妈面前时，说实话，我真不知道会表现得怎样呢。"

"你在心里想着安娜的那地方就行了……"

"别太过分啦你！放尊重点儿！"

"噢，我们的金发小男生好斯文哦！这是所有培训师都会传授给客户的秘诀，好让他们在关键时候懂得灵活变通。"

"秘诀就是心里想着你女友的性器官？"

"不是性器官！你该想的是具体描述的词！你要不是这样想没效的！你该不是信了达摩佛教吧？"

"信了什么？"

"正如佛弟子修行的八正道所要求的，必须做到正言、正志、正精进、正定……"

"看你这书包抖得……"

"是你这富二代才疏学浅好不好！你又想开撕是不是……是你先说我抖书包，拿佛教来炫耀的！"

"就你？懂佛教……别笑掉我大牙了！"

"不信你尽管问啊！"

"佛教最重要的著作是哪本？"

"《三藏》①!"

"你怎么知道的?"

"作为一名成功的培训师,一定要饱览历史上最重要的思想书籍……"

"你一本书都没有读过好不好!"

"说得你好像24小时都在监视我那样?"

"没有监视你……但可以想象出来,你那文化水平大概就和大部分只会填字谜游戏的那些人看齐。"

"最近你是自我膨胀得很厉害嘛!到了波哥大,你一定会垂头丧气地来求我给你讲《论语》《道德经》和《塞内加格言》②的!"

"这些你都是从《科学小常识》里面学回来的吧?"

"能笑到最后的才是赢家!"

"我还是不明白……你不是说过幽默与反话才是最厉害的武器吗?"

"你这种幽默不算……而且你竟然还拿这招来对付我这位给你擦了无数次屁股的培训师!"

"我是开玩笑的啦,并且是跟足了你的指示的哦!哈哈,你是挖好了坑自己跳进去啰!"

"臭小子……招数越来越多了嘛!现在就要看你能不能在

---

① 《三藏》是佛教经典的总称,古印度孔雀王朝阿育王时的高僧编纂,包括《律藏》《经藏》和《论藏》。

② 塞内加(Lucius Annaeus Seneca,公元前4—公元65),古罗马政治家、斯多葛派哲学家、悲剧作家,一生撰写过不少伦理哲学著作及悲剧。

老爸老妈面前使出来了。听见不,那条你骗不过的癞皮狗开始狂吠了,你爸妈该是回来了。"

这条德牧就像一根扎在我喉咙的鱼刺一样讨厌,看来即使我跑到新大陆那头也没法把它给挑出来了。无论我怎样对着它微笑,赏多少肉骨头给它,或者买多少大大小小的美味零食给它,它还是一如既往地抵制我。舍吉奥确信,它那双邪恶奸猾的眼睛,能一眼看穿我内心深处隐藏的对犬类动物最本能的漠视,因为乍看之下,我对这条**长了 X 光透视眼**的地狱恶犬的态度,其实并没有什么不正常。

可是对我爸妈,它却有一种奇怪的但绝对真诚的崇拜感。在舍吉奥看来,是因为"**稚命吸引力**"的作用,因为它每次看到我爸妈出现在入口的铁门附近时,都会发出像婴儿般的啼哭声。

"趁他们现在还处于放松状态,赶紧迎上去说!所谓撑死胆大的,饿死胆小的!"舍吉奥迫不及待地想向我展示,他的哲学知识绝不限于那些伪科学杂志的格言丛集。

我走到花园,准备开始进行第一幕的演出,目的是为了获得重要的短期利益。我先迎上去亲了亲老妈的左脸颊,然后亲了亲老爸的右脸颊,这是我从小时候起就经常对他们进行的欢迎仪式。我不明白在进行这个仪式时,为什么会在亲的方位上会有左右区别。是因为他们在意识形态上的立场不同吗?应该不是,我敢肯定他们都是温和中间派的。"可你也不能选中间啊,在这里也不太流行亲老爸老妈的嘴,"舍吉奥冷不丁地插了一句进来,带着舍吉奥金牌**培训师**特有的骄傲口吻,"应该是大脑本能地根据性别所进行的选择。"

不过有一点我敢肯定的是,当我的身边有其他同类在场时,那条**眼神凶狠的躁郁症德牧**做出的行为绝不是它"大脑本能地根据性别所进行的选择"。这时候,它既不会发出刺耳的嚎叫,也不会突然扑上来攻击我,甚至还允许我抚摸它光光的脑门,装出很享受我的手与它亲密接触的样子。但如果换作别的时候,它一定会把我这只同样的手当作来自它家乡的油煎香肠那样来啃的。不过,我能清楚地看到,它**凶狠的眼神**不偏不倚地落在我的裤裆处,似乎想把我变成一个 21 世纪的太监。"这样看你还怎么演戏!只能回家做个乖儿子啰!"恶狗耷拉着舌头喘着粗气,如果它会说话的话,这应该就是它现在的台词了。

"我有个重要消息要向你们宣告!"我高声利索地做了开场白。但我爸妈似乎都没什么反应,他们正忙着跟那条**眼神狡诈**的躁郁症德牧逗乐儿呢。在拉了一天各种或是皱巴巴的或是干瘪如纸板的脸皮以后,他们回家以后的宣泄方式就是用那双外科医生的灵巧双手来揉捏这条讨厌的癞皮狗。

"哎,我的小天使,你好漂亮啊!"我妈向着恶狗大喊。

"它是世界上最高贵的狗!"我爸附和着。

"人兽恋电影的序章开始喽!"舍吉奥说话不忘讽刺。

"你们晚饭前记得洗手啊!"我的话为这么热火朝天的逗狗游戏稍稍添加了一点儿理智成分,"它的肝棘球蚴病还没根除呢!"

"看这狗娘养的,它好像嗅出了你的警惕,才故意靠近你的裤裆呢!"舍吉奥也同意我的想法,我们一致认为这条恶狗完全听得懂人话。

"嘿,费尔南多……看得出来你是学医的嘛!"我妈微笑着说,对我在卫生方面的预防性考虑很满意。

"你们在医院里有收到关于家庭宠物的传染病个案上升的内部通知吗?"我故意表现出对医学问题的极大兴趣,以便为接下来的哥伦比亚计划铺平道路。

"我们的罗斯基是百病不侵的!"我爸不断地搔着恶狗的背,而恶狗则不停地舔他那双外科医生的手,还有脸,甚至耳朵。

"好恶心啊!"舍吉奥大叫起来。他和我一样,对一切非人类的唾液分泌物都非常抗拒。

"话不能说得太死!"我反驳,如果换作是社区医生也会这样说的。

我妈开心地抱住了我,因为我说话的语气十足,她那帮全科医生同事,连一丝一毫的人情味都找不到。她用那双刚揉完了**臭狗**然后又被它**别有用心**地舔过的手捏了捏我的脸。

"园丁何塞那天带它去看过兽医了,它的爪子上连一个瘘都没有……"

恶狗欢快地叫着跳着去叼我爸扔出去的那个小球,我爸经常和它玩这个游戏,说是想训练它做出马戏团那样的高级把戏。我爸九岁那年,由于得了百日咳,所以错过了那次每个学龄儿童都最期待的外出参观活动:去看每年12月都会光临我们城市的俄罗斯马戏团。当他的同学们回来以后,绘声绘色地给他描述了在这个**世界上最好**的马戏团里面，那些俄罗斯人是如何**设计**让猴子、斑马、海象和其他动物做出精彩表演。他因此而受到的失望打击是如此巨大，以致从那时开始就落下了这样一个后遗症：固执地要把他的每一只宠物都**训练**成杂技能手。我们家有过好几只据说是从巴西亚马孙热带雨林弄回来的鹦鹉，而我爸却想在它们身上应用巴甫洛夫的经典条件反射理论。虽然他提供的奖励非常丰厚，鸟儿们还是在小区的树丛里消失了。那几只有血统证的名种猫也是一样，当它们**得知**在这栋豪宅里面的角色将不会是一只集万千宠爱在一身且**养尊处优**的宠物以后，便头也不回地溜掉了，因为被要求在**迷你蹦床**上跳这种行为对它们高贵的东方血统来说简直是一种侮辱。

唯一俯首听任他摆布的便是这条德牧了。这条狗是医院里面的一位同事在退休以后送给他的，但与其说是出于同袍情谊，不如说是想摆脱这个包袱而已。

"那浑蛋自己跑去马贝拉海岸晒太阳，却把这条恶狗扔给我们！"舍吉奥斩钉截铁地下了定论。

我爸的脸色突然一变，连他那通常在晚饭过程中都会保持死板的面孔都抽动了起来。他一直坚信他亲爱的**罗斯基**，也就是那条**恶狗**，把他由于百日咳所引致的一系列**附带心理创伤后遗症**给彻底治好了，这种创伤是任何不精通心理学的普通人都无法想象和理解的。

"费尔南多，我真不明白你为什么老这样和我们亲爱的罗斯基过不去！"安娜正在一旁给我们上菜，但我爸似乎想把这局子给搅了。

"你难道没看出来你的儿子只是想像个真正的医生那样确保我们的健康吗?"我妈和大部分的妈妈一样,站在自己儿子的一方辩护,虽然那条恶狗也是她的心头肉。

"正是为了这事儿,我想跟你们谈谈……"安娜一惊,差点儿把海鲜冷汤洒在了我家祖传的独一无二的金贵菲律宾桌布上,她知道我要豁出去,把要去波哥大的想法说出来了。

"没错……但他明知我们是多疼爱这狗的……"

我爸还在为狗的事情生气,像个七岁的小孩一样,根本没听见我的话。他入神地看着那些用海鲜肉碎装饰的精致美味的点心,它们都是安娜在下午和我一起看完了最后一集肥皂剧并且做完爱以后,带着剧中人物的激情做出来的。

"你的炸点心做得真好吃!"我妈试图通过表扬安娜的工作来转移话题。不过,我爸非常了解我妈的企图,这次他连头也没抬一下,直盯着那张菲律宾桌布。

"你应该告诉他们,安娜做得好的不只是炸点心,还有那些每天下午都会和你干的事儿……看你爸啥时才会放聪明!"舍吉奥在气氛最紧张的时候出现了。

"我提醒你们,是因为我想成为一个传染病专家。我是触发了你们的同业嫉妒感了是吧……如果有所冒犯的话,那我道歉吧……不过现在我真是无论看哪儿哪儿都是感染性微生物了……"

这场戏我演得超级棒。舍吉奥没有给我提场,他已经惊呆了。而我爸的视线也慢慢地往上抬,直到与身体垂直的角度。

我妈拿过一杯红酒要和我们干杯:"来,为我们的儿子费尔南多干杯……"我妈举起了酒杯,里面盛的智利红酒是我们每年都会在网上向医学院的几位老同事购买的。这些曾经的同事们面对日益增加的工作压力,最终决定彻底抛弃希波克拉底,远渡重洋投奔酒神巴克科斯,做起葡萄酒生意来了。

我都被自己感动得快哭出来了。我表演的真实程度爆表,其假以乱真的水平直逼柏拉图地穴寓言里面的阴影,足以奠定我今后在演艺界发展的基础。正如我们的戏剧与表演老师马丁在教学时最喜欢的那样,说如此高深的话题时一定要加上点儿古文才够得上档次。

然而,我爸似乎没有对这个**医学专业**表现出像我妈那样的热情,因为这个专业与他的实际医学利益考虑是截然相反的。每次有任何人提出家族商业计划、新的工作计划或者减少家庭开支的计划时,他那精确的**头脑计算机**就会像触发了红外线警报那样自动开启。

"这不可行……"这是他最喜欢说的一句话,他的额叶坚决地要在我们喝光智利红酒前勇夺对身体的控制权。

"将来我可以赚很多钱的!"我继续表演着这场见风使舵的闹剧,希望能唤醒沉睡在他身体深处的慈父本能来。

"到哪儿赚?"他口气生硬地继续问,视线继续慢慢地从菲律宾桌布往上移,就像电影里面的意大利黑手党那样。

"告诉他,一定会比在饭厅卖摩洛哥地毯要赚得多……"舍吉奥带着他最纯粹的心理分析姿态跑出来了。

"去美洲!"我带着坚定的信念回答,说出了这个满载着美好家族回忆的词语。真不是说笑的,就是这片大陆,赋予了我们家族所有值得骄傲的一切,我们的上层社会身份、"耶罗门"小区的豪宅、我曾祖父在独立战争时的英雄事迹……

"美洲?美洲的哪里?"我爸的**头脑计算机**继续高速运转。

"我准备参加一个和拉丁美洲几个学院共同举办的交流计划……第一站是波哥大。"我妈一愕,把举到一半的红酒杯子硬生生地放回了桌面。我爸脸上浮现出讥讽的笑意,因为根据他从来不会出错的直觉,已经预见到了我今后可悲的职业前途。

"美国呢?你怎么不去美国?"我妈为了挽回这次失败的干杯尝试,提出了这个唯一能让她在外科医师同事面前能长面子的国家来,"我的乖儿子费尔南多去了波士顿,专攻热带疾病学呢。"

"现阶段我们的交流项目主要集中在南美地区……"我在回答的语气里再增加了一分坚定,因为我看出了爸妈的不快,在他们的脑子里是没有办法把健康卫生行业和金钱利益脱钩的。

"那你为什么偏偏要选热带疾病呢?"老爸继续拷问,他的**头脑计算机**技能似乎是得到了最厉害的**经济分析师**的真传。

"你不如一次性向你这个'扯皮老爸'把话说清楚啦!你跑题都跑到外太空了啊!"舍吉奥在觉察到我这外科手术师老爸的话题一直都不停绕着钱转时,立马发飙了。

我们各怀鬼胎地吞咽着安娜准备的精致美食,场景就像在战后时期最艰苦的监狱食堂里吃饭一样。智利红酒虽然醇香四溢,但已无法挽回大家的心情,甚至连在我们喉咙里由海鲜与油炸点心搅和在一起而形成的难以下咽的食物团子都无法软化。从花园隐约传来**罗斯基**的吠叫声,这厮的第六感似乎已经在告诉它,今天将能享用非同一般的美食料理。这条恶狗对此已经是经验丰富了,每次我们一家在饭桌上怄气或者甚至吵架的话,接下来它就一定能大快朵颐,百试百灵。不过此情此景看起来倒不像是家庭纠纷,却更像是一场全家**减肥**运动。话说回来,我们全家的身体健康也因此得到了绝对的保障,因为每次在面对令人垂涎三尺的美食时,我们都会无意识地自动开启防护程序,用苏格拉底式的辩论来彻底斩断无止境的食欲。在贪食原罪与超重风险携带着过量卡路里出现的那一精准时刻,我们的争辩一定会准时出现把食欲赶走。这种机制甚至比我老爸精明的实利主义文化**头脑计算机**更上一层楼。我老爸是坚定地维护实利主义文化与其所有的著名理论的,他相信在无论何种人类文化活动的背后,都一定隐藏着追逐铜臭的企图。

  我们这种**好辩的家庭制度**,让我们侥幸逃过了近几年在发达国家之间发生的最可怕瘟疫:恐怖的肥胖症。无法用别的方式更好地来解释这一点了:我爸妈对各种身体抽脂、脸部吸脂、拉紧松垮肥臀、提升下垂臀部、缩减大肚腩、紧致松弛下巴等手术已经烦不胜烦了,于是得出来一个最实际的结论,就是如果要保持身材苗条并避免昂贵的手术,最好的办法就是无情地斩除某些时候的食欲。这种**与忍精同理的美**

食处理方式，经常让我们被身边的人拿来说事儿。我爸妈的一些同事很喜欢把我们称作"南方的普鲁士人"，因为虽然我们的家族传统十分嫌弃并且从来不进行任何体育运动，认为这些都是**下等人的活动**，但全家却保持着《时尚》杂志模特般的身材。

"肥胖是穷人的专利！"我妈下了定论，语气不乏犹太基督式的矫情和伊比利亚传统的阶级排斥感。

说实话，单就我要去波哥大攻读这个前途无量的学科这个提议来说，没有谁赞成，但这个"**热带疾病专家**"借口倒是完美地达到了两个效果：首先，为我踏上成为当红电视剧小生之路提供了最完美的借口；其次，虽然没第一个那么重要，帮助我们完成了**低卡路里**摄入的目标。我爸的**头脑计算器**也为他带来了不少好处，因为他太喜欢吃安娜每天都会做的新鲜出炉手工全麦面包了，但要是他真放开来吃的话，第二天早上他棱角分明的脸一定会被吃下去的面包挤变形的。他曾经说过，一张**包子脸**绝对是所有整形医生的大忌。所以有好几次，他都因为自己的面部浮肿而推迟了一些脸部整形手术的操作。**卖凉席的睡光床**这种事情是绝对不能在他身上发生的，因为这样将严重违反他的专业操守。他的希波克拉底誓言就是要完美跟随以时下**最当红**明星为样板的审美标准。

"他们要我给他们安上洛佩兹的屁股，罗伯茨的嘴，罗兰的鼻子……"他在和同事们聊天时说，"那我自己怎么能没副当红电影小生的模样呢？"他年轻的时候和刚结婚的头几年，医学院里的朋友们都说他长得像《吉尔达》里面的格伦·福特,而且大家也真不是为了哄他开心的。

可能我的家族历史和第七艺术的**渊源**比我想象的还要深。虽然我的曾祖父,98独立战争的英雄,他并不是红得发紫的演员,但他的精神和足以让我自豪的胆固醇密度已经深深融入家族的血统,一起流淌在我体内。我的唯美主义倾向并不是偶然获得的,是因为我和选角导演一样,对美的坚持有一种使命感。

"你们都应该时刻保持健康苗条的身材,这才是对付时间流逝的最好武器……"我妈每当和其他亲戚聚会时,都会重复这样的话,因为她对经常需要帮他们修补经不起岁月和**愁苦生活**折磨的脸容已经厌倦不已了。

话说回来,我去波哥大这事儿勉强算是开了个头。虽然我说的都是**谎话**,但可都是**善意的谎言**啊。起码我自己是这样认为的。我干吗要和爸妈过不去啊?虽然他们抛弃了现代观念里最注重的**家庭责任**,但他们每天牺牲着自己的时间,糟蹋着自己的皮肤,辛辛苦苦地为无数的脸拉皮,为无数的身体抽脂,就是为了维持我们现在拥有的社会地位,已经够辛苦的了。不过说实话,这社会地位的得来也是纯属偶然。

安娜那天晚上开心得哭了,她为我当天的伟大演出感动得一塌糊涂。她认为我无论是表情还是风度,都十足那套我们正在追的最新墨西哥电视剧里的英俊主角。她又给我在波哥大的生活提了最后几个建议。她知道我留在马德里的时间已经不多了,甚至只能以小时来计算了,因为我其实在几个月前就连机票都已经偷偷买好了。我们最后一次缠绵,然后像我们最爱看的肥皂剧里的人物那样互相发誓要忠于对方。这些虽然都只是些十足的**电视桥段**,但我们不在乎。我们坚信在未来一定会重逢,并且将会是一场轰轰烈烈的重逢。没错,就跟那些电视剧一样。

"肉麻死啦!"舍吉奥阴阳怪气地叫起来。

"不要别的,只要重逢……"

"这听起来就是一部肥皂剧的名字嘛!绝了!"

我们说说笑笑,不知不觉天就亮了……这个尼采式的对策有效地中和了所有被激起的存在主义情感。相信大家都猜到了,我就是在高中的哲学课上学会这个方法的,不过我当时还没有料到,我马上就要再次把它派上用场了。

VII

从马德里飞往波哥大的跨大西洋航班，差不多要飞 11 个小时，而且还得挤在廉航的经济舱里。

一想到这些，我便很想逃回耶罗门的高档住宅区，回到我那舒适安逸的家。安娜一定能够理解我现在的心情。就连**罗斯基**，那条长着一副天生不爽的臭脸的德国牧羊犬，也一定会用它的方式来庆祝我的回归。因为这样一来，它又可以狗模狗样地继续监视我了。

但如果我真打道回府的话，今后一定会被这块心头大石压得抬不起头来，心里揣着这道迈不过去的坎，当一个一辈子都坐失良机的胆小鬼，而当前的"良机"正是这架廉航客机。可万一这飞机像电影《天劫余生》①那样坠机了怎么办？

不行，我可千万不能忘记我的人生坐标！我早就在内心暗暗发过誓了，要在我最喜欢的世界——演艺圈里扬名立万！

---

① 《天劫余生》(*Alive：The Miracle of the Audes*)，由美国导演弗兰克·马歇尔执导的根据真实事件改编的灾难求生影片。

所以现在的我万万不能因为初遇逆境就缩头不前。难道我在学校里因为内向和一头金发所受的屈辱还不够吗？这套贪图安逸的小资思想是从哪儿冒出来的？那我还胡思乱想些什么呢？难不成我还没有受够那些失败的试镜、老掉牙的讥讽、还有那些充满恶意的嘲笑吗？想到这儿，我毫不犹豫地走向了出发大厅……

几位空姐用拉美特有的热情欢迎着乘客，而这架势我早就在安娜那儿见怪不怪了。她们脸上都带着一种能让人顿生爱慕的特殊笑容，与每一位乘客握手。但我的心早已属于安娜，我对她的忠诚足以抵御任何旅途艳遇，虽然真正实施起来还是有点难度的。其中一位空姐只是瞄了我一眼，我便立刻像被施了定身法一样整个人呆住了，就像听马丁在表演课上讲他那些永远讲不完的对马德里戏剧的"决定性"贡献时一般。不过，虽然同样导致了我的表情肌僵硬，但两种情形却有本质上的区别。那时的我是为了马丁老师的狂言妄语脸红，而现在则是一种让我两颊发红的燥热，像个刚进入青春期的小伙子那样。

我知道，在机舱内还将重复上演刚才的一幕，只不过可能会有人物替换而已，用电视界的行话说，就是**换角**。

"您是瑞士人吗？"

"阿娜伊……乖，别打扰那位先生！"

对一个腼腆的人来说，最可怕的事情就是要应付小孩子的无礼和特殊的思维方式了。我连和成年人打交道时都找不出一些**现成的语句**来应对，更何况这种少年老成的小孩，我的表现越发像个**弱智**了。

"真倒霉!"我在内心嘟哝了一句,因为我意识到在接下来长达11个小时的漫长旅途里,我的旅伴将会是这个精明狡黠的小女孩。她将会对我使出完美的一对一贴身盯防。而她的妈妈,虽然一直在旁循循善诱,但看上去似乎也想勾引我。

"您说西班牙语吗?"阿娜伊,这个目光狡黠内心老成的小孩,知道她找到了一个可以任她挖掘的无尽宝库;事实上,一个害羞木讷的人和一个求知若渴的小孩,是世界上最符合阴阳相对理论的组合了。

"美女,我不是瑞士人!"在踌躇推敲了一番过后,我终于回答了,并且用上了这句经常被舍吉奥批评的呆瓜专用语。

"我叫阿娜伊!你呢?""美女"这个词听上去如此造作,小女孩听了完全无动于衷。她当然知道"美女"的意思,甚至连"聪明"和"自立"这些词都早已听惯不怪了。

"我刚才跟你说什么了?"她妈妈无可奈何地看着我,看起来想要找个与她共受苦难的盟友。在舍吉奥看来,小女孩需要的是一个"父亲"的角色。虽然阿娜伊才刚满七岁,但她的心理年龄却早熟得和她的真实年龄完全不符。因此,要想限制她的求知欲基本上是不可能的,她早已从父母的掌控中自我解放出来了。

"我叫费尔南多,来自马德里,我的父母都是西班牙人。"我边说边用手扯起一小撮头发来,以证明并不是假发,而是和伊比利亚火腿一样是不折不扣西班牙原产正品,"我学医,已经成年,没有兄弟姐妹。我准备去波哥大进修……"

阿娜伊做了一个满意的鬼脸。我完全被她牵着鼻子走，我俩之间的成年人角色已经被她抢走了。

"你的名字真好听！"这个精明的小孩继续说道，毫不理会空姐在起飞前做的安全演示，"而我就不喜欢我的名字：阿娜伊！在西班牙算是个不怎么好听的名字，在学校里老会被人取笑。但其实我也不在乎，我只是不太喜欢别人注意我只是因为我的名字而已。在哥伦比亚就完全不同了，你也知道的，是吧？"

在黄昏时分，飞机滑入了跑道，准备一飞冲天。透过舷窗，可以欣赏到这历史性一天的最后一缕落日余晖。发动机的轰鸣声让人觉得飞机会在空中剧烈爆炸，就连黑匣子都会被炸得面目全非。我满脑子都塞满了对短暂人生意义的思考，就像存在主义哲学的宗师们一样。小阿娜伊的问题至少可以让我从那些沉重的哲学思考里解放出来，让紧绷的神经稍稍缓和一下。虽然听起来有点荒唐，但我真要感谢她像个导盲童一样在身边陪伴着我。此时的我，比任何时候都更思念将要离开的马德里的一切，想念我小时候每当生病呕吐，觉得天都要塌下来时，妈妈那双轻抚我额头的似乎能愈万物的手。人可能只有在那种时候，才会珍惜我们所拥有的一切吧。

"人的本性是何其自私啊！"我在一片空寂中幻想着，仿佛看到我的家人们在三圣教堂里伤心欲绝地痛哭着，因为他们那个一心想成为热带疾病专家然后济世行医的好儿子费尔南多，在一次廉航班机的事故中魂归天国了。我顿时觉得自己是世界上最卑鄙的人，因为只有在最贪婪的心中才会生出这样的梦想：做一个万人崇拜的明星。

"胡思乱想是没用的，命中注定的总会来的！现在飞机飞行平稳，还没到思考这么深刻的问题的时候！"小阿娜伊盯着我，仿佛可以看穿我内心的每一个念头，又或者说，像是在运行保罗·艾克曼为动画行业设计的信息化面部动作组织系统，马丁在课堂上也曾经给我们讲解过的。

"你们这些成年人总是这样！我现在知道为什么有人会觉得永远当一个小孩更好了！对了，你还没说你觉得我的名字怎样呢……"

"什么？哦，是啊，你的名字在国内的确不怎么常见。其实呢……"

"其实你也不喜欢是吧！就算你是世界上最好的演员，也装不出来。嗯，不过话也不能说得太死……如果你真的是世界上最好的演员，也许可以骗过我这个智商碾压同龄人的小女孩吧。但我这么说可不是为了炫耀自己是神童，炫耀是不好的，我只是希望你从现在开始别再企图骗我了。不管怎么说，我们还得一起坐差不多十个小时的飞机，所以有些事情最好一开始就说清楚……"

在一个还要熬差不多十个小时的廉航班机上，居然让我碰上了个小神童！我能咋办呢？连舍吉奥也发现了，这**小调皮鬼**居然能看穿我的表情！难道在我们的祖传大宅里有条能看穿我心思的恶狗**罗斯基**还不够吗？

"阿娜伊，挺有异域情调的嘛……"我重复了一遍她的名字，同时配合了一个在楼下酒吧里和朋友打招呼的表情。这是一个马丁从他的"丰富阅历"中总结出来并传授给我们的万能表情,据说有**绝境逢生**的功能。

"不是都叫你别装了嘛!"阿娜伊硬生生地打断了我,"你的表演缺少一种活力……要想成为一个好演员,就要突破很多条条框框,其中一个障碍就是模仿演艺学校里学回来的那些老套路!要自由发挥,懂不?你真的想当一个演员吗?真的吗?"

小阿娜伊像个逮住了嫌疑犯的海关警察一样,仔细盘问起我来。她那准确的判断力把我镇得气都喘不过来,几乎要心肺停顿了。难不成她是个受我父母雇佣前来打探我波哥大之行真实目的的特工?但事实上我爸妈远没有这么精于算计,就像舍吉奥每次羞辱我时说的那样,他们最拿手的只是挑选马格里布市场上的地毯而已。

"冷静!"我在飞往波哥大的廉航上邂逅的这位**小神童**一边继续说着,一边用她那双像中国陶瓷那般精致细腻的小手为我号起了脉。"我知道,对于一个人来说,如果只能以演小丑或者土著之类的角色来维生,的确是非常难以接受的……"

突然,阿娜伊嗓音一变,将我带入了那个再也熟悉不过的场景:这不就是那个所有网络足球迷们都熟悉无比的卡通人物的声音吗?

"看见了没,你眼前的就是《挑战者联盟》①的配音演员,西班牙电影界的一颗新星,21世纪的玛丽苏,圣阿古斯

---

① 《挑战者联盟》(*Metegol*)是一部足球类喜剧动画片。

丁镇的奇迹！"阿娜伊说完，露出一排牙膏广告里才能看到的整齐洁白的牙齿笑了起来，期待着呆若木鸡的我能说些什么。

"你也是做这行的啊！"我费了老大劲儿才从嘴里挤出一句话来，脑海中还在回想着刚才的重大发现。

"没错！……咱俩是同行！从看见你踏入机舱的那一刻起，我就猜到咱俩要干的事儿是一样的了：去拍肥皂剧！说实话我还真挺想拍肥皂剧的，因为我已经被《挑战者联盟》里这个路人皆知的角色定型了，所以现在只有一些电台节目找我合作。钱少不说，重要的是连脸都没法露一个！"

能说会道的小阿娜伊，祖国电影界的未来之星（贫嘴的舍吉奥总喜欢这么叫她），让我喜忧参半。正如古代哲学家的辩论一般，得双面性地来看待这个问题：一方面，我看到了她无比出色的演艺天赋，和任何人都无法阻挡的能量与雷厉风行。在这个永远都在互相比较的电影行业里，在她面前的我显得那么弱小。无论我怎么演，甚至把所有马丁、斯坦尼斯拉夫斯基、斯特拉斯伯格，还有以舍吉奥式的粗俗风格来说就是"**不管他妈的什么人**"的技巧全部用上，都无法和她这个真正的天才相提并论。总之，**我归根到底还是一个内向到几乎病态的愣头青、榆木脑袋（当然，和南美女仆做爱时例外）**。

看见这个情形，舍吉奥夸张地大笑了起来，连下巴都快掉下来了，就像所有好事的小人在身边找到了一个比他们更弱小的对象一样，马上逮住了这个发泄自己挫败感的好机会。

但是从另外一方面来看，我也从阿娜伊身上发现了和天才亲密接触的机会，我将有机会学习她与生俱来的气质、娴熟的表演技巧，以及沾染一点她过早到来的成熟心智。

上过表演课的都知道身边有一位"**大人物**"的重要性，他不仅能成为我们的最佳**模仿对象**，而且在这个古老的职业里还有条不成文的规则，就是**站在巨人的肩膀**上，能更轻易地走向成功、挤入电影界的主流圈子。

"你心里现在肯定在想着皮革马利翁效应吧！我都记不清让妈妈放过多少次《窈窕淑女》① 给我看了……"

阿娜伊的妈妈已经有好一会儿没有关注她女儿在说什么了，她现在正戴着耳机，伴着飞机上播放的驰放音乐昏昏入睡。

"我最喜欢的演员是赫本，"阿娜伊继续说道，一如既往地能量满格，"等我长大以后也要像她一样……可是我还需要一个配得上我的帅哥：咱俩加在一起就是完美的一对儿了。电影里面男的都应该比女的年纪大，而你的年纪正好比我大了那么一点儿，还有你的害羞含蓄也刚好能和我的活泼外向擦出火花。一个口不饶人的小女孩和一个沉默寡言的少年，这就是在大男人形象占据屏幕这么多年后，当下最流行的组合了……"

小阿娜伊跟试镜导演一样，仔细地观察着我憋红的脸上被她这段超现实主义演讲带出的每个无法掩饰的表情变化。

---

① 《窈窕淑女》（*My Fair Lady*）是由奥黛丽·赫本和雷克斯·哈里森主演的歌舞爱情片。

我那**异于常人**的语言天赋早就被她看透了,因此她理所当然地决定担当起咱俩这"妇唱夫随"的组合里的**主要角色**:唱的那个。

这回我是打心眼儿里地高兴起来了。心思缜密的小阿娜伊趁机开始向我列举我们未来的合作协议条款来,正式得仿佛她在准备世界人权宣言一般。

"对了,你有经纪人了吗?"阿娜伊终于收起了她咄咄逼人的攻势,开始严肃起来。她从昏昏欲睡的妈妈的口袋里掏出了一个小记事本,和一副像是为她量身打造的小眼镜,十足一个连青春期都没过完就在上大学的小神童。她告诉我,眼镜其实是平光的,她戴这眼镜只是因为一副合适的眼镜能让人看起来更有个性而已。

"暂时还没有……但是我知道经纪人很重要,我已经在物色了……"我推心置腹地说道,因为我知道任何想欺骗小阿娜伊的企图都是枉然的。

"棒极了!"阿娜伊第一次像个小孩一样喊了出来,"你走运了,因为等我们到了波哥大,来接我们的将是整个拉美地区最重要的经纪人——穆里西奥·巴勒莫。他代理的都是电影圈、电视圈甚至拉美音乐界里最当红的明星。没有他,你就甭想出名了……"

"呃,我不认识他呢,从来没有听说过这个人……"我撒了个小谎,虽然我为与小阿娜伊之间建立起来的革命友谊越来越感到庆幸,可我还是决定先留一手。

"对于很多人来说,他就是神一般的存在:没有他的帮助，要走红简直就是妄想……"

小阿娜伊从记事本里抽出一张从八卦杂志上剪下来的照片，上面是她和妈妈，还有旁边一个面带夸张笑容的成熟男人。

"你看，他就是巴勒莫！"阿娜伊的小指头点在了这位拉美顶尖经纪人的蝴蝶领结上。他的脸看上去并不陌生，在电视上也经常出现。夹杂着几缕白发的精致发套和一些整容手术让他看上去比实际年龄年轻不少。尽管他手上夹着哈瓦那雪茄，但是看起来非常平易近人，不知情的人可能会以为他是小阿娜伊慈祥的爷爷，而不是那位能呼风唤雨的明星经纪人。

"好像在哪儿见过这人！"我只得把谎继续撒下去。

"你肯定在哪个电视节目或者杂志上见过他。据说他是阿根廷最有钱的人之一，他曾经邀请过我和妈妈去他在火地岛的庄园做客呢……"

"那他是阿根廷人咯？"我巧妙地问出了一个问题，以便为待会儿坦白真相做好铺垫。

"或者说，他是意大利裔阿根廷人比较准确。他一有机会就会和别人说自己骨子里带着电影人的基因。"

"哈哈，我想起来了！我爸爸给他做过面部整容手术！我还记得有个周末他来过我家吃饭。因为对手术效果很满意，他送了我们一幅米罗的画……"

"你家在哪儿啊？"小阿娜伊吃惊地问道。

"在耶罗门……"我有点儿尴尬，因为这个回答与身在廉航班机的经济舱里的我不太相衬。

"哇,原来你是个装穷的富二代啊!"舍吉奥听了这位被他称作"自以为是的神童"的回答,气得火冒三丈。

"我从来没有觉得自己是个富二代!"我一字一顿地强调着。虽然不可辩驳的事实是,我的确住在一个众所周知的**富豪出没的地区**,用舍吉奥的话来说,就是"**高门大户富可敌国区**"。但现在并不是向阿娜伊解释我家那些事儿的时候,比如我那战争英雄曾祖父留给我们的19世纪豪宅,还有我爸妈为了支付社区的巨大开销而不得不承受非人的工作负荷,又或者那个虽然丢人现眼却又为了生活不得不摆出来的北非**地毯小摊**。

"巴勒莫可从来没光顾过我那个在马德里郊外圣奥古斯丁镇的60平方米小房子呢!"小阿娜伊阴阳怪气地说道。

"我爸是整容外科医生,但他也只不过是在一家私人诊所打工而已。"我试着让她改变至少一部分的看法。

"我爸是泥水匠,在我还不到五岁的时候,就抛弃了我们,家里就只剩下妈妈、我,还有一个保姆老妈子。他走了以后连一分钱都没给过我们。但当他知道我成了家里的经济来源,而且收入还是他以前在家时的所有收入加起来的四倍多的时候,他就迫不及待地跑回来找我们了。还好,我们早就买好了去波哥大的机票。而且他还是个酒鬼。他要是平时能多去几次匿名戒酒会的话,一定不至于堕落成这样的。他每次喝醉时都会变得很野蛮,还会对我们使出冷暴力……然而这还不是最糟糕的,后来他又结婚了,于是我就有了一个现在才一岁的同父异母小弟弟,这可怜的小家伙以后得忍受我们曾经受过的苦了。"阿娜伊斜眼偷看了一下她妈妈,她妈妈早已去向周公报到并且进入了睡眠第三阶段的快速动眼期了。"我希望有一天能梦想成真,这样我就有能力帮助我们两家人了。其实,酗酒也是一种病……"

小阿娜伊充满睿智和慈悲的一番话让我一下子蒙了,仿佛面前坐着的是世界上最伟大的心理医生。我在中学时代因为胆怯内向而曾经咨询过的心理医生里,从来没有哪个能说上两句孔子或者莱布尼茨的理论的,而我毕生难忘的中学哲学老师曾经斩钉截铁地说过他们是"**智者中的智者**"。

"如果你听了能好受一点的话,我可以告诉你,我爸会定期在咱们位于所谓的富二代出没的耶罗门大宅的客厅和花园里摆地摊,卖从摩洛哥淘回来的地毯。他不在乎别人在背后会怎么说,也不管他的儿子会因为这事儿在朋友之间抬不起头来。如果这还不够的话,我还可以告诉你,我家有条打心里恨我的德国牧羊犬,而我的亲老爸却特别喜欢它,有时候我觉得他爱狗还胜过爱我。另外,他从不喜欢任何与电影相关的东西,而这却恰恰是我的天命。我骗他们说我来波哥大是为了……"

坐着廉航吐着槽,糟糕的父子关系反而让我们这段偶遇的感情不断升温。我们俩惺惺相惜,仿佛是一对好莱坞黄金时期大屏幕上的金童玉女,年龄早已不是障碍。那眼前的阿娜伊相当于那时候的谁呢?也许是小时候的娜塔莉·伍德,也许是《小妇人》里面年轻的伊丽莎白·泰勒,又或者是加勒比的秀兰·邓波儿……那她的护花使者呢？我这个欧洲版的米基·鲁尼绝对是当之无愧了……这种对比虽然在别的行业里很讨人嫌，但是在演艺学徒的世界里却是家常便饭。我在演艺学校里的所有同学，都在内心深处有着各自的目标对象：某个在他们心里烙下深深印记的明星，或者以成为那个电影明星的克隆版为终身追寻的目标。其中辛达的目标是最实际的，她长得像极了她的偶像——在杜莎夫人蜡像馆里的那个多洛雷斯·德尔·里奥①。

"你爸爸既然都能给巴勒莫那样的大腕儿做手术，为啥不自己开诊所呢？"小阿娜伊经过一**系列分析对比**，发现我爸虽然是听起来很威武的整形外科医生，但其实和她爸爸一样，都是那副**众人皆醒我独醉的德性**，于是又继续对我展开了盘问。

"整容手术圈里大家看重的都是那些跨国诊所的品牌，而不是里面的员工。"虽然我回答得咬牙切齿，但其实一点都没有要维护员工权益的意思，只是因为我们的廉航客机正在进入一个气旋区，剧烈的颠簸似乎要把飞机的翅膀震落了。

"你看迪士尼公司，除了米奇老鼠系列，有哪些动画形象是他们自己画的？"小阿娜伊年纪虽小，却深知游戏规则。她自己就曾用天籁般的童音，为一个著名的媒体集团的银行账户引来了白花花的银子，但却没有得到与付出相应的回报：

---

① 多洛雷斯·德尔·里奥（Dolores Del Rio, 1904—1983），墨西哥女影星，是墨西哥在国际影坛上最负盛名的电影演员之一，代表作《光荣何价？》(*What Price Glory?*)。

他们既没有按工作时间来给她支付报酬，在制作宣传广告时她也是只干活不拿钱。

可是，让小阿娜伊觉得最奇怪的是，我爸爸妙手回春把快 70 岁的巴勒莫整得像个 30 来岁的小伙子，却竟然没有因此获得整容业的诺贝尔奖。在阿娜伊看来，我爸那次大师级的手术效果，理应包揽所有国内外大奖，并且诊所门口也应该挂上一块刻着我爸名字的金漆招牌，就像那些高端时装设计师们所享受的待遇一样。

"我爸他其实畏高！"我一语双关地做了一句总结。一方面，我向阿娜伊解释了我父母对坐飞机的恐惧，以及由此而来的每年夏天都会重复上演的到邻近国家淘当地便宜货的**公路电影**：葡萄牙的毛巾、摩洛哥的地毯，还有过时的高卢奶酪。另一方面，是我爸妈近乎病态的警惕心，避免成**为那些可能的国外反动势力的目标**，包括碰瓷专业户、诈骗犯以及恐怖分子等。

"我们的曾祖父，98 战争的英雄，为我们指明了一条谨慎行事的路！"我爸爸每逢圣诞节都会缅怀曾祖父的光辉历史，这时他总会顺带着说自己是个"移动靶子"。

"你爸当然不笨，巴勒莫本人曾经亲口对我们坦白说，名气有时候会蚕食人的身心，并且因此而付出的代价通常都会很大。"少年老成的小阿娜伊总结道。

"就是！"我一边信服地点头，一边回忆着那次家庭聚餐，我爸妈既激动又惊讶地把他称作"**国际知名的大腕儿**"……

多亏了我爸的回春妙手，重回 30 岁的老树巴勒莫又享受到了发新芽的滋味。

"他有点像费尔南多·拉马斯①呢!"我妈过后还不住地赞叹,她已经被巴勒莫的翩翩仪表以及他那令人愉悦的带有东方魅力的外交官口才折服了。

"我觉得像恺撒·罗摩洛②才对!"折服于米罗油画的老爸也紧接着补充道。油画由两个圈圈组成,一红一黄,还有大约十个小蓝点分散在画布各处。他一边打量着油画,心里一边琢磨着如果拿这幅画去大名鼎鼎的苏富比拍卖行的话能拍出多少钱。

巴勒莫作为拉美明星圈子里的大腕,他本人就是一个所有明星经过黑格尔唯物辩证法否定再否定后升华出的扬弃版本。他的形象是一个近几十年在美国肥皂剧和电影里的完美拉美男性:一个由重金打造,细节考究的标准模特。这位意裔阿根廷人刻意地让自己身上多少显现出一些各大电影和电视明星的特点:精心修剪过的山羊胡、带着几缕银白并涂了发蜡的头发、古铜色的肌肤等,这不仅仅是为了修饰自己的**仪表**,也是为了给自己麾下的艺人提供学习标准。

事实上,他在事业上有过一次重大的失败,时至今天还无法释怀,原因就是专家学者们常说的**社会分层**:"有一次,有个大牌女星和我说她不想去好莱坞,因为她不想以后只演

---

① 费尔南多·拉马斯(Fernando Lamas, 1916—1982),阿根廷裔演员、导演、音乐人,代表作《玉女云裳》(*The Girl Who Had Everything*)。——译者注
② 恺撒·罗摩洛(Cesar Romero, 1907—1994),美国演员,代表作《小公主》(*The Little Princess*)。

印第安土著之类的角色。我当时便觉得,并不是所有的梦想都能实现啊。"巴勒莫说出了心底话,内心的巨大悲凉将他团团包围,聚会气氛一下子跌到冰点。一道微小的皱纹在他崭新的皮肤下努力地要钻出来。他粗亢的嗓音和婴儿般细嫩的皮肤是那么地**不协调**,让人觉得在他身体里似乎藏着一个长像如粗糙干瘪的蜥蜴一样的**外星怪物**,正在企图撕裂他的脸皮爬出来一样。

就在这个时候,他注意到了我一头黄得几乎发白的金发,那头让我从小到大都伤透了脑筋的头发。

"你看上去很像一个盐湖城的美国人嘛!"当时我并没有觉得他讨好的话有多好笑,我早就对各种关于我那带有异域风情的头发的评论免疫无感了。

可是舍吉奥却觉得很好笑,虽然他根本不知道盐湖城的美国人是长什么模样的,甚至连盐湖城到底在哪儿也说不上来。一连好几天,他都拿巴勒莫的这个对比来开我的玩笑,就是因为他对我的异域长相似乎特别关注。

"那个经纪人似乎想认识你然后把你捧红呢!"舍吉奥又如嗡嗡的苍蝇般得意扬扬地跳出来嘲讽了,他要是去参赛的话,国内最高的"**厕所苍蝇奖**"一定会非他莫属的。

"他是个重要的星探,遇到好料子是不会放过的……"我顶了一句回去,语气里透露着集万千宠爱在一身的高贵血统富二代的骄傲,但又隐隐夹杂着对世人固有的社会门第成见的无奈。

"是啊,我也看出来了,他似乎挺看好摩门教徒的嘛!"

舍吉奥终于通过互联网，查到了盐湖城是美国犹他州的首府，也是摩门教的圣地。

当我给小阿娜伊说起这件趣事，还有因为巴勒莫的缘故在接下来好几个月里被朋友们喊作摩门教徒的时候，她干脆地回了我一句："没错啊，你看上去真的挺像一个摩门教小伙儿的！"

"连你也笑我？"我突然玻璃心了，面前和我聊天的虽然只是个小女孩，但她可是个超常的神童啊。

"我没笑你！我还真希望你是个摩门教徒呢，在我们这行里能成为很好的敲门砖的！"

就这样，这个我曾以为已经撕掉了的**标签**，在这飞往波哥大的廉航班机里又被贴回来了。不过，这番话从小阿娜伊的嘴里说出来，居然有了不同的意义。小阿娜伊传染给我的乐观让我感激了一辈子，因为和她在一起时，我对这架超过二十年机龄的老空客在**飞越大西洋**时遭遇的可怕颠簸竟然毫无觉察。

幸好，我们**平安到埠**。

我们到达波哥大的埃尔多拉多国际机场时已经是晚上，以舍吉奥的话来说，准点得就跟**瑞士钟表一样**。阿娜伊从沉睡中醒来，航程的最后一段她终于困得睡着了，不过在她入睡以前，我们已经把在**拉美舞台**上即将进行的成功合作的几乎所有**准备事项**都约定好了。

拿完行李以后，我们模仿着真正的电影明星的样子互相道别。虽然我并不知道那些电影明星在一个清晨的国际机场里应该怎样告别,但至少我浑身上下都荡漾着这种感觉。根据一段我在中学时期看过的对苏格兰哲学家大卫·休谟理论的自由解读,说感觉才是真正重要的,直到现在我还印象深刻。

"这就是自我认同的感觉。"舍吉奥看到小阿娜伊和她妈妈乘着那辆黄色出租车前往她们预订的酒店,渐渐**消失**在远处,空留我一个人在机场**无人认领**时,一针见血地说。

"安娜的表姐呢?她不是答应来接你的吗?"舍吉奥火了,他最不爽的就是别人放他鸽子。

天还是一团漆黑,安娜的表姐也没有出现,不过这些对于我来说都不重要了,因为我终于身在《丑女贝蒂》的故乡波哥大了,我全身都被无边的幸福感包围着。大卫·休谟果不负我,斯多葛派的哲言也是所言不虚:"事物的面貌是如何,取决于你怎么看待它。"

安娜的表姐给我放的鸽子让我有机会与新大陆有了第一次的亲密接触:可爱的口音、多彩的街景、友好的人们,特别是那种令人感动的原始大自然的味道。这么多年来头一次,我那烦人的鼻炎终于迎来了好转的苗头,这似乎也是未来将会一切顺利的**好兆头**。

"**冒险要开始啦!**"我暗自在心里念道,就像教练在足球运动员上场前为他们打气一样。马丁曾经说过,自我激励在演艺界是非常重要的,像**慈悲**于神父,或者**魅力**于政治家一样不可或缺。

我带着"**充满慈悲的魅力**"钻进了一辆黄色出租车,让司机载我去市中心的豪华酒店。虽然内心的自我认同是满满的,但我的钱包却很快要变得空空的了,因为这一个晚上就能把我辛苦攒了一年的钱全部花光。好吧,休谟的哲学……

VIII

波哥大,上午十点,今天毫无疑问是不同寻常的一天,我终于开始入戏了。我很喜欢**美洲**,这种喜欢是与生俱来无法言传的,就像某些国家队体内流淌着的**冠军基因**一样。此外我还发现,过敏性鼻炎似乎是古老欧洲大陆的特产,因为一踏上新大陆,我就重拾回了那种从12岁小学毕业以后就已经离我而去的畅快呼吸的感觉。讨厌的鼻炎,以及由此而来的各种社交障碍已经困扰了我十几年。我此时真是浑身上下神清气爽,曾祖父要能看见的话,也一定会为我感到骄傲的。

可是,舍吉奥却并不这么看:"在这么高档的酒店里醒来,不管是谁都会神清气爽啦!"

"不过,有钱人不也是会哭的吗?"我企图用一部经典电视剧的名字反驳他。

"你可别忘了这个定律:时时好心情,天天乐助人!"每当舍吉奥玩深沉的时候,总不忘甩出一些从弗兰克·卡普拉①的电影里看回来的社会心理学理论。

"好吧,但仅仅一个实验还不能说明什么。重要的是,我的人生转机已经到了,我绝不会放过它的,你等着瞧吧!"说话间,一股爱心爆棚乐于助人的力量在我体内不断升腾,整个人感觉像是嗑了世界上最好的迷幻药一样情绪高涨了。

从酒店房间的阳台可以饱览波哥大的全景,就像我在明信片里看过的一样。市郊山上郁郁葱葱的亚马孙雨林为我提供的氧气,足以让我征服世界,而我也真的已经整装待发了。我甚至连安娜的表姐是不是忘了来接机都不在乎了,这样的开始才更像电影的峰回路转嘛。

一小时后,我已经身在波哥大的 RCN 工作室了,这是整个拉丁美洲最重要的广播电视中心之一:那个名扬世界的传奇电视剧《丑女贝蒂》就是在这里诞生的。

那位原籍巴拿马的出租车司机给我介绍过说,波哥大的公交车专用道被安上了类似"千年大道"这样的名字。市政府在两年前开辟了这个公交专用车道,以便游客还有在市内住宅区居住的金领们可以轻松无阻地在波哥大的城区内通勤,而不必像欧洲大城市那样变成"堵城"。

"你们国家肯定没有游击队、毒贩子或者恐怖主义之类的东西!"那个来自巴拿马的出租车司机一边说着一边自豪地开

---

① 弗兰克·卡普拉(Frank Capra, 1897—1991),出生于意大利的美国导演,被誉为"好莱坞最伟大的意大利人",一生共拍摄 53 部电影,三次获得奥斯卡最佳导演奖,代表作《一夜风流》(It Happened One Night)。

着他崭新的雪佛兰轿车在城市里左右穿行，还不停地给我介绍那些途经的重要景点和纪念碑，好像把我认作是某个电视明星了。

"我猜你应该是哪一部新剧里的明星吧？是演美国坏蛋的吗？"出租车师傅突然冒出来的这样一番话，让我心中一阵狂喜。我只不过是要去那个著名的演播厅而已，他就已经把我当成真正的演员了。

"你要能再憋个便秘脸就更酷了：你们在我老家那儿可是把运河的好处都捞尽了啊，到了哥伦比亚这儿呢，又像龙卷风一样卷走了所有的天然气……"

这位来自巴拿马的出租车司机一边哈哈大笑，一边用着广告标语式的口气向我吐槽着各种社会问题。他过了塑的营业许可证就放在他心爱的雪佛兰新车的仪表盘上，上面写着他的名字，埃德温·莫拉莱斯·鲁伊斯。在我们到达目的地前，他甚至还给我逐条细数了他这台**美国车**的各种性能。

在那张营业许可的证件照上，埃德温灿烂地笑着。他于1964年出生在巴拿马首都，单身，但是有孩子，最后这条是我在不久以后才知道的。几乎及腰的马尾辫努力地为他弥补着从前额迅速扩张的谢顶，这让他看上去像一个20世纪80年代的摇滚青年。他身穿一件文化衫，上面印着墨西哥乐队马纳即将在卡利举行音乐会的广告。他的耳垂上挂着一对耳环，手上密密麻麻地缠着几乎有一公斤重的各种首饰，看上去像是个痴迷政治涂鸦的说唱歌手。但是，一副啤酒瓶底厚的粗框眼镜，又平白为他增添了一点切·格瓦拉式的文人气息。

"在这儿，肥皂剧简直就是合法的毒品……"吐槽专家埃德温又重新骂了起来，他看似不经意的吐槽里，其实充满了深深的社会责任感。

"全世界到处都一样……"我接口说道，想附和一下这位难以捉摸的巴拿马出租车司机。

"没有人会真把肥皂剧当回事儿，但是大家都爱看那些屏幕上的美女……"埃德温狡猾地把话题引到他感兴趣的事儿上，一脸坏笑，"你肯定认识不少吧……"

"呃……"我一下子接不上话来，就像以前紧张恐惧症急性发作时一样。

这个巴拿马出租车司机对我名气的错误高估让我顿时飘飘然起来，简直就像是为准备面试的我打了一剂肾上腺素。我知道，他如簧般的巧舌能驳倒任何人的辩解。所以如果他认定我是一个**著名男演员**的话，无论怎么解释都无法纠正他这个在当时看来挺严重的错误了。并且我也找不到解释的时机，因为他根本没留给我开口说话的机会。不过碰上他也算是一种幸运吧：一个像我这样**生性羞怯**，却又矛盾地想从事演戏这个世界上最需要**厚脸皮**的职业的人，能遇到一个像埃德温这样的话匣子简直是万幸了。

"我的几个女儿在房间的墙上都贴满了像你们这样的男明星的海报……当我告诉她们，今天其中一位偶像派男星坐上了我的车时，她们一定要激动得疯掉的……如果可以的话，您可以给我签个名吗？"

埃德温从车内的抽屉里翻出了一本相册让我看，同时瞄了一眼远处那个闪着《丑女贝蒂》制片人标志的霓虹灯招牌。

"这些都是坐过我车的名人！"埃德温在每一张照片里都梳着标志性的马尾，面带微笑地与各位电影、音乐或者电视界的明星合影。

我认出了里面有路易斯·马吉尔、夏奇拉、胡安内斯、胡里奥·伊格莱西亚斯、维罗尼卡·卡斯特罗、安德烈·德博卡、《丑女贝蒂》里的毒舌女，以及在她身边的拉美电视界的标志性人物——大名鼎鼎的唐·弗朗西斯科。

"我在这一行已经干了整整 25 年，可以说什么样的人都见过，但是我从来不和政客合影！"

我们终于到达制片公司了，埃德温把车停在了另一辆出租车后的旁边。激动和紧张的情绪在我体内蠢蠢欲动，企图侵占我的身体，就像以前在马德里时去电视五台、无线三台或者西班牙国家电视台试镜时一样。但是今时今日的情形却大不一样了。我感觉自己脚下踩着的正是一片福地：不仅我的过敏性鼻炎踪迹全无，还让我碰上了这个竟能反过来说服我相信自己就是他偶像的巴拿马出租车司机。

"如果您不嫌弃的话，可否劳您大驾和您眼前这位卑微的波哥大公共交通界工人合个影呢？"埃德温在不经意间说出了这句电影台词，仿佛在向马里奥·莫莱诺·坎丁弗拉斯致敬。

"好啊，没问题！"我简直不敢相信正在发生的一切。

埃德温向旁边一位正在候客的出租车司机打了个招呼，请他过来替我们照个合影，以增加他的名人合影收藏。拍照前，他先叮嘱了那位司机同行一番，教他该怎么用他的新手机取景。没错,他的手机和他的汽车一样,也是美国进口的。

"好嘞,最后请在我这本《我的贵宾》小册子上签个名吧!"

埃德温给我解释说这是他给女儿们准备的一份特殊遗产。每当他把这本小册子上新增的名人签名拿给女儿们看时,她们都会欣喜若狂,然后迫不及待地要跑去告诉每一个小伙伴,这让他感到非常自豪。他给我留下了一张名片,说如果需要**个性化服务**的话可以随时找他。这有点像马德里出租车**电召服务**,但更为个性化。接着,他模仿着西班牙本地口音读了一遍我刚刚签下的名字,文绉绉地向我道别。

按照小阿娜伊之前的指示,我得先在电视台大厅里向人打听巴勒莫的新剧在哪里排演。保安甚至连我的身份证都没看就放我进去了。与埃德温一样,大家都理所当然地把我当成了剧组成员,而我也好好享受了一把明星待遇。

"这待遇和我在欧洲那边接受的差不多嘛!大概就比天和壤之间的距离多了一点而已。"我一边思忖着,一边跟着一位非常年轻的女前台利索地穿过一个又一个办公室。

一台能欣赏到波哥大最漂亮全景的观光电梯把我们带到了七楼,巴勒莫的办公室就在这一层。

"啊……费尔南多!"小阿娜伊的声音对我来说一点儿都不陌生。

她和妈妈正在候客厅坐着,就着热巧克力吃茶点。

"我还以为你赶不到啦……"小阿娜伊把她妈妈的台词给抢了,质问我为什么迟到了几乎十分钟。

我企图向她解释那个巴拿马司机以及跟他合影、签名的事，但她什么也听不进去。她很生气地，或者装作很生气地告诉我，准时是这个行业的基本职业道德。她用电视上心理专家的语气，**郑重其事地提醒我说人们不喜欢那些不守时的人**，除非迟到的是像玛丽莲·梦露那样的超级明星。但现在时过境迁，就算真的是她，迟到也是不可原谅的。

"可这并不是我的错啊……"正当我徒劳地为自己辩解时，那个年轻女前台走了过来，给我手里塞了一个名号牌，说了句"祝你好运"就离开了，仿佛我即将面临的是一场公务员考试一样。

而小阿娜伊呢，她把刚吃了一半的粉红色草莓味饼干放下，像导盲童一样抓起我的手把我拽向了吸烟室。她妈妈好像对自己女儿的无礼行为不太在乎，可能是早就司空见惯了，她享受着凉爽宜人的空调风，似乎又要**昏昏入睡**了。

"进了巴勒莫的办公室之后，你别说话，让我来……"

四面都是玻璃墙的吸烟室里挤着一群老烟枪，一片云山雾绕。我突然发现，我长期发齉的鼻子得到疏通之后，原产自新大陆的陈年烟草燃烧时产生的浓郁香味，第一次得以毫无障碍地直冲入我鼻腔内。我的过敏性鼻炎真是罪大恶极：以前我在马德里的时候每次闻到烟味都会头疼，甚至会烦躁得抓狂起来。可是在波哥大呢，烟味给我带来的感受却与之前完全相反。以前觉得刺鼻难闻的气味，此刻却让我通体放松，仿佛烟草燃烧的云雾把我们托向了佛教里的极乐世界一样。

"这儿有人吸大麻!"小阿娜伊生气地喊了起来。

"什么?"她嗅觉的灵敏度固然让我震惊,但最不可思议的是不管她智商多高,也只不过是个七岁的小女孩儿啊,怎么可能知道大麻的味道。

"没错,闻起来就是……"小阿娜伊用她的稚嫩却灵敏的小鼻子又使劲嗅了嗅,"随你怎么叫,就是大麻、叶子、七叶草的味道……"

"像你这么小的一个女孩子,怎么能分辨出大麻的味道呢?"我坚持追问下去,依然搞不懂状况,而且空气里的烟雾分子与我鼻腔之间前所未有的亲密接触已经让我进入半迷幻状态了。

"我爸在抛弃我们之前,除了酗酒之外,还抽大麻抽得特别厉害……不过,至少他在抽大麻时不会对我们那么凶。"小阿娜伊的脸色一下子暗沉了下来。

"对不起!"我恍恍惚惚地回答,身体已经被**大麻**熏得松松软软的了。

尽管被大麻的气味勾起了不快往事,而且身处这片迷幻的烟雾之中,但为了让我面试时一切顺应她的设想来进行,小阿娜伊还是有条不紊地给我交代了所有应该遵循的策略和步骤。她年纪虽小,却已经深知有备无患的道理,如果我们想带着这份诱人的合同离开这里,就应该在面试中展示出最恰到好处的一面给他看。巴勒莫一手掌控着整个制作过程,从选择又傻又天真的关系户导演,到廉价的**自由**编剧人和作曲人,无一不是由他亲自拍板。但他非常讨厌未来的演员团队为他奉献身心，对他**阿谀奉承溜须拍马**。

"你得使出点儿装模作样的基本功才行！"小阿娜伊一边继续教我，一边拿出一个手帕，做成外科医生的口罩的样子，将自己的小鼻子捂起来。

小阿娜伊将这位意籍阿根廷人巴勒莫的形象和心理逐条剖析给我听，简直就像写维基百科的词条一样详细。她这样做是想让我知道这个人的背景，根据她提出的确凿数据，巴勒莫曾经捧红过数以百计的明星。只要他愿意，就可以把你放在最畅销的杂志的封面，坐拥拉丁美洲每天追看电视剧的几百万粉丝。他的商业帝国覆盖了整个媒体领域，也正因如此，他的所有出品都能立于不败之地，因为相关的广告宣传和剧评，都是由他在后台一手操控的。

"但你可别自贬身价！"

巴勒莫还是个出了名的铁公鸡，不愿意和员工分享他的丰厚利润。但如果一个人对自己的薪酬没有太高要求的话，却也不会得到他的青睐。虽然作为一个企业家，他看起来是非常尊崇"**给予各人他们应得的报酬**"这样的理念的，但仅限于在他坚持的**新保守主义教条**所允许的范围内。在媒体上曾经掀起过一轮前所未有的大风波，就是因为有个喜剧女演员趁着电视剧热播，向他提出增加片酬，结果被他扫地出门。尽管她是在观众中人气最高的角色，大家都希望她能重返荧幕，但最终双方还是没能达成和解。没人能占巴勒莫一分钱便宜，就算对方是印度土司也不例外。他从布宜诺斯艾利斯连警察都怕三分的最动荡街区白手起家，编造过学历，走私过钻石，他的走私路线从加勒比海到俄罗斯，从俄罗斯到中国，从中国到佛罗里达沿岸，都畅行无阻，就这么几个自我膨胀掉进钱眼儿的演员，能是他的对手？他闯荡天下那么多年打造出一个媒体帝国来，这般的脱胎换骨可不是跑一趟我父母工作的马德里整容医院就能做出来的，他有可能会在众目睽睽之下让步吗？他戏剧性的人生如果能被做成DVD的话，只需按下**回放键**就能看到，他在这一生里已经做出过太多的让步了。

他**斯蒂芬·金**式的青少年时代，无疑是他人生的一个特殊篇章。这个时期，他是在离布宜诺斯艾利斯市40公里外的圣马尔塔孤儿院里度过的。这座时常会在他的噩梦中出现的处处是**零碎美学空间**的建筑，是一座殖民时代的老修道院，20世纪时被改建成了阿根廷最大的孤儿城。对于成年后风光无限的他来说，那里依然还是甩不开的梦魇。怎样才能"**弑父**"，让邪恶的孤儿院神父院长从此消失呢？即便是最顶尖的心理专家也无法将这段记忆从他的脑海里赶走。所以每当他身边的人企图对他摆威风耍手段时，都只会让他马上想起那个**老恋童癖**的种种恶行，试问这又怎能不让他无名火起呢？他要让以前的那些"**神圣戒条，静默修行，绝对服从**"之类的教义统统在他的生命中消失！

而本意味着挣脱枷锁获得解放的**成年**，对于**年轻**的他来说，却成了另一剂无味的毒药，最终塑成了他对任何人类情感都无动于衷的冷漠性格，就如一台计算机一样。

巴勒莫决定寻求解脱，与往事挥手告别的一刻，是在他

18岁那年。他有天猛然惊觉,从圣马尔塔修道院走出来的**其他小伙伴**,作为受害者的他们却不自觉地学会了这些丑恶行径,然后将恶行施加到别人的身上。从那时起,巴勒莫就开始形成了自己后来为之骄傲的哲学思想,但只有在床榻上与床伴讨论时他才会提起。"我们这些成年人其实只不过是我们学生时代生活的一个投影而已。"正如那些喜欢欺凌骚扰比自己弱小的同学的坏小孩,长大之后就是那些走到哪儿都讨人厌的**蠢蛋浑球**。他对肥皂剧以及那些摩尼教式善恶分明的电视连续剧的激情,恰恰源自于自己的人生经历。他笃信生活就是**达尔文式**的**优胜劣汰**过程,好人不一定总能在斗争中取胜。但他也非常清楚,虚构世界和现实世界应该有所不同,所以无论如何他都不会让**坏人**在剧中得逞。尽管他的竞争对手们老是给他贴上**脑残白痴**节目推广者的标签,他依然坚持迎合大众流行的口味。

"因为老实人太多了!"当谈及自己在影视界的成功秘诀时,他带着嘲讽的口气说道,似乎语带双关。

在巴勒莫看来,他的成功在于及早看清了大众心理与真正的社会现实。他也曾有过梦想,想和那些打入好莱坞主流的拉美明星一样成为一个名气斐然的演员,但结果却只沦落到跟随一个**流动剧团**,日复一日地在大半个拉美的乡下地区巡演。他的工作是负责配合一位荷兰口技演员的表演。这位主角能说英法德意葡荷西七国语言,而他扮演的则是台上的其中一个木讷人偶。在这漫长而难熬的两年里,他受尽了各种讥讽。在戏台上他什么也不需要说,荷兰口技演员自会给他配音，最多有时会掐他一把让他吼出一点声响来。他甚至还得和一只不男不女的**大熊猫**玩偶配成对儿放在一起，屈辱地忍受着各种轻蔑的目光。

虽然他只在这个专门重演西班牙经典剧的三流小剧团里工作过一段时间，演过一些可有可无的角色，但这段经历带给他的不仅是几句简短重复的台词，几个专用的**口头禅**，外加几次偶然的**艳遇**，最重要的是让他一脚跨进了这个鱼龙混集的演艺圈内。

"他们有人批评我，说我的演员们个个都像从健身房里走出来的模特一样，而且不停地像成人电影那样大晒完美身材……但这难道这不正是观众们想看的吗？"他傲慢地回敬道。

巴勒莫搞不懂那些在他看来以丑为美的导演是怎么想的，反正他是绝对不会聘用他们的。他确信自己对现实的认识是分毫不差的，否则他也不会成为美洲最富有的亿万富翁之一了，要不是他刻意保持低调的话，早就登上《福布斯》杂志的富豪榜了。

"难道他们不知道，那些数以百万计的老实人会一边意淫着那些性感的女演员，一边手淫或者做爱吗？"巴勒莫说道。他以前在流动剧团时，就看到过观众里面有好些人一边看表演一边淡定地手淫，仿佛他们身在情趣用品店里油腻龌龊的小隔间里一样。

"再说我也不是阿兰·德龙①啊!"在演完那部一败涂地的《聪明人菲利克斯》后,他认清了形势,毅然离开了这个不如意的舞台。

年轻时的巴勒莫,近看真人是无比英俊潇洒,却不上镜,在舞台上或者镜头里黯然失色,这在演艺圈里可算是致命伤了。因此他从来不奢望自己能成为那位他所崇拜的同龄人,那位俘获了半个世界的芳心的法国美男子,或者像其他异性的外貌协会会长,如碧姬·芭铎②、罗密·施奈德③等那样。

反之,走私的大门却是为他打开的。最后,他咬咬牙带上了所有积蓄,外加借回来的一些债务,向比弗利山庄进军,**亲眼**见识了这个世界上最大的梦想粉碎工厂。巴勒莫已经有过太多**卑贱的人生经历**了,以致内心早已坚如磐石,即便在这个被他形容为"满大街都是一鼻子灰的屌丝"的世界里再次失败跌入低谷,对他来说也只不过是小儿科而已。

"当你看到那些好莱坞大腕和当红明星们的豪华别墅……还有数以百计围在星探身边团团转并且毫无保留地奉上自己身体与灵魂的年轻人时,你的世界观也会随之崩溃。而那时候的我呢,只会口齿不清地说几个英语单词……"

当时还年轻的巴勒莫目标已经非常明确:不管付出什么

---

① 阿兰·德龙(Alain Delon, 1935—),法国演员,由他出演的电影《佐罗》(*Zorro*, 1975)中的佐罗一角为中国观众所熟悉。
② 碧姬·芭铎(Brigitte Bardot, 1934—),法国著名模特、演员,代表作《蔑视》(*Le mépris*)。
③ 罗密·施奈德(Romy Schneider, 1938—1982),奥地利演员,因出演《茜茜公主》(*Sissi*)三部曲的茜茜公主而出名。

代价，终有一天他也会住进山庄的其中一幢别墅里，拥有用意大利卡拉拉大理石砌成的游泳池、波西米亚的水晶玻璃器皿、英式花园，还有一群用人为他服务，管家、司机、厨师、园丁……过上传统欧洲贵族式的生活。

究竟后来他**怎么得到了这一切**始终是一个谜，连和他关系最密切的合伙人也不清楚，但巴勒莫还是在一本拉美最畅销的八卦杂志里爆料讲出了自己的一些往事。当然了，毫无悬念，这本杂志也是隶属他庞大的媒体帝国旗下的。尽管他并没有向公众透露那些最下流不堪的细节，但看客们强大的想象力是无法阻挡的，以致故事不断地被推敲完整。

一位自称是巴勒莫**前女友**的人，在一部**未经他授权**的传记里大爆巴勒莫学习英语的往事，尽管有独立评论家认为这本传记其实也是巴勒莫自己一手策划的宣传手段。她说实际上，巴勒莫并不是因为给那位传奇美国导演当司机所以习得这门莎士比亚语言的，而是因为他成了人家的床上男宠之一。那张床，据说是整个美洲最民主的床：上面没有性别歧视，没有种族歧视，更没有社会阶级歧视。巴勒莫终于盼来了他的**好日子**，他的"**拉丁情人**"外貌也许不是很适合**演艺圈的上镜要求**，但他对于别的事可是在行得很，以至于许多人都把他奉为**超级性感的意阿公关帅哥**，谁都想与他一试身手。在他厌倦了美国**上流社会花花公子**的生活以前，自己的越洋宝石走私生意其实已经颇具规模了。他散布在世界各地的高级别墅，超越了最野心勃勃的年轻人的幻想。这完全是一个哥白尼式的翻天覆地的巨变：现在的巴勒莫，随时随地都被一大票为他工作想取悦他的人簇拥着，在黑格尔的主仆辩证法中他已经成功上位成为主人。

小阿娜伊还向我揭秘了巴勒莫的其他一些花边轶事，因为她之前读过他的回忆录和那本疑似未经授权的传记。一个像她这样天赋异禀的小女孩，绝对不会打无准备之仗的，因此全面的信息搜集与整理是必须的，说不定哪一天就会派上重要用场。她这初现端倪的理性主义行为方式毫无疑问是由她高达 160 的智商催生的。

"你大概清楚情况了吗？"她压低了嗓门问我，以免别人听到我们的对话。

"嗯，清楚了，清楚了……"大麻的烟雾熏得我浑身酥软，以至于看什么都似乎异常清楚。巴勒莫的人生，如果用舍吉奥的说法来总结，绝对就只有一句：真他妈爽歪了。

没一会儿，一个戴着粗框眼镜、身穿**定制套装**的女秘书走了过来，通知我们说面试马上就要开始了。小阿娜伊、她那嗜睡的妈妈，还有我这个被熏嗨了的小跟班，一行三人随着女秘书走进了一个到处是最新自动设备的办公室。我们舒舒服服地坐在几张符合人体工程学的椅子上，椅套上印着的各种胖子像，看起来似乎是哥伦比亚艺术家费尔南多·波特罗的作品。

女秘书按了一下墙上触控面板的按钮，金属百叶窗便缓缓地升了起来。波哥大早晨的灿烂阳光照亮了办公室的每个角落，市郊郁郁葱葱的群山别具热带情调，仿佛是巴勒莫本人亲自设计的电影布景一样。墙上挂着无数的电子相框，里面滚动播放着一些拉美热播电视剧里的明星剧照。巴勒莫对这些电视剧制作的关注之密切是众所周知的，必要时甚至会亲自去把一个他认为不合适的角色从剧中剔出去。因此，他会尽可能地多去拍摄**现场**，即便得从哥伦比亚的波哥大飞到数千公里外阿根廷的布宜诺斯艾利斯，或者从布宜诺斯艾利斯跑到墨西哥的萨卡特卡斯，又或者从萨卡特卡斯到委内瑞拉的加拉加斯。巴勒莫属于拥有私人飞机的精英阶层，当年他要解除那位知名女喜剧演员的合同时（后来这引发了有史以来最大的一场电视争论），为了尽快完成手续，他甚至是亲自开着他的波音飞机去的。

"完美主义者就是这样的。"他当时为此做了个简练的总结。的确，完美主义是他意识形态的一部分，虽然在心理学家看来这仅仅是一个让人不安的认知失真而已。他的完美主义，还完美地体现在每一次出行时他那永远塞满各种常用药的手提箱上。

"对了，我忘了告诉你，巴勒莫还有疑病症……"小阿娜伊悄悄在我耳边低语，这条信息非常关键，能帮助我们更好地理解那位即将成为我们经理人的博爱者拥有的复杂人格。与此同时，我正试图从墙上滚动播放的剧照片里辨认电视剧《破碎的希望》里的演员，那是我和安娜在马德里一起看过的最后一部电视剧。

"怎么样？在我们亲爱的祖国里一切都顺利吧？"巴勒莫冷不丁地现身了，就像那些老牌明星一样，总是在观众不期然的情况下出场。

他手里拿着一袋药,头上戴着一顶刚好能盖住前额的真发发套。发套实现了他头骨结构与毛发系统的完美结合,让他看上去年轻了不少,却又不显得滑稽。几年前那次让我们家客厅多了一幅米罗名画赝品的面部整形手术,多亏了我爸爸的精湛技术,完美的效果还保持到现在。我敢保证他已经忘了那次在咱耶罗门大宅的求医经历了。

"我们马德里人总是想逃离城市:去海滩,去山里,还有来加勒比……"小阿娜伊是一个公共关系专家,她很会拍马屁,却又做得不着痕迹。她非常清楚巴勒莫对多米尼加共和国的热爱,他旗下最重要的制作基地就在那儿——位于阿苏阿镇的几个顶尖工作室,由于在过去十年间专为最卖座美国电影制作特效外景而闻名。

"这套电视剧恰好是关于逃离的……"

巴勒莫拿出马上就要开拍的那部新片的第一册剧本,随手放在了半透明的椭圆形办公桌上,这是一部关于批判社会现状的电视剧。在我们每个人的内心深处都埋藏着一个愿望,就是**企图逃离**这个令我们厌烦并且**折断了**我们奔向真正理想的**翅膀**的现实生活。

用巴勒莫自己的话来说,摆在我们面前的,是他职业生涯中的最大挑战,因此他要求新剧的演员团队要更都市化,要来自世界五大洲。他的梦想就是向世界展示,当今时代是拉丁美洲的舞台,**逃离**这个多年来在国际影坛被无视的阴暗角落。

在好些年以前,他已经开始构想这样一个能让他有机会向世界宣告他全球化新时代的项目了……

IX

当我终于可以上网和安娜聊天时,她说啥都不相信我竟然能刚到埠就取得如此大的成功。她虽然确信她祖辈居住的城市波哥大一定会给我带来好运,但却没想到我运气会好得**如有神助**一般。

她听说我的过敏性鼻炎被哥伦比亚的宜人空气治愈了的时候,欣慰无比。当她在想象我被**大麻**烟雾包围并被**熏嗨**,病态的害羞性格在那团"谜之烟雾"的作用下一扫而空,反而得以轻松应对**伟大**的巴勒莫的面试,而且巴勒莫以前竟然在我爸妈医院整过形时,又忍俊不禁。

但同时,安娜也渐生出些疑惑与担忧来。我立马向她做出保证,绝对不会对大麻或者其他类似的物质上瘾。在我的反马基雅维利式的理念中,目的正确并不代表着能不择手段,舍吉奥所说的**醉烟**纯粹是一次偶然事件。可安娜还是再三提醒我**高浓度哥伦比亚大麻**的潜在危险:好几个她认识的人都深陷其中,无法自拔。

她对小阿娜伊给我提供的帮助也觉得很不可思议,尽管说实话，我觉得她其实是在疑神疑鬼。每当我提起小阿娜伊时，安娜的回复总是醋意满满的。

"一个七八岁的小孩儿，就算再聪明，怎么可能和巴勒莫本人搭上关系？"

我让她去看一下小阿娜伊的粉丝团给她创立的网站，相信她就不会再有疑问了，只要看看上面的那些照片，就会知道我所言非虚。不管怎么样，我们在马德里时就已经得出一个共同的结论，那就是电视里的虚拟世界和我们**所谓的现实世界**其实并没有太大的区别。

她表姐没来接机实际上只是因为那个常见的**国际时差**理解错误，我当然是不会介怀的。豪华酒店的体验，以及和巴拿马出租车司机埃德温的接触令我收获颇丰，以至于那一晚上花光了我几年的积蓄也不重要了。

至于我爸妈呢，他们还在马拉松式的工作中奔忙，每天都在整形、丰胸、削鼻等，哪儿有时间关心我的**热带疾病硕士学业**呢？据安娜说，我妈最近心情好像特别好，因为她对给那位 80 年代墨西哥电视剧女星露碧塔·加西亚做的那例丰唇手术感到特别满意。安娜猜我今后有可能也会像碰到巴勒莫一样巧，在片场或影视颁奖典礼上碰到那位女星，她觉得如果所有挨过我父母手术刀的明星最终都会和我共事的话，将会是多么神奇的事啊！

安娜的表姐罗莎里奥为我准备的房间应有尽有：电脑桌、空调、衣柜和套内卫生间。只要是善待过她家人的人，她都会热情回馈，况且我还是罗德里格斯的家人介绍来的，那就更不用说了。在罗莎里奥还不满六岁的那年，她的父母在卡利省山区发生的一起严重大巴事故中双双殒命。于是罗莎里奥和她的三个弟弟就被安娜的父母，也就是罗德里格斯一家**收养**了，和安娜以表姐妹相称。但她的童年并未因此蒙上阴影，安娜的父母对他们的关爱不但填补了他们失去父母的情感空隙，甚至比亲生父母都还更疼爱他们。

罗莎里奥比安娜大三岁，她们之间的一些共同的面貌特征让别人一看就知道是一家人：同样的甜美微笑、同样的乌黑明眸还有同样的小麦色皮肤。尽管她表姐和安娜一样年轻靓丽，而且同样温柔感性得让人无法抵抗，对所有男人（无一例外都是肤浅好色的）来说都绝对是一尤物，但对于我住在她表姐家这件事，安娜从来没有异议。再者，罗莎里奥从来就不缺**排着队来的追求者**，又怎会对自己最亲爱的好表妹的男友有非分之想呢？此外，她的工作和生活方式令她基本上整天都在外面。如果这还不够的话，我今后的演艺工作也应该很难让我变成一个无所事事的宅男，所以这些所谓的**潜在诱惑**和异地恋常有的醋意都暂时不是问题了。

安娜在网上已经看到巴勒莫新剧的最新演员大合照，但欧洲媒体还没拿到这些信息。我真不敢想象，当我爸妈在**八卦杂志**上认出我那头**标志性**的金发后，会有什么事发生。他俩都特别喜欢翻杂志，一来是因为可以在里面找到那些代表了他们整形手术**巅峰杰作**的名人，顺便对他们的皱纹生长情况进行细致的跟进，二来他们也可以从杂志上了解到时下最流行的家装风格，以便用来装饰自己引以为豪的耶罗门豪宅。

在这里，开机仪式吸引了来自整个拉美大陆的近百名新闻记者，他们中的大多数都在巴勒莫**庞大的媒体帝国**内领着工资。舞美总监是来自日本的西田干户先生，他是全球顶尖的舞台设计师。这座距离波哥大九公里远、紧邻着两座巨大的电视信号发射塔、由废弃旧车场改建而成的宏伟电视城，和好几个在多米尼加共和国的工作室，再加上位于加拉加斯和阿雷格雷港的销售中心，还有智利圣地亚哥的巨型媒体办公室，统统都是巴勒莫的财产。

受雇于巴勒莫的传记作家在网上报道，在这片占地近五千公顷的土地上，西田干户先生打造出了一个堪称新全球化时代典范的理想城市。为了达到导演的目标，西田干户先生在本次布景内的每个设计细节，都恰到好处地体现出了折中主义和五大洲艺术的完美融合。在传记作家的笔下，那些永远不可避免的冲突，无论是东方与西方的，还是南方与北方的，似乎最终都被这位曾多次获得奥斯卡提名并七次捧回小金人的西田干户先生出神入化的技艺完美化解。

"这看起来不就是个华纳主题公园嘛！"舍吉奥一如既往地尖酸刻薄。

在记者们看来，西田干户先生的作品是文化融合主义，但在舍吉奥看来，只是一部用各类型电影碎片**拼凑**而成的纪录片而已，而那些老掉牙的西部片则显然是其中的重头戏。

"你越洋而来难道只是为了在游乐园里当一个粗俗平庸的小丑吗？"

横看竖看，舍吉奥的悲观主义我都觉得太夸张了点儿。

除去在教会学校里的那次耻辱性演出外,这是多年来我第一次有机会出演重要角色、背一部剧本,并且需要像大牌演员一样去内化模拟角色。这也是多年来我第一次感到自己在贡献社会,第一次找到通往幸福的道路,尽管在舍吉奥看来,这全都只不过是我自己在**矫情**而已。

当巴勒莫注意到小阿娜伊身边除了她那个睡眼惺忪的妈妈之外还有别人时,我的角色已经到手了。看来有一些年轻演员的人选还没有敲定,他们将需要在剧中饰演中美洲一个富裕家庭的子女们。这个家族的成员乐善好施,为了慈善事业走遍了全世界,慷慨解囊捐助各种儿童慈善项目。有好几个位于撒哈拉以南非洲的非政府组织,他们 **98%** 的资金来源都是由无私的贝尔梅霍·维特家族提供的。

贝尔梅霍夫妇控制着委内瑞拉 75% 以及墨西哥近半数的石油资源,是自 19 世纪工业革命以来美洲最富有的家族之一。新**全球化时代**的来临激醒了贝尔梅霍家族新一代的团结互助精神,他们积极响应总部位于巴西阿雷格里港的"世界社会论坛"的号召,反对达沃斯论坛经济至上的论调。

新剧的故事梗概是由巴勒莫亲自设计并署名的,虽然谁都知道,大部分的工作其实都是由他背后圈养着的一大群**无名枪手**做的,而这也是他媒体帝国的重要组成部分。

在被剧组奉为"圣经"的这份剧本内,精明的枪手们在巴勒莫制定的严格细致的准则下,绞尽脑汁地勾勒着每一个角色的人物形象。每一个对他这个宏伟巨制有帮助的创意,都会得到一笔不菲的奖励,要是这个创意足够棒的话,剧作家们甚至还会得到一项意外惊喜,这在巴勒莫抠门的薪酬制度里可算得上是一项丰厚得不可思议的奖励呢。

奖励是一次在五星级酒店里的度假体验,酒店紧邻多米尼加共和国的工作室,一切开销全由公司支付。他的慷慨企业行为是有缘由的:他要通过这个新的电视剧,与那些在"他无辜的童年、灰色的少年还有悲惨的弱冠之年给他带来痛苦的一切"做个了断。然而,这个与过去的了断并没有太多的恶意,而是试图用崭新的乐观主义去迎接未来。

贝尔梅霍家族,这个诞生于巴勒莫创意下的慈善之家,象征着这个处处充满不确定性的世界里的所有新理想。这对夫妇通过收养来自五大洲的孤儿,实现了自我价值,他们把巨大的精力和财力都投入到了这个崇高的理想里。贝尔梅霍夫妇到目前为止已经领养了十五个孩子,他们一起快乐地生活在西田干户先生幻想中的伊甸园内。

小阿娜伊将饰演贝尔梅霍夫妇的其中一个养女,来自罗马尼亚,而我则饰演她的其中一个哥哥,是从一家俄罗斯孤儿院被收养来的。这次帮我获得这个斯拉夫年轻人角色的正是我的一头金发。在剧中,这个小伙子从小就学会了贝尔梅霍夫妇的新价值观,因此长大后也处处在生活中传播着不带任何歧视眼光的互助与宽容。熟知电视剧情节的小阿娜伊,早就料到巴勒莫会"**以貌取我**"了,而关于那幅米罗赝品和我爸给他做过的拉皮手术,他大概已经记不清了,或者根本就不愿意记起。

当我在罗萨里奥给我准备的温馨房间里,一边准备着这个贝尔梅霍夫妇的俄罗斯养子角色,一边透过窗户眺望着波哥大城时,禁不住开始想入非非了。我幻想着印有我头像的明星贴纸,被贴在了埃德温女儿们的文件夹封面上。这位来自巴拿马的出租车司机给了我多大的激励啊!等电视剧开播之后,我一定要打电话给他,并且亲手送他一套剧照作为礼物。当然我的白日梦里又怎能少了醒目的报纸头条呢?"费尔南多·佩雷茨,将出演年轻的贝尔梅霍家族成员伊万!"

虽然我也知道,这种自恋的行为和巴勒莫的新剧所要传达的信念背道而驰,但我还是无法从脑海中抹去那些令人迷醉的成功、一夜成名的幻想还有各种意淫出来的奖项荣誉。对我的采访将占领整个拉丁美洲的电视屏幕,从最南的火地岛到最北的蒙特雷。到时,胆小内向的性格将全都成为过去,我的表现将与最当红的大牌明星一样,镇定自若、光彩照人并且伶牙俐齿。我的言语是如此诙谐与得体,现场观众们都会捧腹大笑,完全不需要他们假笑或者播放讨厌的笑声音效。幻想中的我已经俨然成了一个演艺大咖,变成了所有内向的人都一心向往的模样。最终,治好我这个特殊病症的,将会是这部我一开始就认为要拍到一千集的肥皂剧。

拍戏的第一天让我终生难忘。

当演员们鱼贯而入,走到各自的戏位时,大家都不禁发出了由衷的感叹声,而我当然也不会例外。西田干户先生的出品甚至超越了巴勒莫本人的预期。布景设计的点睛之处在于对儒家完美主义的表现,这也是日本大师在北京这座千年古城的大学留学期间借鉴参悟出来的智慧结晶。

西田干户大师的折中主义风格绝不止于某份杂志报纸上所写的标签式评论：贝尔梅霍家花园所体现的是神道里静谧田园的和谐之美。但毫无疑问，这个花园是参观过的人最为称道的地方。

贝尔梅霍家的庄园外围是一派**新全球化时代中**多元文化共存的盛景，而这也是巴勒莫坚持要求的：墨西哥餐厅、**英文学校**、土耳其浴室、加勒比舞厅、拥有世界各地知名特产的商店、模仿古奥林匹亚遗址的运动场以及其他数不清的各类建筑。

"这个世界上任何一个地区的电视观众看了我们的节目都能产生共鸣。"巴勒莫在第一天漫长的开放日参观结束后，在媒体发布会上骄傲地说道。

贝尔梅霍家各个房间里精美细致的装饰也成了专业评论的最热门话题。这些装饰都是西田干户大师对千年风水文化的致敬，在浴室、大厅、饭厅、厨房以及各个卧室里，无不体现出这种源自东方传统世界的哲思技巧。

在"全家"都参与拍摄的第一幕里，我们陆续在一张形状类似政府部长开会用的那种大桌子旁坐下。桌子被西田干户先生专门设计成半圆形，以便摄像机能把我们所有人都全部拍进镜头内。正如后来的媒体评论一样，这毫无疑问也是日本大师的另一杰作。然而，那些不受巴勒莫控制的独立媒体却批评这些场面是对美国历史上的那些大家族的刻意模仿，"这说句好听的是互文性，说难听点的就是抄袭"。

我能被摊上这个角色，毫无疑问也得益于编剧们为了避免法律纠纷而巧妙设计出来的角色差异。作为贝尔梅霍夫妇的养子，我们15个人都来自不同的种族，所以就算翻遍了全世界无论是私营还是国营的电视台的所有电视资料，都一定无法找到一模一样的剧集。巴勒莫仔细地控制着他的出品与其他剧集相似度的百分比，以保证没有人能对他提出诉讼。玩擦边球这事儿这对他来说简直是小儿科，要是不懂得在法律边缘游走，他又怎么能建立起偌大一个商业帝国来呢？

当轮到我登场，在戏中的家人面前亮相时，我不得不亮出全套用于与腼腆性格进行长期抗争而学会的心理学技巧。我知道，如果能成功跨过这个关卡，与悲剧式的过去以及教会学校**弗洛伊德梦魇般的演戏经历**一刀两断的话，我将能实现那个自懂事起，并听说了曾祖父的英雄伟绩后，就一直萦绕在心头的演员梦。

当我剧中的弟妹们在他们最初几秒钟的拍摄里**出色地完成了表演**后，我的压力也随之增加。小阿娜伊也不负众望，完美演绎了她的角色。虽然她在**后台**已经对我进行了尼采式的鼓励，但此时我的脉搏却跳出了一个刚跑完1500米跨栏赛的运动员那样的频率，完全不是一个仅仅需要说出一句简单的早晨问候台词的演员应有的。

我反问自己，这样的煎熬值得吗？此时我想起了中学时的哲学老师，他每次想告诉我们学习是世界上最辛苦的工作时，都会重复那句古希腊格言："**美好的事物都是来之不易的**"。但这令人焦虑的时刻似乎没完没了，我甚至任性地想，不如干脆甩袖而去，**让一切都见鬼去吧**。如果舍吉奥在旁，他肯定会这么怂恿我的。不过我也非常清楚，绝不能让心理逃避摧毁我最向往的事业，还有我短期、中期和长期的幸福。

顺理成章地，解决困境的办法只能从影视界的轶事里寻求了，别忘了我可是最忠实而**狂热**的轶事收藏家呢。

"向伟大的詹姆斯·迪恩学习！"我在暗暗给自己呐喊打气。

根据一些影视圈内的八卦，这位在全世界拥有几百万粉丝的神样偶像，曾经在拍摄《巨人传》的时候，在整个目瞪口呆的剧组眼皮底下当众撒尿。而这便是他独特的解压破冰方式了。

"你倒是快点尿尿啊！"舍吉奥再次叫嚣。

在我们那个号称是"在深受省内剧评界热切关注下绽放的奇葩"的表演戏剧艺术老师马丁看来，当众**撒尿**毫无疑问是一门**"优秀的基本功"**。不过"詹姆斯·迪恩有广袤的沙漠需要浇灌，但在室内拍摄可不是同一回事儿"。

马丁嘴里那些所谓的常识听起来都很奇怪，也许用"荒诞"来形容会更贴切些。尽管他把理论都裹上了看似经典的塞内加主义的外皮，比如"不是因为事情困难，而让我们不敢做；是因为我们不敢做，事情才变得困难"之类的话，但实际上他是英式实用主义的狂热崇拜者。作为英国戏剧的忠实粉丝，他总备着一大堆著名的伦敦戏剧例子做库存，以便随时拿出来引用。因此关于如何在不被人发觉的情况下**打破僵局**这事儿，他一定也会毫无悬念地使出英式策略。

"诸位请认真看亚历克·吉尼斯①爵士的表演……答案就在里面!"马丁在表演课上一边做出那套老一辈演员特有的动作表情,一边激昂地大喊,假装自己是一个血管里流淌着中世纪吟唱诗人血液的艺术家。

我和表演课的同学们几乎看完了亚历克·吉尼斯爵士的每一部影视作品,只为找到那个答案。我觉得答案似乎是在音乐剧《小气财神》里。但说句实话,我们所有人都有个一致的结论,就是马丁给我们布置周末作业的目的,其实只是想我们陪他一起留在学校而已。不过自此以后,每当我想象亚历克·吉尼斯爵士在剧中扮演的那个被枷锁永世缠身的幽灵时,我都会禁不住为他脸红,然后想着想着整个人就突然好了。

"大家早上好,早餐吃得怎么样?"

这就是我唯一的一句台词了。我得一边说一边摸着罗西塔,也就是我剧中最小的妹妹的头发,愉快地在一张堆满了美食的桌子旁坐下。

"我能一次拍成功吗?我能把所有的辅音念清楚吗?还是说我会像以前在马德里拍戏时那样,一碰到摩擦音和爆破音就卡成口吃了?他们会因此辞退我或者缩减我的戏份,让我

---

① 亚历克·吉尼斯(Alec Guinness,1914—2000),英国演员,有"影坛千面人"之称,1959年英国皇家鉴于他对艺术的贡献颁给他"爵士"封号,他晚年以《星球大战》系列的演出广受欢迎。下文的《小气财神》(Scrooge)是1970年由他主演的改编自查尔斯·狄更斯《圣诞颂歌》(A Christmas Carol)的音乐剧。

变成一个没台词的哑巴哥哥，只会听不能说吗？哎，都到这份上了，我怎么还在想这些消极的事？我老是这么胆小懦弱，怪不得舍吉奥经常被气得抓狂发火啦！难道我不是已经勇敢地登上廉航飞机跨越了整个大西洋吗？还想我怎样呢？"

"很好，停！"

电视剧导演是一个为巴勒莫的工作室服务了多年的专业导演，他给我的表演打出了好评。我这回的演出就像是得到了詹姆斯·迪恩、亚历克·吉尼斯爵士、马丁、我那98独立战争里的英雄曾祖父，还有其他所有我从小到大接触过的传奇人物附体一样完美，而他们或多或少地都曾经在我的人生路上指引我奔向理想。我打心底里感激他们，是他们让我最终踏上了演艺之路。所有我所做的、所想的、所演的，都带着他们的影子，他们是我的灵感源泉。当然了，他们也一定会为有一个像我这样忠实的、尽我所能继承他们光辉事业的门徒而感到骄傲的！

"一颗冉冉新星就此诞生了！"小阿娜伊真诚地祝贺我。

"我还以为会没法把台词念完整呢。"说话间一股冷汗从我的额头淌出，掺和了脸上的彩妆缓缓流下，在我脸上画出了一副小丑特有的脸谱。

"你演得非常自然，就像真是我们的哥哥一样……另外，凭着你身上那股独特的个性风格，以后一定能夺得好莱坞奥斯卡奖的。"

要不是因为我知道小阿娜伊是一个世间罕有的天才儿童，我一定会觉得她刚才那番话只是在嘲弄我而已。话说回来，比起之前的消极估计来说，我的表现简直算是棒得**不像话**了。

这个"**不像话**"是舍吉奥的评论，他最擅长的就是说好话时也连夸带损了。但看到我在众多摄像机前挥洒自如，他也不得不放下那鸡蛋里挑骨头的姿态来。我的表演堪称完美，否则这场戏后来也不会被用作片头了。

"你从哪儿学来这套'演员定型大法'的？"舍吉奥用一种不常见的急切语气质问我这个与他如影随形的小伙伴。

"我在镜子前练习了一整晚……"

"你的灵感是从哪儿来的？"

"从那些世界喜剧史上的大师们身上找到的。"

"什么？你是说那些小丑吗？"舍吉奥边说着边做了一个鬼脸。

"要想成为一个好演员，不论是喜剧的、歌剧的还是音乐剧或者其他剧种的，都得拥有自己特有的一套动作、表情和姿态。你不仅要让观众能通过脸认出你，还得让他们能从你点早餐、午餐和晚餐时的独特风度中认出你来。你得把在戏里最重要的场景里所该表现出的风格神态都带回家里。"

"和在生日派对上的那些小丑一样夸张就对了！"

"你和马丁是一路的吧，还守着19世纪的那一套。"

"你别把我拿来和那个废物比！"舍吉奥恼了起来，他的弱点并不难找到。

"那你就别拿他那调调来说话啊！"

"难道喜剧不是下等的戏剧吗？"

"去你妹的。"我生气地回敬了他一句。

"业界从来不给喜剧发奖是有原因的……"

我们的争辩总是以**同样的方式**结束，仿佛是一个无法解释的怪圈。

有一句哲言最适合形容这个场合了："显而易见之事，毋庸赘言。"

而在我难忘的中学时代里，这句哲言也是我与舍吉奥的无数场辩论里必须遵守的规则里的第一条。

然而，在我与舍吉奥的争辩中，也许是由于在潜意识里要向西方思想体系致敬，因此我们最终总是会得出一个想法，或是一个能够转化成新观点的结论，并且大多数结论都是通过怀疑论的**悬搁判断法**①得来的。这是我们高中的哲学老师赠与我们的精神财富，在处理任何事情时都是金科玉律。其中特别重要的一条哲理，就是**付诸实践**，把所有的想法都统统拿出来辩证，才会最终得到真理。

我的"**演员定型大法**"就是这样得来的。

舍吉奥在这以前就已经准确猜到了我在摄像机前自信表演的诀窍，也就是这套我**亲自设计并且练习了很久**的肢体动作。结果是不仅我自己满意，**似乎大家也都很喜欢**。

舍吉奥说，当我乐观地开始灵活**支配自己的躯体**时，腼腆内向的性格似乎神奇地消失了。这种灵动在我不到一岁时也显现过，让我在目瞪口呆的父母面前站起来开始蹒跚学步。

---

① 悬搁判断（Epoché），古希腊语概念，在哲学中意指对于不自明之物中止判断，借此达到不动心，免于忧虑和焦虑的状态，此概念由皮浪学派提出。

后来，同样的灵动也让我在中学指导员安排的能力测试中，取得了**肢体协调能力**方面的好成绩，远高于我其他类别的能力指数。

在片头中的我，**风流倜傥玉树临风**得让人恨不得抓住咬上一口啊！

舍吉奥做出这样模棱两可的评论，毫无疑问是被我举手投足散发出来的灵动征服了。

我终于找到了能终结我苦难的"**魔法石**"了，那就是我的专属**演员定型大法**，虽然它今后会给我带来的是成功还是失败现在还是未知之数。

X

　　拍摄工作的节奏是令人疯狂的,虽然我之前也看过一些关于电视剧拍摄的书,但我从来没想象过,真正置身其中时竟可以让人时间感全失、与世隔绝,甚至忘却所有的存在感。西田干户先生的布景,成了我在哥伦比亚首都度过的那些日子里的唯一记忆。他使用了东方的进口油漆来粉刷这个恢宏的摄影棚,以致连我的记忆都被染上了这股特殊的气味。只有当我走在波哥大清爽的街道上时,我的过敏性鼻炎才会稍微停息,就是说只有在每天清晨,当整个城市还在沉睡时,或者在每天深夜,当街上已经渺无人烟时,我才能享受到这份惬意。

　　我如奴隶般地疯狂工作也就是拜巴勒莫所赐。

　　如果我们想周日休息的话,每天就至少要录一集半的戏份,而这几乎是不可能的。哎,看来周日休息的规则并不是为电视剧从业人员制定的。

　　由于没有足够的时间背台词,每一幕的拍摄进度都被拖得很慢,几乎所有场景都会有演员出错,无法一次通过而需要重拍。面对如此高压,我在剧中的弟妹们便是最脆弱的一群了,好几次都有人忍不住哇哇地哭了起来。每当此时,我都会想起那些反对让小孩子出演电视节目的言论,他们认为即便在拍摄过程中给孩子们请来**专门的老师**辅导学业,这依然算是一种变相的虐待。

但是小阿娜伊却从来不会出错。她有着众所周知的超常记忆力,只需要在休息时过一遍自己的台词,就可以在几分钟后用最合适的语调把台词背出来。

而我呢,多亏了教会学校的严格戒律,让我学会了不少记忆技巧,于是我在背台词这件事儿上也有好几次侥幸过关了。但只靠掌握能消除紧张的**演员定型大法**还不足以让我在剧组里坐稳屁股,我得确保在台词上不能出任何差错才能避免被**扫地出门**。在头几集的剧中,我还有两位同样被贝尔梅霍家族收养回来的哥哥。但这两位演员老是无法一次性说好台词,有时甚至拍了四次还说不利索,导致后来遭了殃,编剧们删了他俩的戏份,现在已经甚少能在西田干户先生的布景里看到他们了。

于是,电视剧开拍没几天,贝尔梅霍夫妇就只剩下 13 个孩子了,但没有人会去在意那两个"**拿着奖学金去外国留学**"的孩子的,这种过千集的电视剧向来都是这样的。以前当我和安娜宅在耶罗门的伊甸园里追剧时,有时会发现某些在我们看来理应有更多戏份的角色突然被边缘化,甚至被完全封杀了。这时我们便会为他们送上些微薄的人道主义关怀,去一些专揭内幕的网络贴吧里一探究竟,看看那些倒霉蛋最后怎么样了。有的演员会发博抨击"**音像产业里独断专行的资本主义政策**",有的人甚至会再三呼吁那些"**真正的电视迷**"发起抵制运动,借此找回自己丢失的尊严。

其中最著名的例子就是电视剧《空邮箱》里的演员埃斯特拉·德里奥和杰瑞米·普拉萨了,他俩在剧中和智利美男演员劳尔·里卡多的三角恋发展得如火如荼时突然离开了剧组。显然,本次事件的关键并不是因为演员们经验不足,而是他们把戏内和戏外的生活给混为一谈了。因此,作为制片人的巴勒莫在导演的提醒下,不得不在这段悲恋影响到自己的商业利益前忍痛割爱。由于提前结束演员合同,制片方需要赔付的违约金多达几百万。不过巴勒莫——这位**曾经的钻石走私大亨**——在乖乖掏钱出来之前,当然少不了绞尽脑汁奔走一番来挽救自己的财富了。

不过,那句所谓的"**观众有最终发言权**",其实和很多其他的事情一样,都是一句掺了水分的真理。的确,有一些指标可以衡量观众数量、黄金时段、最受欢迎剧集等信息,但实际上,决策并不是民主的,虽然观众人数占多,但制片人名气与权力却是凌驾在此之上的。

埃斯特拉·德里奥和杰瑞米·普拉萨在他们的博客中爆料,称《空邮箱》的导演在决定辞退他俩时大声放话说:"大爷我从来都不鸟观众的哔哔!"

但他俩后来的境遇还不至于太糟。他们抓住了这个丑闻盛传的时机,在萨卡特卡斯创立了一个独立的影视公司。数以千计的粉丝甚至不惜解囊相助,大量的小额捐款通过网络源源不断地汇入了他们的银行账户中。在《空邮箱》中戛然而止的爱情故事在萨卡特卡斯得以延续,虽然这次出演的都是新面孔,但剧情仍然与当初一样扣人心弦。巴勒莫认为这些演员自立门户开影视公司是受了他的竞争对手鼓动,企图伸手在他电视剧产业这块大饼上挠下点面屑来享用。但那些最善于揣测的分析家却不这么看,他们断定这一事件背后是典型的巴勒莫式垄断操作,因为他的产业里其实还包括遍布拉丁美洲的大量小工作室,就连《福布斯》杂志也只能就他的财富规模做一个模糊粗略的估计。

在我们的电视剧登上哥伦比亚、委内瑞拉、多米尼加共和国、巴拿马、秘鲁、玻利维亚以及厄瓜多尔的电视屏幕仅仅一周后,各路分析家们就制作了一篇关于贝尔梅霍家族历史的详尽报道。巴勒莫这次的豪赌获得了巨大的成功,收视率居高不下,以至于公司不得不匆匆开始着手准备制作针对巴西观众的葡萄牙语版本。这部新剧带来了巨大的回响,以至于无论是阿根廷、智利还是乌拉圭的观众们,都恨不得拿上放大镜来看节目表,生怕漏掉一集。

小阿娜伊拿了一本委内瑞拉的杂志给我看,里面有我们首发的一些官方剧照。照片里是贝尔梅霍夫妇和所有的养子养女们,大家脸上洋溢着灿烂的笑容,围坐在西田千户先生设计的大饭桌边。在照片页脚处的注释写着"团结幸福的贝尔梅霍家族教会了我们应对全球化的新策略"。

在这张大合照中,连我都差点认不出自己来。新掌握的**演员定型大法**把我本来特有的面部轮廓都改变了,只有通过那一把金黄的头发,才能认出我就是那个贝尔梅霍夫妇的斯拉夫养子。我不知道"**热带疾病专家**"这个谎言还能维持多久,安娜告诉我说,在马德里的拉美社区已经在通过网络或者卫星电视狂追这部电视剧了,而我的角色已渐渐开始成为拉美年轻女孩之间的热议话题。尽管我一再重复我们那**近乎神圣的山盟海誓**,以及让我无暇分心的非人工作时间,在她邮件的字里行间还是透露着一股日益加重的醋味儿。

"等你回到马德里时,会有大把的拉美妹子等着你呢!"舍吉奥在安娜的伤口上撒着盐,而且还很享受的样子。在这事上我也很心塞,因为其实舍吉奥说的有道理,虽然我和安娜保证过不会滥用名气乱来,但安娜在这样的情形下又怎能安心不吃醋呢?

"以后你就知道了!"舍吉奥用他一贯的挑衅语气说道,"难道你不知道你剧中父母的那些事儿吗?"

安东尼奥和玛格达莱娜在剧中演的都是重量级的角色,他俩在电影、先锋戏剧,还有广为大众所熟知的优秀电视剧中都曾经有过大量令人印象深刻的演出经历。

据巴勒莫的新闻办公室所述,在巴勒莫一反常态地在他俩桌上各甩下一张空白支票后,他俩才颔首同意饰演剧中的贝尔梅霍夫妇。但事情可远没想象中那么简单,因为钱并不是最大的难关。作为**老戏骨**,他俩之间的互相敌视和嫉妒在行业里是众所周知的。他们甚至在谁的名字应该出现在演员表第一位的问题上僵持不下,以至于巴勒莫不得不求诸一个业内的传统把戏:把两人的名字首尾相接,做成一个婚戒模样的环形,这样便没人可以独占演员表的头位了,就像那个先有鸡还是先有蛋的寰宇难题一样,两人谁先谁后也同样没有答案。

安东尼奥勉强地答应了,自从在将入花甲之年时奠定了他"美男子"的地位后,他在超现实主义戏剧中的表演不仅俘获了大批不谙世事的少女的芳心,也赢得了各地城乡许多大龄观众的喜爱,所以从来没有人敢与他抢演员表的头位。促成这次合作奇迹的是他的经纪人,为了让这位**曾经辉煌**的巨星点头,经纪人不得不旁敲侧击地提醒他,拉美正遭受石油经济危机,后果可能会很严重。

不可一世的玛格达莱娜也同样被通缩风险理论说服了,她的印钞机又怎么能孤注一掷地赌在这个与变幻莫测的经济危机紧紧挂钩的行业上,面临说停就停的风险呢?因为不愿意去好莱坞演拉美土著之类的角色,她已经长期无戏可演了,在眼看挥金如土的生活就要到头之时,这位曾经风头无二的**赛璐珞**①**女神**,终于放下身段重新审时度势,接受了曾被她拒绝过无数次的巴勒莫的邀约。

尽管和安东尼奥曾经有过一段令人不齿的**往事**,玛格达莱娜最终还是忍气吞声地在巴勒莫的合同上签下了字。据**明星八卦杂志**爆料,当他们两人都还在一个千娇百媚、一个风流倜傥的年纪时,当地有个无人不知的独裁者,他在挑选能

---

① 赛璐珞是最早生产的合成塑料,电影就是在赛璐珞胶片问世以后发展起来的。

在总统府与他一度春宵的人选时可谓是雌雄通吃，所以他们俩为了争宠曾闹得剑拔弩张满城风雨。尽管因为这段往事，两人一直水火不容，但两人在饰演贝尔梅霍夫妇时，仍然会为了获得职业和金钱上的利益，戴上面具伪装成一对如漆似胶、古道热肠的夫妇。

那个以喜欢玩性虐游戏出名的独裁者在床上玩弄了他俩之后，送了他们好些贵重礼物，还为他们弄到了不少**电影角色**，他们也因此而声名鹊起。

不过，当那个独裁者委派一个御用导演要把自己的生平搬上银幕，并指定了这两位榻上的玩伴来担任主角时，故事的高潮才真正开始。结果便是，影片的拍摄质量低劣无比，连情色镜头都是老掉牙的70年代风格，以至于令这位靠政变上台的独裁者勃然大怒，赶在被抓住把柄轰下台之前，把差不多整个电影剧组全部驱逐出境了，当然也包括这对主角儿了。这位身经百战且淫荡好色的独裁者显然无法料到，在动用了大量国库资金在各大国际电影节中进行宣传以后，竟然还是无法挽回败局！结果，由于抨击之声过于猛烈，独裁者不得不又操起那番常用的陈词滥调，把拉美一切的罪恶全都归咎于那个北美大国："又是CIA在煽风点火！"这个演戏也同样了得的独裁者大声疾呼，但时过境迁，他现在已经不像刚上台时那样拥有那些北方邻居的支持了。

在反对派看来这只不过是那个"**超级大国和他的合同过期了**"而已。

然而，无论对于玛格达莱娜还是安东尼奥来说，被驱逐出境却变成了中大奖一般的好事。通过在国外宣传暴君的疯狂生活，他们打开了神秘的**古典动作片**这扇电影艺术大门。从此，他们便开始饰演那些讽刺历史人物的角色，诸如卷入王室风流韵事的、玩弄权术的、为夺权不惜毒杀政敌的等等之流，将人类能使得出来的各种卑鄙恶毒手段都淋漓尽致地演绎了出来。于是，他们的形象很快就被定型为**国际大恶人**，连三岁小孩都知道，只要是玛格达莱娜演的就一定是"**恶巫婆**"，而安东尼奥演的就一定是"**大流氓**"。

当签下这两位明星时，巴勒莫正着迷于解构主义手法。让玛格达莱娜和安东尼奥在剧中饰演这对近乎完美的夫妇，难度就好比要让大家相信，把恶魔的面具揭掉以后，里面竟能露出一个凡间最纯洁善良的人来。但无论有多难，这位腰缠万贯的制片人这回是不到黄河心不死了，似乎是想通过这部他倾注了全部心血的电视剧来为以往做过的恶赎罪。他让这对大恶人在剧中一反常态地饰演一对慈悲宽容的家长，而这些品质恰好是巴勒莫无论在工作上还是生活中都从来未曾有过的。

尽管半个美洲的人都开始被他们饰演的贝尔梅霍夫妇的淳厚善良所感动，但是据舍吉奥观察，玛格达莱娜和安东尼奥这两人在幕后却是"**电影业内史上最爱耍大牌的人**"。

"受不了了！"小阿娜伊和其他大部分饰演剧中贝尔梅霍夫妇养子们的小孩一样，面对他们**剧中父母在台前与幕后的巨大反差**都感到无所适从。每当孩子们要和父母的其中一个拍摄温情对手戏时，无论是和玛格达莱娜还是安东尼奥，当在某些镜头里需要**假装**与他们拥抱、亲热、亲吻或者"看着充满父爱或母爱的笑脸"时,都要重复多次,直到小孩脸上的神情看起来不再是**反感**,而是对这两位能让全世界小孩都羡慕的模范父母的无限亲情。

但在现实里却是另一番景象:玛格达莱娜端着一副明星架子,非常任性,从来不遵守和巴勒莫签下的合约条款,使用那些剧组仔细熨烫打理好的**行头**。她经常会自作主张地换戏服,尽管她的审美风格和一位无私善良的母亲的形象格格不入。有时候,就像舍吉奥在背地里说的那样,她看上去更**像个上了年纪却又由于热爱老本行而不愿意退休的老鸨**。她从来不和拍摄团队的人员打交道,宁愿自己一个人待在更衣室里,有人曾经听见她自己嘀咕着说不想和下等人混在一起。

在我和玛格达莱娜合作过的少数几幕戏里,她都没正眼看过我。西田干户先生在车库里设置了一些木板台,目的是防止汽车挡到演员,而她甚至在下台时都没叫我去扶她一下。而车库内的其中一幕戏堪称完美,起码在我看来是这样的。剧中的我虽然还没正式拿到驾照,但坚持要开妈妈的车出去溜,因为我不久前才通过了驾校考试,所以迫不及待地想把车开出去向朋友们炫耀,**宣告我从此走向独立**。玛格达莱娜在这组温情脉脉的聊天镜头里,提醒着我无证驾驶的风险。她告诉我,她在年轻时失去了最好的闺蜜。因为闺蜜在十五岁生日狂欢那天,没有听从大家的劝告,无证驾驶撞倒了一位老奶奶。老人当场不治,而不久以后,她的闺蜜也因为悔恨交织走上了自杀的道路。

由于在拉美地区，每年因为车祸丧生的年轻人太多了，所以编剧们都不得不遵从政府的建议，在剧中加入这些预防意外的**公益宣传**小桥段。

剧中的我一意孤行地要无证驾驶，还指责妈妈没有像其他朋友的父母那样，亲自带孩子上几堂免费的实践课。

我将这个反叛少年的形象表现得淋漓尽致，活脱脱一个翻版的詹姆斯·迪恩。我的内心甚至升起了一股莫名的荣耀感，似乎一群缪斯女神就围绕在我的身边轻歌曼舞。然而，在现实中坐在我身边的，却是勇者无畏的玛格达莱娜，她穿着一件鲜红耀眼的中国风长袍，把剧组为她准备的米白色端庄长袍给撤掉了。

拍摄效果是如此成功，以至于出乎意料地登上了当地报纸的头条。这位伟大的拉美电视剧女神玛格达莱娜，给电视机前所有为自己羽翼渐丰的叛逆期孩子的教育头疼的父母们上了一堂漂亮的公开课。

在我和玛格达莱娜对话时，还有各种画面穿插进来：被压扁的汽车，酗酒无度的年轻人，在殡仪馆、墓园以及医院里悲痛欲绝的父母们，而那些冷冰冰的尸体在不久前还是他们各自家中的"小皇帝"和"小公主"。

电视剧的热播为每个剧中演员带来的影响开始显现出来了。电视剧每天播放一集，并且都会被安排在下午收视率最高的**黄金时段**。竞争对手的电视台面对这套"**巴勒莫大师的新巨作**"束手无策，只得默默接受成王败寇的游戏规则。虽然，他们还是会在同时段想方设法安排别的热播剧、热映电影、球赛、音乐会等来挽救收视率。但无论放什么节目，面对这个"**完美家庭**"压倒性的吸引力也只算是螳臂当车而已。

台前幕后的各种秘闻轶事被大家疯传。人们在街上拦住我们不仅是因为想得到自己心仪明星的签名，也想抢先一步打探编剧们设定的电视剧情节。

"玛格达莱娜饰演的阿利西亚女士会把保姆轰走吗？"

"安东尼奥饰演的贝尔梅霍先生多正直啊，他会掉进奸诈的女秘书的圈套里吗？"

"小阿娜伊饰演的可爱小宝拉，她那可怕的疾病能被治好吗？"

"你最终会和席薇亚还是塔尼亚在一起呢？你会离家出走吗？你会开走那台跑车吗？你会把塔尼亚的名字文在胳膊上吗？又或者是席薇亚的名字呢？你会剃光……"

在这个巴勒莫首次破天荒让我们放假休息的周日，在九三公园这个哥伦比亚首都的休闲绿洲里，我突然意识到，很多事情都已经改变了，并且无法回头。

虽然由于拍摄日程紧张，我和安娜的表姐罗莎里奥碰面的机会是少之又少，但她也告诉过我："满大街都是在议论你们电视剧的人！恐怕你想安静地喝一杯咖啡都不可能了！"

而事实确实就是这样。

我走进一家胡安·巴尔德斯连锁咖啡店，起初一切都还正常，店里播放着萝拉普西妮的歌，客人们在安逸地闲聊着。一种异样的**孤独感**突然向我袭来。自从我坐上那趟廉航班机来到波哥大以后，我一直没意识到自己是孤身一人。我和剧组以外的人的联系，仅仅限于每天晚上和安娜还有我亲生父母的**邮件**往来。有一次我不小心，用了在剧中称呼贝尔梅霍夫妇的方式喊了我爸妈，结果把他们吓得不轻，以为我在研究热带病时被感染了，因为据说有一种热带病会干扰带病者的性格。可是，让我深陷其中无法自拔的是**另有其病**，那就是自小时候听说了曾祖父在98战争中的壮举后就念念不忘的演员梦。

自从掌握了**演员定型大法**以后，我取得的成果是非常显著的。那些在台上的恐惧、焦虑、结巴和病态的害羞，全都如明日黄花一般从我的性格中烟消云散了。甚至连舍吉奥都不得不承认，"这套大法相比起我当年冒充山姆大叔的曾祖父的演技来，也是有过之而无不及"。

我确信这套**演员定型大法**能激活的那片大脑神经，与听到悦耳音乐时产生的愉悦感是在同一区域的。我在上大学前曾经为了减缓焦虑和内向接受过心理治疗，其间通过读笛卡尔写给伊莎贝拉公主的信，明白了人的肉体与精神之间的关系。而肉体对精神的影响，在无数的哲学经典里也都有过阐述了。

但是，在九三公园的咖啡厅里度过了我第一个不用拍戏的礼拜天后，我开始质疑那些专家的结论是否永远都是对的。

即便是**演员定型大法**也有不灵的时候。

我敢保证，如果我那位难忘的高中哲学老师在这儿的话，一定会引用亚里士多德的话来评论我这个表演技巧大发明的："总有一个折中的方式来处理任何情况。"

面对波哥大的粉丝们，我完全找不到演戏时的镇定自若。是我对**演员定型大法**的修炼程度还不够吗？我心里不禁慌乱愧疚起来。

"那不就是费尔南多·佩雷茨·德卡斯蒂尔吗？"

"真的吗？"

"没错，没错，就是他！"

"咱们赶紧找他要签名去！"

"不对，好像不是他嘛。"

"明明就是啦！你没看到他那一头金发？……"

看来笛卡尔的精神与肉体互动关系理论咱是一辈子都没法忘掉了，还有伤心欲绝的伊莎贝拉公主与聪明得难以捉摸的笛卡尔。虽然我这21世纪的小资式多愁善感并不是他俩的错，但当下我急需为自己的羞愧找到发泄的出口，所以只能推卸到这两位历史人物身上了。不过说实话，他俩的烦恼也真够呛的。

"是的，是我！"我连一口咖啡都还没喝呢，就已经被一群少男少女团团围住，随时准备把这一幕定格在手机里。

"在我手上签个名吧！"

"我要签在本子上！"

"这个要写送给宝拉和帕特里西亚的，她们都是你的头号粉丝哦！"

"这个是替伊莎贝拉奶奶要的！"

"这个要签给乔治，住在麦德林的一个小伙子，他可粉你啦！"

"给比尔切斯也签一个,他和你剪了个一模一样的发型,连颜色也染成一样的了!"

舍吉奥见到这样的场面,可兴奋了:"你终于见识到名气背后的阴暗面了!"

又一次,一语中的。

"我已经准备好接受这样的生活了吗?难道我以前没想过成名意味着什么吗?"

这些问题我都无法回答。

我的粉丝们一边喊着我剧中角色的名字一边迎上来亲我,把我全身都摸了个遍,只有我的隐私部位奇迹般地避开了他们的上下其手。尽管舍吉奥一口咬定,**我"小弟弟"绝对没能幸免**。

这时的我,完全与一个被放在展览厅里的大号人偶无二。而且还是个不会说话的人偶,以至于无法向大家解释,其实他的金发是天生的,是从英雄曾祖父那儿继承而来的;他无法告诉大家,除非剧情需要,他是绝对不会和那个叫啥比尔切斯的家伙一样跑去染发的;同样的问题已经把他问得烦不胜烦了;他从小就已经受够了金发带来的烦恼,再也不想别人拿他的金发来说事儿了;他尊重所有的头发颜色,希望别人以演技来评论他,而不是那一头金发。

可是没办法……

"忍着点儿吧,你可是男女粉丝们的性幻想对象呢!"舍吉奥揶揄道。

"这有啥不好吗?"

"他们喜欢的是你的外表,而不是你的演技!"

"真的吗?"

"当然啦……小金毛,你们这些长得帅的注定只能当不会演戏的花瓶……"

这次又被舍吉奥说中了吗?

我不敢想象这是真的。我们的争吵总是这样结束,每次都会留下一点对未来的小不确幸,而这次的小不确幸则藏在波哥大美丽的地平线下。

也许就是因为这个疑虑,我一下子从胡安·巴尔德斯咖啡店舒适的沙发上跳了起来,风一般地逃离了我的那帮哥伦比亚粉丝,仿佛他们就是造成我情绪波动的罪魁祸首。

每当有人"**触及**"金发的话题时,我就会非常抓狂。况且这次他们还在身体上和精神上双重"**触及**"了我:他们不但用手乱摸我的头发,把我当成了宗教神像一样,而且还怀疑我的金发的真实性,不断地问我用的是哪个牌子的欧洲染发剂。

认知行为疗法最终还是没能解开这个从小就伴随着我的**认知死结**。虽然我好不容易学会了华丽丽的**演员定型大法**,克服了表演恐惧症,但是我还有一门悬而未决的难题:我的这头**金发**。在西班牙这个满大街都是深色头发和古铜肤色的国家里,要不是孟德尔隔代遗传的理论,还有那位和我一样拥有一头**基因变异金发**的曾祖父的话,我的父母说不定都因此离婚了。

拉丁情人、**伊比利亚爷们儿**、**地中海型男**等的这些标签,全都是我在西班牙找工作的最初几个月里的最大障碍。演艺学校选角时，凡是重要的角色都从不会落在我头上，就是因为我"**长得不像**"。

"等需要有人演老外的时候再找你哈……"他们总是这么简单地打发我。

但在广告试镜时，情况就完全不同了，我这头**金发**摇身一变成为抢手货了。尤其是在拍时装、香水或者首饰广告时，仿佛那些**伊比利亚爷们**从来不穿衣服不喷香水似的。不过，虽然我的金发适得其所，我的演技却让所有人的**眼镜都跌碎了一地**。

"丢死人了！"只要一想起来，我就要囧得浑身冒冷汗……我那会儿连笑都不会。有次，一个制片人坚持要我大笑几声给他看的时候，我的嘴唇像被黏住了一样动都没法动，紧张得整个人都差点要晕过去了。

"笑啊……来，笑一个，快笑啊……你连笑都不会吗？！"

我狠狠地跑着冲出了录影棚。我要是在那时候已经学会了**演员定型大法**该有多好啊，这样我就可以狠狠地反击那个让我当众出丑的高傲家伙了。

正是他，还有许多和他一路的那些货色，最终把我推向了美洲。不过话说回来，我也得永远感谢他们的冷酷无情才对，就像伟大的堂吉诃德对仆人桑丘所说的那样："命运比理想更能为我们指明方向。"

我在波哥大已经渐渐找到自己的**命运**方向了，虽然有时候还是会犯老毛病。

但粉丝们一定会原谅我的："难道我得等他们的手机都拍到都没电了才能走不成？"

其实我的内心一直都向往着这一刻。

我决心在演艺的大道上勇往直前，即便将来会像伊丽莎白·泰勒在曼凯维奇①执导的《夏日痴魂》里一样，得忍受随时随地的被跟踪与骚扰也在所不惜。

但是，对这一切我心里还没有结论……舍吉奥也没有。

我一口气冲出了咖啡馆。然后……就没有然后了。这既不是第一次也不会是最后一次逃跑。在马德里的那次试镜，我因为不会笑所以被所有人**嘲笑**，于是慌乱地夺门而出，沿着阿图罗·索里亚大街一口气跑了五百米。而这回在波哥大的情况却是大不一样，也许是因为成名后"**小弟弟**"**被偷袭**吧，我又一次发疯似的冲了出去，在九三公园狂奔了600米。

下次我会突破一公里吗？

---

① 约瑟夫·曼凯维奇（Joseph Mankiewicz, 1909—1993），美国剧作家、导演、制片人，两届"连庄"奥斯卡最佳导演奖得主，《夏日痴魂》（Suddenly, Last Summer）是由其导演的悬疑惊悚故事片。

XI

因为新剧的收视率节节上升,巴勒莫向我们道喜来了。他笑逐颜开,以至于舍吉奥都开始为他的面部手术效果担忧了。

"那些皱纹可是很神经质的,它们喜欢在你最想不到的地方突然出现。"每年秋天我爸在咱家耶罗门大宅的花园里摆地摊卖马格里布地毯时,都会重复这番理论,来向朋友们证明自己高收入是有原因的。

他说的可不是大话,很多顾客都会在手术后几个月内回来找他,请他再次熨平那些在手上、脖子上、前额上悄悄却无情地长出来的烦人新皱纹。而眼眶四周的细纹,则是他最喜欢也是最擅长处理的区域了。

那些烦人的鱼尾纹已经开始爬上巴勒莫的眼角了,我不知道他有没有考虑过回趟马德里,要是那样的话我爸一定会兴奋得像个小孩一样:能用手术刀来战胜岁月这把杀猪刀,怎能不让他欣喜若狂?

正如一贯精明的舍吉奥所说的那样,我们的美好生活的确就是建立在**他人痛苦之上的**。舍吉奥特别热衷于诡辩法的双向辩论,例如"**一件事情于此有利,可能于彼有害**",自从我们在高中学了普罗泰格拉①的诡辩术之后,他就在哲学相对主义的路上一去不回头了。而我爸妈从有钱老人的皱纹上赚钱,便是最好的例子。

巴勒莫虽然外表不苟言笑,但内里却也是满腹的相对主义。他那套新作风,和普罗泰格拉的诡辩理论配合得完美无缝,用舍吉奥的话来说,就是**大鳌虾和海鲜饭**一样是天生一对。也就是说,巴勒莫早就由里到外变成一个**老滑头**了。

而更糟糕的是,他老想让我们把他当成**精神领袖**,竭力虔心地跟随他,可他向我们"宣教"的方法却又是那么俗不可耐,**毫无品位**。

而令玛格达莱娜最恼火的就也是这点:"此人毫无品位!"她曾为世界顶尖剧院的头牌,现在却要纡尊降贵地来拍**商业广告**。

然而,对于巴勒莫这种老滑头来说,人生都混到这个境界了,他才不在乎什么**品位不品位**的呢。在对他的整个**超一流演员阵容**,尤其向那对特别小心眼儿的主角——玛格达莱娜和安东尼奥恭维了一番过后,巴勒莫从公文包里掏出了一沓让我们代言各种商品的广告合同。

贝尔梅霍一家将会代言高钙牛奶、多元维生素饮料、从

---

① 普罗泰格拉(Protagoras,公元前490—前420),是一位古希腊哲学家,被柏拉图认为是诡辩学派的一员。

西班牙安达卢西亚地区进口的橄榄油、宠物食品以及各种工业糕点,同时还得参演政府旨在预防拉美青少年日益严重的肥胖症的公益宣传广告,实在让人摸不着头脑。

"这家伙,真够呛!"巴勒莫前脚刚踏出西田千户先生设计的布景,安东尼奥后脚就开骂了。

这位大独裁者的**过气男宠**说的也不无道理。

虽然巴勒莫早已坐拥庞大商业帝国,但对金钱的追逐还是始终不懈,抓住一切机会拿我们的形象来卖钱,即便是风马牛不相及的广告也统统签下来:**一边在宣传预防青少年肥胖症**,另一边又同时代言卡路里爆表的工业糕点。

"你要发大财了!你终于知道征服美洲是啥滋味儿了吧!"对于舍吉奥而言,无论是对拉丁美洲青少年日益增长的肥胖率,或是带原产地认证的进口橄榄油,还是用**有害反式脂肪**做成的工业糕点,他**通通没兴趣**,能让他提起兴趣来的只有白花花的银子。"**征服美洲!**"那些老是在追忆帝国旧梦的西班牙媒体经常喊的就是这句老掉牙的口号,可是同时却又对在这个**一丸可封的斗牛帝国**里赚得盆满钵满的外国人视而不见。

"我不想靠脸**搏出位**!"我用上了自己最讨厌的媒体老套词汇反驳道。

"搏出位?"舍吉奥一脸困惑地看着我,仿佛我被鬼魂附体了一般。

"你没听错:我不想'征服美洲',也没想'搏出位'!……"从这几天的成功拍摄里获得的自信心,似乎都化成了一股能量倾注到我体内,这是我以前畏首畏尾的性格里不曾有过的。时机一到,那些心理学理论便马上得到了验证,像瑞士手表一样精准:每天工作结束,拍完一集并准备播出时,我都能感觉到自信心在体内沉积加固,稳固得用炸弹都轰不走。我觉得用安东尼奥风格来说这句话效果可能更好:"我他妈就是不想,咋的啦!"这才够接地气嘛!不过,像我这样出身贵族教会学校的人,无奈得优雅地遵循**达摩祖师**的"正语"教诲,所以只能默默使出这套惯用程序:在脑海中回忆某位喜剧**大腕儿**到他的幽默让我心情立马变好,到被巴勒莫激起的**无名火**瞬间熄灭。

这套策略是我在懵懂愣头的演艺学员时代,从奇葩的马丁那儿学来的。他对保罗·艾克曼[①]和行为心理学对面部细小表情如何影响情绪的理论是颇有涉猎的,因此也教会了我们英国式的冷笑,以及班尼·希尔[②]式的英语表达方式。那无疑是我们在演艺学校里上过的最好玩儿的一堂课了,我们在课堂上笑得前仰后合肚痛不已。不过,把我们逗得狂笑不止的其实是马丁的荒唐滑稽。他毫不掩饰地极度崇拜英国的一切,但当时的场面如果让《山区日报》的著名评论家亲眼看到的话,一定会把赞扬他的评论全部删除的,因为他那一口含糊

[①] 保罗·艾克曼(Paul Ekman,1934—),美国心理学家,是研究情绪和面部表情的先驱。

[②] 班尼·希尔(Benny Hill,1924—1992),英国著名喜剧演员,以长寿搞笑节目《不文山鬼马表演》(*The Benny Hill Show*,1955—1991)最为人熟知,该节目以闹剧、诙谐模仿、语带双关为卖点。

不清的英语实在算不上是人类可以**理解**的语言。

马丁在事业上给我带来的影响，今后还会一点点地慢慢显现出来，就像西班牙民族英雄熙德①的传奇一样，在**死了**以后还能震慑敌人。即使在炽热的波哥大，他那充满矛盾的身影仍然会带着老一辈特有的西班牙语口音出现在我的梦中。尽管他的教学实在与第七艺术的世界主义理念沾不上边，但是他的课却成功将大家的**逆反心理**推向了极致。如果他说要加，学生们一定会去减；他认为**要做**的事，对于我们来说就是**千万别做**。虽然我们没法读懂斯宾诺莎②深奥的禁欲主义哲学，但也不妨碍这位哲人因为那句名言"**一切确定皆否定**"而成为我们的偶像。

为了要和老师唱对台戏，与他的**哈英狂热对着干**，我们反而得以重新认识了坎丁弗拉斯和意大利的托托③。

"他们都只不过是'流浪汉'的模仿者而已！"当他在批改完所有三年级学生评论世界喜剧大师的作业时，发现大家都故意只字不提那些被他**供在神坛上的电影大师**，气得直跳脚。

"可是真的有人觉得卓别林好笑吗？"提问的是辛达，我

---

① 罗德里戈·迪亚兹·德·维瓦尔（Rodrigo Diás de Vivar, 1043—1099），人称熙德（El Cid），卡斯提尔贵族，西班牙民族英雄，他的故事被改编成西班牙史诗。

② 斯宾诺莎（Spinoza, 1632—1677），西方近代哲学史重要的理性主义者，是一名一元论者或泛神论者。

③ 托托（Totò, 1898—1967），意大利电影史上最著名的喜剧演员，代表作《大鸟和小鸟》（*Uccellacci euccellini*）。

们的新晋南方版丽塔·海华斯。她那次的表现真是空前精彩，简直应该把视频上传到优兔去。

于是，马丁立刻投入到这个"**被新一代演员误解的伤心马丁**"的角色中去了。他的演出可谓空前绝后，技惊四座，甚至我们所有人都为之动容了。他比谁都懂得如何触动我们大脑里负责**同情心**的那个部分，而这里同时也是内疚这种最残害**心理健康**的情绪的发源点。当那个省报评论家把马丁的**表演称作是希腊悲剧的典范**时，其实是不无道理的。

可没过多久，却有人在马丁的办公室里看到他在批改辛达的作业时，一边听着她用坎丁弗拉斯最著名的搞笑桥段组合成的作品，一边捧腹大笑。事实上，在内心深处的他其实很尼采：是一个**自己人生的表演者**。因此他能如此轻松地在角色间转来变去，似乎在他脑子里嵌着一个芯片，里面的装置能让人随时换上**喜剧或者悲剧的面具**。他随着性子想怎么换就怎么换，因为现实就如他经常所说的那样："**人生如戏，戏如人生。**"而他，首先是一个戏剧演员。

"骚年""魂淡""何弃疗"……"骚年""魂淡""何弃疗"……"骚年""魂淡""何弃疗"……

马丁的"无厘头嘀咕咒"怎么念也不见效，我没法进入状态。眼看巴勒莫要把我拉到一边单独谈话了。

"骚年""魂淡""何弃疗"……

"无厘头嘀咕咒"再不显灵咱就完了啊……只这么想了一下，我就已经浑身打起寒战来了。不，不……这回真不能失败了。

"骚年""魂淡""何弃疗"……

每当我模仿着坎丁弗拉斯的墨西哥口音,重复着这些无厘头咒语时,都能成功把**负能量**赶走,然后从这位演艺界的**顶级大腕儿**那里吸收**正能量**。而且我敢肯定,我掌握的这套关键的**演员定型大法**也一定是在冥冥中拜他所赐的。

"骚年""魂淡""何弃疗"……

"我知道,现在半个美洲青少年都把你奉为偶像了……"

巴勒莫最终把我拉到了解构主义大师西田千户先生设计的简约风小橱柜旁,我几乎是被他拖拽着过去的,感觉自己就像是被一头凶猛嗜血的猫科动物困住的温顺食草动物一样。

同时,我的演员小伙伴们也很默契自然地配合了这个国家地理杂志动物纪录片的"拍摄工作",为巴勒莫这位业界大亨让出了一条通道。

"我说过的吧!这种事迟早要发生的!"舍吉奥迫不及待地开起玩笑来。

"还好……没那么夸张吧!"我嗫嚅着回答。

由于情绪的失控和对亚里士多德平衡的错误理解,我居然反驳起巴勒莫来了,连我自己都不敢相信,我甚至还差点用上了伟大的坎丁弗拉斯的墨西哥口音。

"瞧你们这些加利西亚人!"

巴勒莫笑了起来,脸上挤出的**皱纹**要是让我那位脸部皱纹整容专家老爸看到,一定要**兴奋**得睡不着觉了。

"上周日我竟然得从九三公园的咖啡馆逃跑!你没听错,真是跑着逃出来的!"

我马上改变了策略,看来这个意大利裔阿根廷人把我这个土生土长在耶罗门的马德里人称作**加利西亚人**①不是没有原因的。

"哈哈哈……"

这件轶事似乎把巴勒莫给逗乐了,尽管在舍吉奥看来,给一个淫荡兽性的制片人说这种事儿,简直就是把自己往虎口里送。

"他们差点儿连我的衣服都给扒掉了!"

我的胆子越来越壮了,但这也意味着危险离我越来越近了。虽然我的内心很清楚后果会是怎样,可是当我**豁出去**以后是没人能把我拦得下来的。从不幸的 98 战争以后,这条基因就流传下来直到入驻我体内了。

"很正常嘛!"巴勒莫不以为然……这难道是弗洛伊德式口误吗?

巴勒莫的右手"空降"到了我的左肩上,这样的搭配简直就是对古老《**易经**》的阴阳哲理的绝好诠释。

"是啊是啊,太刺激了!"

很明显我的敷衍失败了。在舍吉奥看来,现在的情形才真的是刺激呢,一切都像极了电影《**魂断威尼斯**》②里的**那一幕**,唯一不同的只是我们身后立着的,是来自日本的国际顶级大师西田千户设计的俗不可耐的布景。

---

① 在西班牙,加利西亚人被认为朝三暮四,经常改变主意。——译者注
② 《魂断威尼斯》(*Morte a Venezia*),由德克·博加德(Dirk Bogarde,1921—1999)主演的同性题材的剧情片。

"神圣的青春啊,神圣的青春啊……你终将一去不复返……"

巴勒莫开始朗诵起鲁文·达里奥①的诗句来。他的右手继续紧紧地抓着我的左肩,就像巴哈斯河一带紧紧嵌在岸边岩石缝内的藤壶一样。这个比喻是舍吉奥提出来的,乡愁毫不留情地把他的思维引到伊比利亚半岛的家乡美食上去了。

"……想哭时却哭不出来,不想哭时却泪流满面!"

我替他把诗背完了,**教会学校**就是这么牛逼。学校能让你把达里奥、贡戈拉还有贝克尔都倒背如流,却也会让你被一头金发压得**抬不起头**来,人生就是这样的。

舍吉奥却觉得我这样炫耀真是又傻又天真。

"你居然还自己……还主动挑逗他……"

他说得没错,这回可真变成挑逗了。巴勒莫的右手顺着我的左手臂缓缓地往下滑,滑到差不多手肘的位置时,我吓得腿都软了。

面对电影《魂断威尼斯》里德克·博加德**再世**的巴勒莫,我怎么会脑子进水卖弄起古诗词知识来了?

"咱们宗主国的新一代挺博古通今的嘛!"

巴勒莫的右手最终滑落到我的左手上,这让我不禁想起了我**忧郁的童年**时代,我那亲爱的大忙人老爸和我一起度过的那些难忘时刻。在我八岁、九岁和十岁的那几年,老爸在

---

① 鲁文·达里奥(Rubén Darío,1867—1919),尼加拉瓜现代作家,拉丁美洲现代主义诗歌最重要的代表人物。

假期带我去邻国淘**便宜货**做小买卖时,都会用力地握紧我的手,生怕他唯一的**金发儿子会被人给偷走了**。

在那会儿我觉得自己是世界上最幸福的人,因为那可是一双能让数以百计的人得以青春永驻的手啊!多年以后,我在读弗洛伊德的心理学和接受心理治疗时还认识到,无论父亲是否有意而为,他都将成为儿子一生中最重要的人。

"这回真是他为刀俎,你为鱼肉了!"像以往一样,舍吉奥果断地把我的绵绵情调给打断了。

为了让我继续在本次**出色的悲情演出**里尽情发挥,虽然我并没征求他的看法,舍吉奥马上把最**丑恶肮脏**的现实直接拿出来甩在了我眼前。

事实上,作为英国粉的戏剧老师马丁也曾经说过类似的话:这些现实让演戏这个古老行业成为世界上仅存的几个**最人性化**的行业之一,甚至**人性化得有点过头了**。

当我们提出,其实**性骚扰**、**性威胁**或者**性贿赂**在其他行业里也是常见的时候,他干脆地回了句:"那些都是小儿科,没法比!"

他对这些**暗地里进行的肮脏性交易**的理性宽容,却并非源自年轻时的理想与勃勃野心,而是来自他的亲身经历,起码那些坊间流言就是这样说的。当他在《唐璜》一剧中**出神入化**的表演在省报上收获巨大**反响**的同时,相伴而来的还有各种疑假似真的与**上流圈子有交集的床上秘闻**。而后来他人尽皆知的失意,毫无疑问就是因为**看错了人上错了床**。

尽管我不想重演马丁那样的历史,但霸道的巴勒莫却要在我的历史里插上一脚。

"咱不说历史,就说说现在吧?"狡猾的舍吉奥继续调侃我。

现在的问题是,我如何才能从这位曾经的钻石走私大亨的淫爪下**全身而退**呢?这对于已经被逼到厨房角落的我来说并非易事。

我的解决方案就是:进行心理调整,转向展望充满希望的未来。我的未来没有巴勒莫之流,没有与"**慈悲为怀**"的安东尼奥和玛格达莱娜一起拍的商业广告,只有安娜。我们将在"电影业的圣城麦加"好莱坞的一座耶罗门式的豪宅里共享二人世界,每天练练带着墨尔本口音的英语,或者装装来自盐湖城的**老美**。

演戏这份我从 98 战争中的英雄曾祖父那儿继承来的遗产,就像是一个出自本能的需求,无法按捺得住,与征服者的精神一起在我血液内流淌。如今,我已经迈出了漂亮的第一步:我这个**一头金发**的贝尔梅霍家族的斯拉夫养子已经风靡万千拉美少女了。

我需要不停地幻想,过去、现在和未来就像游乐园里的旋转木马一样在我脑海里翻滚转动。我最想重回的是我的童年时光,那里有一双老爸的大手保护着我,还有**游戏时**的无尽欢乐。

可巴勒莫的**游戏**不是这么玩儿的,而我对那些成年人游戏的技巧和策略也是一窍不通。尽管我无师自通地发明了**演员定型大法**,并且眼看就要从一场尽是困境的梦中醒来,但现在即将要发生的一切,可能就是对我长期以来近乎病态的胆小怯懦的惩罚吧。

不过,巴勒莫现在关心的只是我的左手、一头金发以及我因为美瞳和灯光而发红的灰绿色双眼。

"你有哥特人血统吗?"

"啥?!"

"卡斯蒂利亚人的身体里流淌着普鲁士民族的血液……"巴勒莫终于放开了我的左手,但只是为了抚摸我那头**标志性**的金发,仿佛在抚摸一个展览用的毛绒玩具似的。

"你这一头完美的金发在拍广告时一定能加分不少啊……"这位电视大亨用鹰爪般的手指不停地上下揉搓着我的头发。

"是的……没错……"我又一次想起了老爸,还有他的手是如何在巴勒莫脸上拉扯的。看来现在咱俩在**指尖按摩**这事儿上算是扯平了。

"不过,在拍预防肥胖症的公益广告时,也许得给它染个色比较好……"

"什么?"

"是的,亲爱的……拉美的年轻人都是比你深色的人种……他们在一个波兰裔的加泰罗尼亚富二代身上是找不到共鸣的……"

这个意裔阿根廷人继续在我身上乱贴西班牙各地的**标签**。就那么短短的一会儿,我先是成了**加利西亚人**,接着又成了**卡斯蒂利亚人**,最后还来了个加泰罗尼亚人。可我也不在乎,因为咱们马德里人是出了名的大家子气,被别人说成是世界任何地方的人都无所谓的。

但要是碰上故意找碴儿的,特别是那些**哪壶水不开偏提哪壶**的人,咱们还是会发飙的。

"是可忍,孰不可忍啊!"舍吉奥怒不可遏地大喊起来,他平生第一次露出了这副高傲的**纯种**马德里人姿态。

我的这**一头金发**,从小对我来说便既是荣耀又是灾难,虽无法衡量荣耀和灾难孰多孰少,但百分百回头率这点是肯定的。

关于我备受争议的**头发颜色**,整段历史都可以用一句醒目的标题完美地概括出来:**从漫长痛苦的学校岁月到快意成功的波哥大时刻**。我的人生是喜是悲,都被这**一头金发**左右着,它让我哭,让我笑,还让我夺路而逃。

事实上,说起**夺路而逃**,我也算得上经验丰富了。有时候,**我着了魔似**的逃跑是出于身体本能,例如在九三公园的咖啡馆里不堪粉丝骚扰而逃跑,或者因为试镜失败惊慌失措地从马德里阿斯图里亚大街的工作室逃跑,就像《罗拉快跑》①里的场景一样,只不过主角是男的,而且有一头在风中凌乱的**金发**。

而面对巴勒莫,撇下他开溜是绝不为过的。他那满脑子

---

① 《罗拉快跑》(*Lola rennt*),德国动作惊悚电影,女主角罗拉顶着一头红发在电影中不断奔跑。

的**荒唐想法**,就好比在《上海小姐》里的奥逊·威尔斯①,一意孤行地把美艳动人的丽塔·海华丝②的一头秀发剪掉并且上色,导致被电影界批评为"电影美学史上的一起重大**恐袭事件**"。

"让他长点记性,顺带把他的脸皮给磨薄一点儿!"舍吉奥说道。

可话说回来,我要真这样跑掉的话,结果只会是在我那已经够长的**本辈子**蠢事清单中又添一桩而已,尤其是对我这种金发碧眼、胆小怕事的小人物来说,这时开溜并非上策。

为了避免"电影美学史上又一起重大恐袭事件"的发生,或者落得伊丽莎白·赫莉在《王牌大贱谍》里的下场③,我得想出一个应对办法,就像亚里士多德的追随者为了阻止他重蹈那位**死脑袋的雅典智者**苏格拉底的覆辙④,想法子让他逃离雅典那样。

巴勒莫给我留下了他的个人名片,只有和他最亲近的人

---

① 奥逊·威尔斯(Orson Welles,1915—1985),集美国演员、导演、编剧、制片人多种角色于一身的电影天才,是一位具有重要文化意义的电影家。《上海小姐》(*The Lady from Shanghai*)是由他自导自编自演的悬疑犯罪片。

② 丽塔·海华丝(Rita Hayworth,1918—1987),美国著名演员,20世纪40年代红极一时的性感偶像。

③ 这里指的是伊丽莎白·赫莉由于在影片《王牌大贱谍》(*Austin Powers*)里的角色是金发无脑妹子,因此被迫将头发染成金色。——译者注

④ 同被雅典法庭判处死刑的两位古希腊哲学家,苏格拉底拒绝了逃亡的机会饮下毒堇汁而死,因为他认为逃亡只会进一步破坏雅典法律的权威,而亚里士多德则在追随者的帮助下逃亡到加尔西斯,因为他"不想让雅典人再犯下第二次毁灭哲学的罪孽",隐喻之前苏格拉底之死。——译者注

才有机会获得他这个"**红色热线**"的号码。

"你可是第一个得到我这张用萨尔茨堡纸法式镀金印刷名片的西班牙人呢……嘿嘿嘿……"

他的幽默让我想起了上世纪初那些杂志上的**老笑话**来,一股**嚼蜡**的味道。

"这周末我想请你来'高峰',好好谈一谈所有的项目……"

"高峰"是巴勒莫的一座奢华庄园,位于波哥大城外几公里处,其鼎鼎大名在整个首都是无人不晓的,因为它安保设施是全世界最先进的,与真正的**总统府**比起来也不相上下。

据老百姓口耳相传的小道消息说,"高峰"和美国宇航局的卫星是直接连通的。有的人甚至搬出堂吉诃德的口气信誓旦旦地说,真正保护着"高峰"主人的还不是美国宇航局,而是五角大楼,所以附近的**帮派**虽然有让人闻风丧胆的武装游击队撑腰,但无论对庄园发动过多少次袭击,最终都以折戟告终。

"好啊……"参观"高峰"这样的诱人邀请,谁又会拒绝呢?无数的哥伦比亚人甚至愿意以折寿来换取踏入这里某些房间的机会,好一窥这里面能媲美欧洲宫殿的华丽装潢。

关于这个庄园,曾经有一家不在巴勒莫旗下的当地知名日报详细报道过,并极具创意地写下了一句后来传遍全国上下的话来形容"高峰"的主人:"**住在二次翻版凡尔赛宫里的罗马尼亚人**"。一个穷酸的**码字工**竟敢取笑他的影视帝国,甚至还敢取笑他对罗马尼亚议会宫的敬仰!巴勒莫觉得受了莫大的侮辱，所以下了狠心要报这个仇。

在几个月后，在这个风靡一时的笑话渐渐淡出了人们的视线，一切也都仿佛归于平静的时候，几个"高峰"雇用的**杀手**造访了一家位于市中心的墨西哥餐厅，**无声无息**地给那个胆大包天的记者的汤和柠檬水**加了点料**。很快，那个记者骤然倒地身亡，死因是突发脑溢血，丝毫没有引起周围食客的怀疑。巴勒莫亲自写了长达半版的讣告，刊登在几个月前还登文羞辱过他的日报上。没有人怀疑讣告发布者的情真意切，只有在大文豪马尔克斯故乡阿拉卡塔卡，一些匿名的明眼人看出了个中因由，推断出幕后黑手是谁。

"我们来个地中海美食宴吧……嘿嘿……"

"好啊！"我说话时就像笑话里常见的**金发无脑美女**，用词不超过三个音节，生怕**说多错多**。

"我的厨师们能不用蒜做出世界上最好的冷汤……"

当巴勒莫说起"蒜"这个在公共关系上历来都是臭名远**扬**的**调味品**时，脸上流露出一种难以言表的恶心表情。没有谁能比他自己更**清楚**个中缘由了：在他还是一个无名小演员，只能登上廉价杂志的那段**浪荡岁月**里，他总是喜欢故意带着满口浓烈的大蒜味喷别人一脸来宣泄自己的失败。和他演对手戏的情侣虽然都很无奈，但也只能忍受着这个恶心的同伴，就是为了他的那句承诺，说一旦事业走上轨道就会许他们一个更好的未来。

在大部分的时间里，他都在琢磨着创办一个**巨型**的泛美**高档**妓院，以便给那些苗条妩媚的女演员，还有各地的**过气**

选美小姐一个更美好的未来，一个比拍三流肥皂剧好得多的未来。但项目最终无法付诸实施，因为这块蛋糕早已经被世界三大妓院之都——布宜诺斯艾利斯、里约热内卢和马德里瓜分了。

在最终混成钻石大亨以前的巴勒莫，能抓住的发财机会也就只剩下给当地的**土豪**们拉拉皮条了。他在这行当上实在是天赋异禀，连不少在肥皂剧里受着岁月煎熬的**前选美小姐**都被他解救了出来。其中有些因此名利双收的佳丽，如今还会不时携伴光顾巴勒莫的"高峰"，因为对于很多人来说这里的宴会就是不折不扣的美洲版欧洲贵族宴会。各路八卦杂志为了能得到"高峰"里的宴会照片，开出了天文数字的价码。巴勒莫亲自掌管宴会所得，虽说对外宣传说是做慈善用途，但在大多数情况下这些钱都流进这个意裔阿根廷人本已鼓胀的钱包里了。

可是，波哥大街头巷尾却流传着最难听的**流言**，说"高峰"其实是个不折不扣的**现实版酒池肉林**。据说，在那位短命记者笔下的"**罗马尼亚二次翻版的凡尔赛宫**"的宫墙里面，举行的是巴勒莫精心策划的各色性爱派对，而且还会在参与者毫不知情更未经授意的情况下全程录像。其间有好几起严重的娈童案曝光，甚至惊动到了安蒂奥基亚省的高等法院，但最终都因为缺乏证据而不得不撤销了所有指控。那些在被告席上的社会名流，权力比起法院来可以说是有过之而无不及的。巴勒莫则把"高峰"所受的声讨直斥为政府的伎俩，说政府无非是因为无法解决许多严重的社会问题，想要借此分散民众注意力而已。但是,最清醒的一部分民意却对这些指控拍手叫好。

安娜的表姐罗莎里奥,对巴勒莫的那些丑闻也是了如指掌的。

我从来没见过她如此紧张不安,当她知道我要去"高峰"赴约时,一连几分钟都说不出话来。她相信,哥伦比亚老百姓们关于巴勒莫的传言绝对不是空穴来风的。

从容淡定是他们的家族标志,从安娜身上就能看出来。所以罗莎里奥的一反常态让我不仅慌得想撒腿就跑,甚至恨不得立刻插上翅膀飞越整个哥伦比亚,飞到古巴、多米尼加共和国或者是墨西哥城都行,只要能逃出哥伦比亚就好,不能飞哪怕是走着去也行……

事态发展到这种地步,已经不仅仅是给我的**金发**染色的问题了……

XII

我给埃德温打了个电话,也就是那个在我连**报纸**都没上过的时候就让我有**明星**感的巴拿马出租车司机。

我一直保留着他的名片,虽然我既不知道能否实现那个驱使我坐廉航飞机从马德里飞到波哥大的梦想,也不知道我能否最终获得像我曾祖父在98战争里**一样**的成就,更不知道我会不会因为《贝尔梅霍一家》向前迈进一步,却又因为"高峰"的赴约事件往后退回两步。

我真不知道自己能不能从这件已经一脚踏了进去的破事儿里**全身而退**。

相反,舍吉奥却把这事儿看得很清楚,不是说笑,真的看得挺透的。他老是一如既往地明察秋毫。

在他看来,一切发生在我身上的事都是**再自然不过**的:"正如生活中的一切,成功也有利有弊。记住:塞翁失马,焉知非福。"

不管换成怎样的说法,这其实就是他最喜欢的哲学相对论里的其中一个版本,就像**阴阳**相对论什么的,而这回算是被他揪住小辫子了，嗯……我的**金色小辫子**。

"我给你说过什么来着……你会大红大紫的，哥们儿！我没说错吧！我的女儿们都乐坏了！她们在学校里逢人便说贝尔梅霍夫妇的金发养子坐过她们老爸的车！咱俩的合照，连复印件都有人抢着买……"

埃德温像对自家兄弟一样拥抱了我。他坦承自己也**迷上**了这部电视剧，因为《贝尔梅霍一家》和别的肥皂剧不一样，它更有家庭气息，而且剧里面还有他的女神玛格达莱娜！虽然女神的年纪都能当他妈了，但还是能让他想入非非。

"一言既出，驷马难追嘛！"我回了一句，但还没告诉他我要去哪儿。

"这趟车我请你哈……"埃德温边说着边开始欲言又止地上下打量着我，因为就在几分钟前，他才和全国观众一起从电视荧幕里看到我和剧中的母亲因为糟糕的考试成绩而大吵了一架。

"你对我的女神玛格达莱娜态度应该好点嘛……呵呵呵……"

"是那些编剧故意要让观众难受……"我脸上带着笑容回答他，心里却想着自己在现实生活里的各种难受，特别是巴勒莫那些事儿。

"你知道吗，如果能让我侍奉在玛格达蕾娜左右，让我干啥都行！"

埃德温向我展示着他骨子里最浪漫多愁的一面。我甚至以为他马上要拜托我帮他约这位**荧屏女神**了。但我却没告诉他，这位女神有多冷漠孤傲，除非来者是能用贵重礼物讨好她的希腊船王。

"我也就是说说罢了，高攀不起，我只不过是个兜比脸净的出租车司机而已，哈哈哈……"

换作在别的情形下，我相信埃德温的这种乐观精神，一定会感染到我的。但当下，我满脑子都被关于"高峰"的传闻塞满了，甩都甩不掉。

"言归正传，先生，您要去哪儿？"

"去'高峰'！"

在仔细分析了埃德温脸上的表情后，我敢断言，任何一个演员，只要面部**表情转变幅度**能达到这个巴拿马出租车司机的程度的话，一定能青史留名！

"你说的是'高峰'吗？"

"没错！"

埃德温的内心挣扎着，试图控制自己的情绪。他的许多司机同行都不愿意去那套著名的巴勒莫豪宅，甚至连附近的路线都不愿意跑。即便是有些愿意跑的司机，也会让乘客在离豪宅大门几百米、远离摄像机监控范围的地方下车。

在娈童案丑闻还在风口浪尖上的时候，有些出租车司机迫于巴勒莫旗下媒体的舆论压力，不得不上法庭做证。接着这些出租车司机的牌照便被不明人士花巨资买下，然后他们就带着钱匆忙移民去了邻国委内瑞拉和巴拿马。那些光顾"高峰"的**权贵**都不会开自己的豪车去，因为他们怕自己豪车的牌照会被"高峰"的**防卫队**登记存档，要知道整个南椎体地区的豪车走私生意都是被这帮人控制着的。

"你不是在耍我吧？这是圣诞节的恶作剧节目吗？"

埃德温四周张望着，想把隐藏的摄像机给找出来。

"我猜对了吧……摄像机一定藏在那辆深色车窗的面包车里了……"

"我没开玩笑……"

"你知道哥伦比亚人都怎么说'高峰'的吗？"

"我听说了。"

"你不会是其中一员吧？"

要向我刚开始不久的肥皂剧演员生涯里的第一位**粉丝**解释这件事，不是只用三言两语就能说明白的。我早就知道会这样了，谁让我们这些整形医生的子女生下来就带着父辈的系统化思维基因呢？

埃德温像砌拼图一样，把从我这儿听到的全部内容逐个组合起来，希望能从中发现它们之间的干系：在马德里明着上医学院**暗着**上演艺学校、家人对电影戏剧和电视的憎恶、近乎病态的羞怯、受辱的校园生活、教会学校里的表演经历、墨尔本口音的英语、一头**金发**、98战争里的英雄曾祖父的基因、优越的家庭条件、我的拉美情缘、安娜和她的表姐罗莎里奥、饭后的忘情缠绵、让人欲罢不能的肥皂剧、家庭沟通问题、卖马格里布地毯的小摊、热带病专家的借口、那条德国牧羊犬、遍游邻国只为淘便宜货的假期、耶罗门的大宅、失败的试镜与之后跑得比运动员还快的逃跑经历、极度哈英的表演老师马丁、机灵的舍吉奥（也就是**另一个我**）、从马德里到波哥大的廉航班机、小阿娜伊、波哥大广播电视台、巴勒莫的面试、第一天的拍摄、西田干户的布景设计、**演员定型大法**、贝尔梅霍夫妇的斯拉夫养子、青少年观众的偶像、九三公园的咖啡馆以及再次逃跑的经历、可能要拍的广告片、巴勒莫要给我的**金发**染色……最后,还有巴勒莫和他的"高峰"之约。

"你现在明白了吗?"

看来这种**坦诚相待**的策略再次收到了成效,还有幽默和讽刺无疑是舒缓紧张情绪的最好办法。

"明白了,明白了……"

我的滔滔不绝连自己听了都不敢相信。尽管埃德温已经被我轰炸得既疲劳又困惑,但在他脸上能看得出满意和喜悦来,因为他一脚踏入了这部关于我真实人生的电视剧里。

他以"**特约演员**"的身份加入到这部新的"**电视剧**"里,这和以前他参加过的那些低成本制作相比完全是两码事。

"你知道吗,当我刚到这片宝地时,也当过演员,但没什么值得一提的,只是特型演员而已……也就是常见的那种'张口完'群演:就只张口跟芭芭拉·特伊德演的大反派说了一句话,然后就完了。当时我觉得自己是杠杠的啊,可就是挣不到钱……看来开出租才是我命中注定的……"

埃德温终于开动了他的雪佛兰小轿车,驶往"高峰"了。对那个**女反派**的回忆导致他的睾丸素瞬间回升到**旧时疯狂日子**的水平。他开着车在波哥大的街上左穿右行,敏捷程度堪比车神菲蒂帕尔迪的关门弟子。就这样开了大概40多分钟后,他把车停下了:"咱们只能到这儿了,再往前就是'高峰'的狗腿子们的地盘了!"

埃德温把他的新款雪佛兰停在了距离巴勒莫的豪宅还有五百多米远的一片柳树林里,然后给我手画了一张**路线图**教我怎么走。此外,他还给了我一些指引,告诉我在万一有不测时该如何逃跑。他非常清楚,我在逃跑这事儿上是经验老到的了。

"你面前这个黝黑的巴拿马人对天发誓,如果你的名字出现在这个手机上,我一定会二话不说就赶来把你送到波哥大埃尔多拉多国际机场的!"

一切都已经准备就绪。埃德温会留在这片柳树林等我,他的两部手机都为我随时候命,一部工作手机和一部私人手机,万一私人手机铃声大作,就意味着有险情,需要马上救驾。并且,在安娜的表姐罗莎里奥向我说出了关于"高峰"之约的最坏猜想后,我就赶紧把前往墨西哥城的机票买好了。

这可谓是我在波哥大度过的最紧张的时刻。周围的场景和马德里**奢靡高档**的耶罗门别墅区看起来很像,满眼都是鳞次栉比的后现代主义建筑,每家人都想让自己的先锋主义设计或是看家恶犬与别人家的一争高下。用人们的廉价车在每幢别墅外面整齐对称地停放着。这些都是世界上所有**高档小区**的"标准"结构。

当头几个"高峰"的监视岗哨进入我的视线时,我连内衣裤都被一阵冷汗浸湿了:一件纯棉短袖和那条安娜送的黄色好运裤衩。檀香味儿的古龙水和我的一身闷在无尾礼服里无法找到出口的大汗激烈地交织在一起。巴勒莫要求赴约必须穿**无尾礼服**,所以我专门跑去波哥大老城区的化装舞会道具店那儿租了一件来。

和舍吉奥敏锐的感应天线所预见到的一样,巴勒莫豪宅的设计之抽象程度,就算是观点主义哲学家们亲眼看到,也会为之震惊的。"高峰"的建筑混搭手法是如此强烈,以至于实在很难说这些各时代的古典风格是和谐共存,还是因为太格格不入而碰撞出了一种新的美学元素。

"简直亮瞎了狗眼!"

舍吉奥阿多诺式的点评竟也不无道理,"高峰"就像伟大的德国社会批判哲学家西奥多·阿多诺①说的那样,**由外能知内,以见可知隐,无须赘言**。

在离入口铁门不足百米处,矗立着一大堆巨型的窗户、立柱、拱门、门廊、滴水嘴兽等。这些最常见的建筑构件堆砌在一起,组成了一座感官迷宫,让人头昏目眩,恶心想吐,甚至出现反司汤达综合征:不是因为美,而是因为……

视觉冲击带来的恶心不适,让我汗湿腻腻的身体更加难受了。我相信我爸在马德里家中珍藏的那些美国医学大典里应该收录了这种症状,否则的话,"高峰"可就要举世闻名了!在这里被发现的新病症,绝对要以这位超巴洛克风格、热衷融合主义的创造者的名字来命名。谁都知道巴勒莫是个

---

① 西奥多·阿多诺(Theodor W. Adorno, 1903—1969),德国著名哲学家、美学家、社会学家,法兰克福学派第一代的主要代表人物,社会批判理论的理论奠基者。

实用主义者,他一定会觉得这个点子不错,因为如此一来他的豪宅就会**一跃成为**国际旅游业的**热门地**:审丑主义,特别是建筑极丑主义的地标。

我想象着巴勒莫被一大堆明信片包围着,就像《美国丽人》①封面那样,忍不住笑了出来。虽然这笑是自己故意弄出来的,但也算是笑了:可怜的尚福尔②曾经说过,没有笑过至少一次的一天,是失去的一天。站在这位法国智者的角度来看,我的这一天至少已经得救了。

幻想"高峰"**变成**了一个主题公园也收到了不错的效果,这是我潜意识里用来释放压力的一种策略。这策略看来是用对了,我的绝活**演员定型大法**立马冒出头来了。这意味着我已经做好准备,可以跨越真实世界和"高峰"隐秘世界之间的边境了。我义无反顾地跨了过去,在离约定时间还差七秒时按响了门铃。守时是我们家族从曾祖父那时起就一直世代相传的美德,而我的父母在他们外科整容手术中获得的无数成就也正是得益于这一优良传统。

"这个世界上只有两种人:守时的、不守时的,和不懂数学的,呵呵……"

巴勒莫对原则的声明让我精神一振,它至少给我们建立

---

① 《美国丽人》(*American Beauty*),获第72届奥斯卡最佳影片,讲述了美国中产阶级的家庭伦理和对有关美的观念和个人满足感的讽刺,其DVD封面上有一位由玫瑰花瓣覆盖身体的性感女郎。

② 尚福尔(Nicolas Chamfort,1741—1794),法国剧作家、杂文家,悲剧《穆斯塔法和泽安吉尔》(*Mustapha and Zéangir*)是其代表作。

了一个**开放灵活的沟通渠道**。关于**沟通渠道**，马丁也有一套理论："对于所有的优秀艺术家来说，需要在他的作品和观众之间搭建的不只是桥梁，还有开放而灵活的沟通渠道。"

刚才，那些臭名昭著的"高峰"**打手**在带我穿过这栋豪宅的巨型花园时，连正眼都没看我一下。而更糟糕的是，这种绝对静默带来的压抑让我愈发惊恐，似乎就是马丁所说的**空虚恐惧症**发作了。虽然无论是对耶罗门家的花园，还是教会学校里的植物学选修课，我都从来没感兴趣过，但这时我脑子里却**突发奇想**地蹦出了一个关于一朵**藏在**那些茂密植被里的花的问题来："这些花儿是波哥大特有的本地品种吧？"

那两个打手只管开着他们的那台和接送明星高尔夫球员同款的电瓶车，毫无反应。

"看上去像巴伐利亚大丽花……"

以前我从演艺学校放学时，安娜有时会在圣弗朗西斯科大教堂旁的大丽花公园等我，于是我就把这段回忆**顺手拈来**，企图打开那两个打手的话匣子，这也是那位奇葩马丁老师教的套路。可他俩还是**宛若石像**，纹丝不动。

"Do you speak English…? Sprechen Sie deutsch…? Parla italiano…? "（你们会说英语吗？德语呢？意大利语呢？）

其中一个打手冷冷地瞄了一眼另外一个，木无表情。问关于语言的话题是另一个我们在演艺学校里学到的**万能破冰技巧**，因为作为一位艺术家，绝不能没有话题可说。在马丁看来，英国人无疑是在公共关系和**人际交往**方面的大师，打开**沟通渠道**的技巧在英语世界里被用到了极致：你从来不会知道哪些人脉什么时候会派得上用场。任何一个投身电影界的人都应该有一张足够大的关系网，而且不仅要有艺人代表和经纪人，还应该有来自各行各业的人脉。

"大导演阿尔弗雷德·希区柯克就曾经说过'不能加分的都是减分项'……"

如果一个人积累的不是盟友，而是敌人，那么他就是在透支未来。所以那些英国佬总是随身带着一个小本子，用来记下所有可能有用的人的电话号码。而矛盾的是，虽然马丁也随身带着一本"**祭祀本**"（他的浓重口音经常把"记事本"唤作"祭祀本"），但他在自己短暂的演艺生涯中却没积累下几个朋友。

"我们的民族骄傲感和个人主义如此根深蒂固，连德国都有句俗语说'像西班牙人那样骄傲'，这和我们西班牙帝国的衰落以及随后大英帝国的崛起是密切相关的。"

对于我这一番援引自马丁的社会历史分析论，巴勒莫的打手们无动于衷，用舍吉奥的话来说就是**非常淡定**。可是其中一个打手，可能脑子里还残留有一点胎儿时期的镜像神经元，他并没有完全无视我想打开**沟通渠道**的努力："小伙子，小心着点儿看路！"

他把信息传达得如此干净利落，以至于我差点要掏出"**祭祀本**"请他留下他的电话号码、邮箱、MSN 或者其他联系信息了。他那一口带着马德里郊区味道的**市井口音**对我来说是再熟悉不过了，我百分百确定面前的这个大块头就是我的老乡。并不是说别的大块头打手们说话有多文雅，只是这位比较"**亲切**"的家伙的口音一定是来自马德里郊区城乡接合处的弗恩村、巴勒村或者平托村那一带。我关于马德里**市井口音**的知识也是拜马丁所赐:我们二年级期末的时候,他让我们去那些地方实地考察了四个月,以便让我们熟悉一下那些居住在四环外郊区的年轻人所特有的**市井气息**。

马丁写那部小话剧时,特意把这个题材放进去了:"剧中人物都是一些住在郊区的年轻人,他们无心向学,对塞万提斯的语言的掌握程度极差,因此他们说话的口气、使用的脏话和其他许多词汇,都带着这些贫民区特有的市井粗鄙调子。"

对于马丁来说,创作这部小话剧也只不过比登天难一点点而已。他的同事们都心知肚明,马丁的作品向来都是还未亮相就被**判了死刑**的,任何人也**回天乏术**。马丁不仅给剧本取名为《去你的巴勒村!》,还想搬出全套意大利新现实主义把这部戏排成风俗表现剧。他自诩为 21 世纪的狄西嘉①,但表现手法却更偏向肯·洛奇②。

《去你的巴勒村!》对于演艺学校的校报来说绝对是个**爆炸性**的剧名,尖锐的评论家把马丁的作品和另一位抄袭大户阿方索·科尔德西亚的作品进行了一番对比,把马丁气得病

---

① 维托里奥·狄西嘉(Vittorio De Sica, 1901—1974),意大利著名导演、演员,第二次世界大战后意大利新写实主义复兴中重要导演,代表作《偷自行车的人》(*Ladri di biciclette*)。

② 肯·洛奇(Ken Loach, 1936—),英国导演、编剧、制片人,被誉为"新的现实主义中间最重要的导演",两届金棕榈奖得主,代表作《我是布莱克》(*I, Daniel Blake*)。

倒在床上躺了好几天。阿方索把别的作品剪头去尾，然后东拼西凑出来的那些描写侯爵们**优雅生活**的作品，和马丁的**粗鄙市井**其实是半斤八两，一样的陈腐过时。评论把两人的作品都总结为"在国家的社会政治转变历程中被拍死在沙滩上的前浪"。

事实上，这些马德里郊区方言已经趋于绝迹，我也只在巴勒村当地足球队的球迷会里才好不容易听到了几句。马丁绝对想不到，在这些**郊区**里，有的别墅的豪华程度甚至超越了耶罗门的豪宅。

我其实很想问一下这位"**和蔼**"的打手是不是也来自我亲爱的**祖国**，甚至想确认他是不是来自那几个马德里的郊区，因为那些地方就是马丁所说的马德里**郊区方言**的温床，可我实在没有办法问出来。当我绞尽脑汁想缓和与这个**大肌肉团子**之间的尴尬气氛时，巴勒莫突然登场了。他身穿一件腰部系有米色绶带的白色无尾礼服，设计非常怪异，似乎是想让他那已经通过整容变得年轻的外表显得更年轻。那两个"高峰"的打手一见到他，立马向后退了几步，仿佛他们和这位"**二次翻版的凡尔赛宫**"的主人之间有一种保持默认距离的规矩。

这个意裔阿根廷人先是对我的**英式守时**作风赞赏了一番，然后就开始给我讲起建造"高峰"这个巨型工程的故事，看来这是巴勒莫平时用来恭迎新客人的**重头戏**。由于我对国际博物馆文化的一贯反感，这番讲述令我备感煎熬。自从教会学校的老师们带我们去马德里的王宫参观，走完那些似乎没有尽头的长廊，看完那些布满螨虫而令我的初期过敏性鼻炎加重的挂毯后，我就暗自发誓再也不去看任何一个室内博物馆或者历史古迹了。其实任何一个稍有点儿名气的艺术家，都是在室外的阳光下找到自己最大的灵感源泉的，甚至有些艺术家还与犬儒派哲学家一样，对大街小巷或是广场上的小市民生活情有独钟。毫无疑问，这些地方才是世界上最好最大的**艺术博物馆**！但由于这些地方的人流量远超我能承受的程度，所以我压根儿就不敢去。

  至于巴勒莫，他倒也不是个**原教旨的犬儒**，而是属于**后现代犬儒派**，就像那位被用作与马丁类比的剪贴作家阿方索笔下白手党**花花公子**那样。他口若悬河滔滔不绝地列举着这栋无法定义的豪宅里各种装饰品的身价，它们之中随便一个的价格都堪比许多哥伦比亚城市或是西班牙人口少于十万的小城的公共债务。横流的物欲在他身上毫无掩饰地喷涌着，和那些石油巨头能一较高下。

  "为了买这幅苏巴朗的画，我差点儿要卖掉一个肾啊！"

  还有那盏挂有上千颗波西米亚钻石形水晶坠子的七座吊灯、由新几内亚部落酋长亲手编织的全银丝细工席子、19世纪美国小锡兵全套珍藏、用巴西白檀木做成的书橱、西班牙公主用过的马尼拉大披肩、来自远东的珍稀动物标本、用智利白银打造的第一款福特T型车的模型、放满了后拿破仑时代珍贵佳酿的恒温酒窖、堆满了来历不明的佛罗伦萨文艺复兴雕塑的艺廊还有放满铺着俄罗斯貂皮的椅子的放映室……

  "这是我最喜欢的地方了！"

巴勒莫确信他的私人电影院是全世界最好的：堪比大型商业中心显示屏尺寸的屏幕、亮度能渐变的灯组以及带立体环绕声效的最新音响系统，比起真正的电影院来不但毫不逊色，甚至可以说更胜一筹。

"请坐！"

貂皮椅子一坐下去，就能让人感觉被**完全包裹**在里面，触感细滑得无与伦比。"**这也太舒服了。**"我在脑子里悄悄吃饭的舍吉奥说道。它与我的身体完美地贴合在一起，仿佛自身带着生命灵气，如米利都学派说的"万物有灵理论"那样。马丁在戏剧表演课上也是这样教我们的："舞台上所有的元素都应该拥有生命力，就算是死物或是无形之物也不应例外。"

毫无疑问，这张貂皮椅子一定有我早年导师所钟爱的**生命力**，但是这种**生命力**却有点诡异，而其中的原理只有巴勒莫才最清楚了。

"舒服吧？"

我拼命地点头，就像个尝到了世界上最好吃的零食的小孩儿一样。俄罗斯貂皮椅子以几乎无法令人察觉的幅度轻微地摇晃着，让人舒适迷醉，甚至更贴切地说是**意乱情迷**。貂毛与皮肤的亲密接触为人体感官带来了无比的快感，让我体内的荷尔蒙瞬间飙升，对安娜的思念也愈加强烈了。我感觉自己就是一只身陷稠密的致命蛛网却无力反抗的小蚂蚁，或是被巴勒莫的私人电影室里的**貂皮椅子束缚住的尤利西斯**。

"可以开始了！"

随着这个意裔阿根廷人一声令下，灯光尽数熄灭，大屏幕上开始快速地闪现出一些画面,像是对那些意识流广告的蹩脚模仿。背景的**驰放音乐**进一步加强了**俄罗斯貂毛椅子**的按摩效果,我觉得自己就要变成《发条橙》①里的主角了,唯一不同的只是体内的高涨情欲:佛教里的**涅槃**形容的应该就是当下这种体验吧。

"你就像一头发情的公驴!"我好像听到了舍吉奥在说话。

一股带着强烈的香草和桂皮香味儿的白烟从椅子下喷薄而出,把催情效果推到了顶峰。舍吉奥刚才说得没错,我浑身燥热难耐,礼服裤子内此时也开始酝酿起一种蠢蠢欲动的快感来,**一个小帐篷被支起来了**。

在屏幕前方缓缓升起了一个平台,上面有一张圆形大床,两个半裸的模特正在床上激烈地拥吻着。巴勒莫把他的右手搭在了我的左肩上,这似乎是他惯用的手势。**俄罗斯貂毛椅子**还在继续它灵与欲的按摩,让无论是形而上学者还是存在主义者都无法不承认**自身存在**的意义。

与此同时,屏幕上模糊的画面渐渐变得清晰起来。淫荡色情的画面和我在《贝尔梅霍夫妇》剧中的镜头在屏幕上交错混合着。两者乍看上去是风牛马不相干,但不知为什么我却看得很享受。巴勒莫趁机把右手从我的肩上滑下,紧紧地抓住了我的左手。这位年龄可以当我爷爷的老头儿,一边和我观看着屏幕上即将发展成限制级的色情表演,一边像拉着

---

① 《发条橙》(*A Clockwork Orange*),由库布里克导演的犯罪剧情片,影片探索了自由意愿的问题,引发了许多讨论和解读。

一个六岁孙子的手那样，紧紧地抓着我不放。

很快，轮到冷血打手们上场了。他们化身为豪放的肌肉猛男，手持皮鞭以及各种大小和形状的自慰器，裸露的健硕躯干很明显是长期服用激素和高强度训练的产物。他们走过来，把我们抬到了那两个半裸女模所在的大圆床上。女模特们似乎根本没注意到身边多出来的"爷孙俩"——巴勒莫和他的金发孙子——仍在不知疲倦地激烈湿吻着。

这张大圆床和俄罗斯貂皮椅子有着异曲同工之妙，轻柔的晃动不断增加着催情的功效。而它比椅子更胜一筹的地方在于面积足够大，因此，在这帮准备要演出一场业余色情大片的演员悉数滚入床单后，它也表示毫无压力。

很快，床上加入了更多的新成员，他们有男有女，都穿着和巴勒莫一样的一身白衣。大圆床的晃动让我昏昏欲睡，连这些新床伴是些什么人都无法看清。

靡靡之音、屏幕上的画面、巴勒莫的手、半裸的模特们无止境的舌吻，这一切都让我感觉身不由己，灵魂就像出了窍。这个深陷在群交狂欢中的我似乎并不是我自己，而真实的我此时却不知所终。

几天以后，舍吉奥为我解开了这个**谜**，唤出这个隐藏至深的弗洛伊德式遗忘。

XIII

埃德温果然没有食言,他的新雪佛兰轿车像闪电一般飞速驶到了波哥大埃尔多拉多机场的国际出发厅。尽管告别的一刻非常匆忙,但我们还来得及把这一胜利时刻定格在他的新款手机内。他的**女儿们**一定会为自己父亲的英雄事迹感到骄傲的,因为在现实里贝尔梅霍夫妇的斯拉夫养子,正是由于得到了他的协助才得以逃出生天。把这称为英雄事迹也绝不为过啊!

我确信,在一切**风平浪静**以后,我会和安娜一起回到波哥大,和埃德温一家在九三公园里办一场大型派对。我把想法告诉了埃德温,然后我们几乎就像拉美版《北非谍影》①里的鲍嘉与雷恩斯这对老友一样,依依不舍地互相道别,就差抱头痛哭了。

在阿兹特克航空的机舱内,我亲眼见证了名气的威力到

---

① 《北非谍影》(*Casablanca*)是一部1942年的美国爱情电影,鲍嘉(Humphrey Bogart, 1899—1957)饰演的里克和雷恩斯(Claude Rains, 1889—1967)饰演的雷诺局长在片中是好友。

底有多大。在这之前我从来不相信这类说辞,比如像马丁说的那样,什么"默默无名才是一个人能享受的最大的财富"。我以前觉得那纯粹是一个一事无成、四处碰壁、演来演去都跳不出省内剧院的演员的**酸葡萄怨念**。

"你们要记住这个悖论:连富甲天下的国王或皇帝都没这个运气,得以享受无名的快乐!"每当马丁要在课堂上向我们传授这些卫道士语录时,都会装腔作势一番甩出一些西语谚语来。

虽然马丁的论调如此悲观,但是当阿兹特克航空的空姐空少们认出我就是电视剧《贝尔梅霍夫妇》里的斯拉夫养子、拉美电视迷心中的全民偶像时,他们对我的殷勤劲儿还是会让任何凡夫俗子都飘飘然的。他们就像照顾国王一样呵护着我,仿佛我就是西班牙国王胡安卡洛斯一世,或者更贴切地说,是年轻版的瑞典国王古斯塔夫,因为他也有一头永不显老的**铂金色的头发**。但是现在我情况特殊,经过刚才的狂奔出逃后,我只想静下心来,就像在教会学校时老师们惩罚我们所用的**面壁思过游戏**那样。在这个**游戏**里谁也不能打扰别人,因为每个人都必须静思己过。

"机长想亲自向您表示欢迎……"

"真搞笑!那傻 X 机长以为自己是谁啊,居然想让拉美万人迷像哈巴狗一样听他的话?"

舍吉奥一下子火冒三丈。在经历了"高峰"的亡命逃跑,在简历上又多写下了一次百米冲刺经验后,我已经暗下决心,再也不受任何人摆布了:"我,费尔南多·佩雷茨·德卡斯蒂尔，老家在耶罗门高档小区的马德里人，西班牙现代最重要的人物之一的直系后裔，乘廉航，跨大洋，征服了美洲大陆上超过三分之一的青少年的心。本人在此以我的金色头发起誓，我今后只遵从自己的自由意志行事。"

"荒唐！"

"荒唐？你得好好搞清楚情况：在你的小脑瓜子里要记住，你是一个明星！很多人为了得到你现在拥有的一切，就算要把灵魂卖给魔鬼也在所不惜！"

"那你说，我现在拥有什么了？因为不堪一个邪恶黑社会集团的性骚扰而不得不绝望地从一个国家仓皇出逃的光辉历史？"

"那是潜规则！你以为服务员就没人骚扰？没有学生骚扰老师？医生就不被骚扰……所有人都会被骚扰，而你至少已经获得了名气……这难道不是你从离开马德里后就一直想得到的吗？"

"你不懂……"

"我应该懂什么？懂得你是一个遇到挫折就败下阵来的金发娘炮？……难道在 98 战争中，你的英雄曾祖父面对无情践踏可怜西班牙小兵的美国佬时，临阵退缩了吗？没有，对吧？"

"嗯，没有……"

"他像斗牛士一样耍了他们一把！从现在开始，你就应该像一个斗牛士在国庆表演里那样迎难而上……你从那个以挂着一副世界上最大睾丸的勇猛公牛为象征的国家来到这儿，就是为了这个目的!"

舍吉奥的**战前动员**再一次发挥了作用,我像一位带着满身荣耀的斗牛士登场那样,跨步走向了机长驾驶舱。

跟着阿兹特克航空的空姐走并不是因为我对机长言听计从,而是真的想八卦一下飞机驾驶舱长什么样子的。这也是那些试图纠正我羞怯性格的心理医生教给我的**黄金定律**:

每个人都应该自己做决定;

每个人都应该自己做选择;

每个人都应该为自己的命运奋斗;

每个人都可以在自愿的前提下,听从别人的建议,但不应该忘记自己才是最后拍板的人。

我使出了在《贝尔梅霍夫妇》一剧中演斯拉夫养子时使用的**演员定型大法**,走进了驾驶舱,里面坐着的是两位沉迷于那部由凶宅"高峰"的主人所制作的电视剧的死忠粉。

"剧组在放假小憩吗?"

阿兹特克航空的机长热情地握了握我的右手,他的力气如此之大,以至于后来我在机上**用餐**时,只能用左手拿着墨西哥卷饼吃。

"你在准备进攻北美市场,对吧?"

阿兹特克航空的副机长和机长一样口无遮拦。机长大腹便便,副机长骨瘦如柴,两个人的体形让人一看就想起那些典型的喜剧搭档形象。

舍吉奥马上给他们起了小名儿,机长是"庞无忌",胖得低头看不见鸡鸡;副机长是"任太守",人实在太瘦以至于窄窄的裤裆里连蛋蛋都被挤扁了。这个三百斤重的"庞无忌"能把飞机开起来吗?"任太守"受得了高空气压吗?他的蛋蛋不会不堪重压在飞行途中爆炸吧?"

机长庞无忌和副机长任太守的驾驶舱就像发廊一样,他们座位两边摊着一大堆八卦杂志和电视杂志。我不禁怀疑,在遇上乱流时,他们会不会一边由着飞机自动驾驶,一边追踪着最热门的八卦话题。

"在第二季里,你会不会交上女朋友啊?"庞无忌不知道那些肥皂剧是没有所谓的第二季的,而且剧中的人物会随时根据制作人、导演或者编剧的心情和喜好出现或者消失。

"这小子没那么轻易定情的,变数大了去了……"任太守好像双眼自带 X 光透视功能,能够看穿我的心思。

"你大错特错了!"庞无忌还是坚持想给我在剧里找个女友。

"粉丝们只想看到他单身!"任太守面对机长的千钧体重毫不退缩。

"那《因为太爱你》又怎么说?"

"可是《贝尔梅霍夫妇》这部电视剧很不一样……"

"那《无相女人》《象牙》《无人及卿》等也不一样啊,但你看最后怎样了,不还是所有人都找到自己的另一半了嘛。"

"时代不同了!"

"你是在说我老了吗?"

"我只是说,时代变了,电视剧也变了。现在连电视剧的名称都不一样了,现在已经没有《女暴君》《女盗》或者《女英雄》这类名称了。"

"那你的意思是说《富人也会哭》也会过时吗?"机长庞无忌只好搬出这部墨西哥最经典的本土电视剧,给自己找个台阶下来。

墨西哥老百姓讨论起电视剧来可不是开玩笑的,任何一个墨西哥人,不管是生的死的还是上了天的,都不会对电视剧妄加评论。

"算了,算了!"副机长任太守套用了伟大的瘦子斯坦·劳莱①的名言,在向这位喜剧巨星致敬的同时偃旗息鼓退出争辩了。

"你需要的是一个当代的维罗妮卡·加斯德罗②……哈哈哈!不过现在早就没有那种演员了!"

我做了一个马丁教的保罗·艾克曼式鬼脸,向机长点了点头。说实话,我这副虚伪的鬼脸就和我的举手投足一样,怎一个假字了得。但机长说的也并非完全没有道理,至少在新电视剧里,我的确需要找一个女伴。等我到了墨西哥城后,首要大事就是找到一个不属于巴勒莫的制作公司,至少我是这么打算的。

---

① 斯坦·劳莱(Stan Laurel, 1890—1965),英国著名喜剧演员,与奥立佛·哈代合作联袂演出喜剧影片,是这对"胖瘦搭档"中的瘦子,1961年获奥斯卡终身成就奖。

② 维罗妮卡·加斯德罗(Verónic Castro, 1952—),墨西哥演员、制片人,有墨西哥"电视剧女皇"之称。

但是，**长相酷似**那位我最钦佩的早逝巨星约翰·坎迪①的机长，像打了鸡血一样地叨叨不绝，让我有点不耐烦了。幸好有位头脑清醒的副机长在旁，不时地抓住机会试图打住他。

并不是不存在那种演员了，那种演员无论什么时代、什么地方都有，"只是那些老爱怀旧的人总是在怀念自己的年轻时代。"我们美丽的南方少数民族同学辛达就是这样在课上反驳满口啰唆理论的马丁老师的，那也是我学生时代另一个课堂亮点。

"你知道吗小伙子？俄国总统叶利钦曾经亲自给咱们的维罗妮卡·加斯德罗颁过奖呢！"

翻版约翰·坎迪一样的重量级机长，当说起自己偶像女明星的荣誉时，激动得眼眶都湿了，就像一个和自己痴迷的**偶像**近距离接触的毛头小子一样。

瘦子副机长也被对维罗妮卡·加斯德罗的怀念所感染，史无前例地展现着真性情，和庞无忌站在了同一阵线上，掏出一块白手帕使劲而响亮地擤着鼻涕。

眼前的场景是如此超现实，让我甚至以为是平生第一次遭遇了专门作弄**明星**的愚人节目。我赶紧环顾了一下驾驶舱，想看看是不是哪里藏了摄像机，但是……**这不可能啊**，那种愚人节目一般都是预先策划好的，这次事件却是纯属偶然，连我自己都没想到，会正值《贝尔梅霍夫妇》热播时突然坐

---

① 约翰·坎迪（John Candy，1950—1994），加拿大著名喜剧演员、导演，代表作《落难见真情》（*Planes, Trains & Automobiles*）。

上这架飞机逃离巴勒莫的魔爪,前往墨西哥城,然后竟会遇到这对为一个**女明星**而感慨万分的正副机长。

不管怎样,这个阿兹特克航空的航班机舱里的场景,是越来越像一出最通俗直白的无厘头喜剧了。

"维罗妮卡·加斯德罗和她儿子也来过我们这儿!"

胖机长边说边从**机师储物箱**里翻出了一张 B5 纸大小的照片,照片里那个双眸摄人的墨西哥女星和她尚且年幼的儿子克里斯蒂安一起,在阿兹特克航空的波音客机驾驶舱里和两位穿着笔挺的制服,看起来有点脸熟的年轻机师一起合照:一个是比现在至少轻了 120 斤的庞无忌,另一个是比现在要胖一点儿的任太守。

"那会儿我们带他们去普埃布拉州,当时她正要去领她人生的第一个最佳年轻演员奖!"

瘦子用他的白手帕裹好了一大团浓稠黏糊的鼻涕,哼起了那首让维罗妮卡·加斯德罗饰演的女反派红透半边天的电视剧的插曲。

"《蓝色》!"我就像巴甫洛夫的狗一样条件反射地喊道。

《蓝色》是安娜最喜欢的歌,那些在恒温泳池边度过的黄昏里总有这曲抒情小调相伴,我的情窦几乎是伴随着《蓝色》初开的。

"你也喜欢啊?"机长看出我无法掩饰的神情了。

"当然!"

"这小子的基因里有和他妈妈一样的天赋!"

"小伙子,你知道吗?她总是会在圣诞前后给我们打电话,祝我们圣诞和新年快乐。"

突然提起的圣诞让我黯然神伤。这些日子里,耶罗门大宅里的家庭聚会数量会比平日多出好几倍,那是我爸妈在一年里唯一可以从斯巴达式的工作中抽离出来的日子,让工作和家庭生活稍微平衡一些。真是快乐的时光啊!

每年 12 月 24 日的平安夜,都会有来自我父母两方各十五人左右的亲戚来家里与我们共享晚餐。从我立志成为著名演员的童年时代开始,这就一直是我观察分析所有人神态、手势、小动作还有面部表情的最好时刻:叔叔阿姨们、表亲们、爷爷奶奶们还有专门为平安夜大餐请回来的服务员。

当所有人都准备就座时,座次的分配是最有趣的一件事。我爸每到这时就会像个小孩儿似的,兴趣盎然地拿出一个布袋,然后在里面装上许多带数字的小球,而每个小球上的数字都对应着桌上一个座位。那是一张全年都被我们搁在储物室里的折叠桌,需要的时候才搬出来放在客厅里,因为这张桌子足够大,可以让所有人都围坐在客厅中央。晚餐就像一场婚宴一样热闹。

记得 90 年代初某一年的圣诞晚餐,我被抽到坐在爷爷塞拉封的身边。他当时已经快一百岁高龄了,但依然精神矍铄。那是他的最后一个圣诞节,因为在几个月后的复活节,一场久治不愈的病毒性感冒带走了他。他是咱们家族里对曾祖父反抗美国佬的英雄事迹最可信也最直接的证人。在我爷爷塞拉封还是小孩时,曾经有幸坐在吉柏托·佩雷茨·德卡斯蒂尔,也就是我那位在 98 战争里功勋卓著的曾祖父膝头,听他讲述这些往事。而我呢，则有幸亲耳听到他把这位堪称我们家族"熙德"的事迹给我娓娓道来。这些**故文轶事**再次履行了它们的文化传承作用，并且能有效治疗世人顽固的遗忘症：

"那会儿我的年纪比你现在还小一点……我在家里听到了各种关于我国士兵的英雄事迹。那时觉得打胜仗是板上钉钉的，从来都没想过我们会丢掉古巴，完全不可能！那会儿人们都说，除非太阳从西边出来吧！真是太傻太天真了，呵呵呵！

"在这方面，报纸做得最糟糕了。他们打包票说敌人在战场上被打得束手无策，我甚至还记得一篇报道的标题是《快给我们西班牙勇士让道！》。你看他们多能糊弄老百姓啊！面对大西洋上的那些坚船利炮，我们其实只是一群小蚂蚁而已！

"也正是因为这样，我爷爷吉柏托的事迹让我们全家都感到光荣。没错，我们是输了，但是我们输得光荣！我亲爱的爸爸奥古斯汀的爸爸，单枪匹马上阵，居然骗过了这个世界上最庞大的战争机器，没人能想到这位勇敢的金发年轻人竟会是敌军阵营的。

"他的这种聪明机智就流淌在我们家族的血液里！而你呢，我的宝贝孙子，还继承了他的金色头发！

"你注定也会有一番作为啊！"

悬挂在墙上英雄曾祖父的画像，陪伴着我们欢享圣诞晚宴。画中的吉柏托·佩雷茨·德卡斯蒂尔神态轻松，身着那个年代的制服，胸前挂着国王阿方索十三世追授的军衔。画像巨大无比，至少在那时的我的眼中是这样的。这幅画像是委托一位叫巴兹克兹的宫廷画师画的，他在共和国初期就英年早逝了。巴兹克兹的画是经典的宫廷画风，所有来我们耶罗门大宅做客的人，包括只是匆匆过客的巴勒莫，都会对其夸奖一番，说这幅作品神似塞维利亚绘画大师牟利罗的肖像画。每逢此刻我们的家族自豪感都会爆棚，然后我老爸就会用一种溢于言表的"谦虚"语气，为客人讲述那位早逝的画家和我们家族英雄的故事。

我爸妈工作的扯皮医院里有那么几位同事，会故作好心地提醒那些将要到我家做客的人，千万不要问及关于那幅挂在客厅里的巨画的事。实际上这完全是出于羡慕嫉妒恨，因为无论是巴兹克兹还是我的英雄曾祖父，要不是西班牙电影圈扎堆地追捧1936年的内战题材，他们的故事早就该被搬上银幕了。

当我爸给巴勒莫详细地讲述着这两个人的生平时，这位曾经的钻石走私大亨无法抑制地流露出了敬仰之情，让我老爸许久以来第一次感觉到自己遇到了知音。而在我妈看来，这恰好是一个说明阿根廷人比西班牙人更有文化修养的铁证。在阿根廷，人们会把文化当作生活的一部分。但在我们国家，最近却是无论多好的节目，都无法赢得大众的捧场，因为他们只喜欢各种反智萌蠢节目。所以，老爸完全不理会那些朋友和同事间暗含讥讽的评论，因为他觉得这些人既不敢妄想自己家族也走出一位民族英雄，也不会奢望自己家里能挂一幅宫廷画师的作品。尽管这位宫廷画师并不像委拉斯开兹、牟利罗或者戈雅①一样有幸登上咱们的教科书,但他也有一些为数不多但也算是重要的作品在普拉多博物馆浩瀚的馆藏里。

后来,巴勒莫还想办法在西班牙买了一些巴兹克兹的画,有的是在画廊里买的,有的是通过私人收藏家或者拍卖得来的。可是,作为一个经验老到的**珠宝贩子**,他这回是不是押对了宝就不得而知了。我们唯一听到的有关消息就是他后来去了趟圣·伊斯德罗墓地,因为巴兹克兹就埋葬在这里的名人墓群里,那里还有我们在 98 战争里建功立业的英雄曾祖父吉柏托的遗骸。

每当我爸讲完两人的生平,总是会发出一番感慨:"命运让他们最后住到了一起。"

在阿兹特克航空的飞机从波哥大埃尔多拉多国际机场起飞前,这对维罗妮卡·加斯德罗和《贝尔梅霍夫妇》的粉丝机长和副机长,已经让我答应,等到达墨西哥城后要去找他们。他们甚至还在我标志性的**吞吞吐吐**中,看出了我其实对在墨西哥城的未来一点计划都没有。

如果有需要,他们还会邀请我住进自己的家里!

一位年轻英俊、**满头金发**的当红电视剧演员怎么能在这个世界上绑架犯罪率最高的城市里自己到处乱跑呢?

---

① 委拉斯开兹(Velazquez,1599—1660),17 世纪西班牙最伟大的画家,对后来的画家影响很大。牟利罗(Murillo,1617—1682),西班牙巴洛克时期画家,也是西班牙第一流画家。戈雅(Goya,1746—1828),西班牙浪漫主义画派画家,对后世的现实主义画派、浪漫主义画派和印象派都有很大的影响。

"那些蠢货小偷看到我的话会撒腿就跑的!我这副身材就有这样的好处。"

神似墨西哥版约翰·坎迪的胖墩机长知道,在这片他土生土长并生活了超过44年的土地上,我的保护人和朋友将非他莫属:"你会爱上墨西哥城的,小伙子……但与此同时,也可能给你带来噩运。我们国家在世界上的负面形象可不是某些人嚼舌根嚼出来的。"

在墨西哥城我遇到了和在波哥大时一样的**好运**,**该有的都有了**,因为我遇到了两位愿意为我敞开自己家门的特别朋友:"待会儿咱们在贵宾室见哈!"就像瘦子保证的那样,他们还会竭尽所能提供我需要的一切帮助。

"论人脉你就放心吧,上天入地咱是无所不能!"胖子开玩笑地说,他一再强调他服务的可是国内最重要的商业航空公司。

这让我对未来的看法乐观起来了。

当然了,这种乐观还是有所保留的。等周一有人通知巴勒莫,我没有去西田千户设计的影棚拍戏时他的反应会如何,还有我这个角色突然在剧里人间蒸发的后果,一切都还是未知之数。

我和巴勒莫的工作**合同**几个小时前在"高峰"里戛然而止,这无疑是我第一次做出的能与英雄曾祖父吉柏托将军的事迹相提并论的**英雄举动**,这也让我倍感骄傲。

抵达墨西哥城贝尼托华雷斯国际机场的过程,完全就是一次荷马史诗奥德赛式的惊险历程。我演艺生涯中的两位新

"**恩人**"通过广播通知乘客飞机遇到了极端恶劣的天气。**胖**机长收拾好堆满八卦杂志的**驾驶舱**，回到座位上，用一反常态的严肃语气通知乘客们，古老阿兹特克帝国的首都正在遭遇一场罕见的暴风雨，请所有人做好一切安全措施，包括系好安全带并且穿好救生衣。厚密的云层和百年不遇的倾盆大雨让情况愈加复杂了起来。

　　恐惧占据了机上所有人的心，飞机的几次突然急跌让老人和孩子们不住地呕吐着，从机尾的经济舱到前端的商务舱，都充斥着此起彼伏的尖叫声和祈祷声。

　　"飞机将会紧急迫降。"副机长镇定地通知我们，但是大家却更紧张了。

　　"大家不用紧张，"从机长室传来的安慰是徒劳的。"墨西哥城国际机场已经采取所有的必要措施，大家不要紧张，我们的机长处理过比这困难得多的情况……"

　　"你开玩笑呐？"

　　舍吉奥很怀疑庞无忌的能力：一个连自己都无法灵活行动的胖子，怎么能让这个巨无霸般的波音飞机安全着陆呢？

　　于是我不禁扪心自问，这难道是上天对我的惩罚？因为我突然不辞而别离开了波哥大，将一众演员朋友丢在身后，特别是从一开始就帮助我的小阿娜伊。在我以前教会学校的老师们看来，这**铁定就是一个报应**，任何的疏忽和错误都会带来相应的惩罚。

　　"难道我做错了吗？"

　　极度恐惧之中，"高峰"里发生的那些事竟然一幕幕地在我脑子里回放起来。这种经历我以前在电视纪录片里看过不少，但是从来没有亲身经历过。

据说，当身临绝境或者在死亡边缘徘徊时，我们的脑海中就会快速闪现人生中最重要的那些时刻的画面。在这些画面里，我看到了自己和安娜在耶罗门家中的恒温泳池里缠绵，和我爸妈去法国、葡萄牙还有摩洛哥旅游，跟着马丁排演据他所说是加尔多斯唯一的一部戏剧，抚摸我金发的艾杜薇修女，朝我无情狂吠的罗斯基，和我争论电影的舍吉奥，和小阿娜伊在《贝尔梅霍夫妇》剧中最温馨的场面，九三公园里的女粉丝们，埃德温和他新的雪佛兰小轿车，与爷爷塞拉封共度的圣诞节以及高悬在饭厅墙上英雄曾祖父吉柏托将军的画像，最后还有和巴勒莫在"高峰"电影室里的大圆床经历。

所有场景都历历在目，清晰得就像一个想象力无比丰富的人能想象出这架阿兹特克航空的波音客机能摔成多少块碎片一样：

"巴勒莫依旧抓着我的手，两个半裸的妩媚女子还在疯狂地舌吻着，暧昧的音乐配合着屏幕上的色情画面，大块头保镖穿着SM的衣服……"

这些就是我在像羚羊一样逃向埃德温的出租车前留在脑海里的几个仅存的画面。可实际上还不止这些，肆虐墨西哥城的暴风雨像心理疗法一样，要把我那些隐藏在潜意识里的记忆悉数倾倒出来：

大圆床还在轻微地振动着，电影室里又新出现了一些绰绰人影，在那两个半裸的仍在如饥似渴地湿吻着的妩媚女子身边聚集。据舍吉奥观察，那是如假包换的深喉舌吻。四处弥漫着像恐怖电影场景般的白烟，让所有人的面目都模糊难辨。好戏越来越热闹了，新加入的人都用威尼斯狂欢节式的面具遮掩着自己的脸，场面宛如20世纪70年代丁度·巴拉斯①风格的意大利色情电影一般，而正是这些电影让我在耶罗门的大宅里开启了青少年阶段的自我性启蒙。在舍吉奥世俗的观点看来，这得归功于乌塞拉区中国超市里的那些廉价盗版碟。

巴勒莫用左手抚摸着我的金发，呼吸异常急促，似乎正在用右手自慰着。打手们把自慰器分给了那几对忘情的接吻鱼，然后就消失了。不过没多久，他们又带着一对少年回来了。这些少年一丝不挂，背后装着一对硕大的羽毛翅膀，模样酷似意大利画家卡拉瓦乔的天使。他们手托着一个银托盘，里面放着一个电动剃头刀，还有一整套染发颜料。巴勒莫依旧急促地喘着粗气。

卡拉瓦乔画中的天使少年们，按照电视大亨的指示，将我一头浓密的金发挽了起来，接着在我肩上铺上了一层发廊理发用的围布。

他们的用意很明显，要剪掉我的头发，就像《圣经》故事里的黛利拉用美色迷惑大力士参孙，然后把他那缕带着上帝所赐神力的头发剃掉一样，然后再把我剩下的头发染成难

---

① 丁度·巴拉斯（Tinto Brass, 1933—），意大利导演、演员，被称为情色片大师，代表作《罗马帝国艳情史》（Caligula）。

看至极的颜色。电动剃头刀嗡嗡的马达声打破了虚幻的情色魔咒，让我进入了警惕状态。我的铂金色头发早已成了我最重要的身份特征，任何胆敢对我的头发有非分举动的人就是与我作对。

我突然使出娴熟无比的演员定型大法，从大圆床上一个鲤鱼打挺跃将起来。巴勒莫还沉浸在触觉的快感里，一脸懵懂来不及反应，连那些大块头打手也没能反应过来。一切都如闪电般迅速，就像我最近那次从九三公园逃跑的壮举那样，又或者像在马德里试镜失败后在阿图罗·索里亚大街进行的突发市内短跑一样。

接下来发生的就不用多说了，我的**自由赛跑**特长已经越来越有奥运田径运动员风范了……连埃德温看到我跨着矫健步伐冲到他身边时，也不免大吃了一惊。

但我现在身处的是盘旋在墨西哥城上空准备随时迫降的波音飞机，实在不可能一口气跑出去……

XIV

《我们活着回来啦!》

这就是后来出现在全国报纸上的新闻标题。墨西哥城贝尼托·华雷斯国际机场的地面救援人员赶在波音飞机因煤油爆炸而烧成一堆废铁前,把我们救了出来。

"多亏了飞行员娴熟的操作技术,343位乘客全部脱险获救!"那些墨西哥最负盛名的电视台都用上了这句话作为新闻报道的注脚。

机长和副机长,那两位阿兹特克版的"胖子和瘦子",摇身一变成了国家英雄。但同时,也有各路专家和政府官员纷纷出来指正,说主要原因并非是飞行员的高超技术,而是神迹的显现。不过这并没有削弱胖瘦机长的功勋,反而进一步增加了他们在媒体上的热度。各大电视台都抢在**开篇新闻**时播出了这次英雄事迹生还者的采访,他们坚称获救是因为**圣母显灵**。

"在整个飞行途中,瓜达卢佩圣母①都与我们同在!"

然而事情没有到此为止,墨西哥城的贝尼托·华雷斯国际机场也摇身一变成了朝圣地,而我们这些从已经烧成废铁的老波音飞机中幸存下来的人,也成了墨西哥教会围堵拦截的对象,因为我们无疑是一批"**被神的恩典保佑的幸运儿**"。

当我听到胖机长在媒体见面会当众说出,**幸存者**中有一位是《贝尔梅霍夫妇》的主角时,我顿时觉得我的演艺前途要**完蛋**了:我在演艺圈的好日子屈指可数了,应该不会比马丁在美丽的海滨大区坎塔布利亚能享受的好日子多几天。舍吉奥用他一贯插科打诨的风格预计了一下:"**在倏和忽之间吧,顶多也就几个月**。"我可以想象得到,巴勒莫一定会因为我突然甩手抛弃了他所谓的"**拉美大陆最重要的电视项目**",而下令让他的爪牙们把我从身体上和心理上都彻底消灭掉。

而更糟糕的是,沸沸扬扬的"**墨西哥城机场神迹事件**"正在全世界引起轩然大波,因为没有任何人能够解释那架煤油四溢、一个发动机已经开始燃烧的老波音客机为什么没有在触地的一瞬间爆炸。面对各种各样的质疑,连科学界也无法给出确实有力的解释。飞机的黑匣子被送到了美国进行分析,以望彻底解决所有的疑问。

与此同时,一份发行量巨大、宗教倾向明显的报纸开始

---

① 瓜达卢佩圣母(Nuestra Señora de Guadalupe),是圣母马利亚在墨西哥特佩亚克山(Tepeyac)连续多次向一位名叫胡安·迭埃戈(Juan Diego Cuahtlatoatzin)的印第安青年显灵后得名,现被供奉在墨西哥北部的瓜达卢佩圣母圣殿内。——译者注

图文并茂地刊登起所有乘客的故事来。报社的意图是非常明显的，这个被称作"**墨西哥城国际机场神迹**"的事件，刚好能拿出来作为重要反例，以驳斥那些日益壮大的世俗主义。面对贩毒集团导致的日益严峻的社会动荡，特别是让大半个国家都闻风丧胆的奇瓦瓦州贩毒集团，其他的墨西哥媒体也务实地支持起这个**宗教观点**来。

这个让老波音客机的两位机长成为英雄、让墨西哥城国际机场成为朝圣地的大事件，引来了众多媒体的关注，而其中也有不少是从欧洲来的。

可想而知，我的担忧是双重的：第一我担心西班牙的媒体会报道此事，第二我担心我忙得**不可开交的父母**知道。舍吉奥说，如果他们将我归入在此次"神迹"中获救的七个"**伊比利亚半岛的儿女**"之一的话，我的照片一定会出现在西班牙所有的报纸和电视上的。然后我的父母便会发现，吸引我去新大陆的并不是什么热带传染病，而是我从小就向往进军影视界并名成利就的**愿望**，一个只因不想伤害咱们耶罗门**高贵的英雄家族**的传统感情和偏见，而只能藏于心底的夙愿。

一个人只有在不得已的时候，才会脑洞大开想出创意来，马丁对于这点很是确定。但他自己却并没有经历过什么困境，虽然他从来都不愿意正面承认这一点，所以论到启发法，他也只不过是看热闹的外行人而已。可是，他在每节课上都坚称，我们**只有吃过苦中苦方能成为人上人**，要成为一个真正的演员，这是必经的磨炼。

尽管我已经吃了很多苦中苦：从上教会学校起便被一头

金发带来的困扰、少年时代的病态羞怯、试镜的失败、医科学生和戏剧学徒的双面人生。我的内心非常清楚，这些都是实现我人生理想的必要条件，但还不是达到我心中目标的充分条件，说到底这些都只能算是一些**不痛不痒的小资烦恼**而已。

在马丁看来，**不痛不痒的小资烦恼**是抑制**天才与创造力**的罪魁祸首。也许他正是想借此为自己毫不掩饰的"哈英"心态做辩解："英美最富裕的家庭都赞同他们的孩子去尝试做加油站工人、广告派送员、服务员、邮差、清洁工、酒店门童等诸如此类的工作，这样他们才能从中学会如何统治世界。"

可是事实上我根本没想过要**统治世界**，就像马丁幻想的那样，要以他最喜欢的那些睡前小说的作家汤姆·沃尔夫①所写的人物为原型，再加上他歇斯底里的演出风格来征服世人。我只要能过上**幸福的拉丁生活**就很满意了，当然还少不了："很多的派对、段子、斗牛，然后还有更多的派对、更多的掌声和更多的喝彩声！"

"那海明威呢？"

马丁很讨厌海明威。他的学生们反驳他说，海明威这个**来自英语国家**的人，**有天才有创意**，但却**一辈子都过得很好没吃过什么苦**。不过这可难不倒马丁，他在心里早就有答案

---

① 汤姆·沃尔夫（Tow Wolfe, 1931—2018），美国记者、作家，被誉为"新新闻主义之父"，"新新闻主义"是一种依赖"文学写作"的报道方式，重视再现对话、场景和心理活动，并且不费余力地刻画细节。

了:"对于许多人而言,他的成功是一个例外,尽管我无法苟同:他其实不过是个可怜的性变态和性压抑,到处勾搭西班牙猛男或者斗牛士……"

尽管马丁既不是也不可能成为一个反同性恋的人,因为**"一个艺术家是凌驾在简单的好与坏的概念之上的"**,但是他嫉妒心的确很重,这也是唯一阻止他成为自己理想中完美绅士的致命原罪。毫无疑问,马斯洛著名的**自我实现需要理论**可以在马丁身上找到绝佳的例证。他只有在西班牙北方的演艺生涯**一帆风顺**的那段时间里,才暂时性地跳出了陈腐理论的条框,说出些博爱的世界主义原则来。

有意思的是,正是对**世界主义**的渴望挽救了我的 98 战争英雄曾祖父。我爷爷塞拉封在他最后那年的圣诞晚餐告诉我,要不是曾祖父一直在心中秉持世界主义理念的话,拍破脑袋也不会想到在**白热化的战争**中伪装成美国佬这妙计来。当然,不得不承认的是,他的外貌与人们印象中的拉丁民族完全不同,反而特别像英美国家的人。另外,他从小就显露出对其他文化的强烈好奇心,因此他也成了当地最伟大的语言自学天才,年仅 14 岁就已经能讲得**一口流利**的英语、德语、法语、意大利语、葡萄牙语和俄语。所以当他用美国口音含糊地嘟哝出那几句后来让他成为民族英雄的名言时,根本没人怀疑他其实是来自普拉森西亚省土生土长的西班牙人。

舍吉奥说,我的英雄曾祖父和美国佬说的那几句话,应该成为全国所有学校的学习内容:"不仅如此……要换作在法国、德国或者意大利,历史课本一定会在开篇第一章就自豪万分地介绍你那英雄曾祖父所有说过的话和做过的事。"

虽然我觉得舍吉奥的这一番话有点夸张，甚至不合时宜，但我也不得不承认曾祖父的光辉事迹的确值得被大家传颂，让他的实用世界主义给后辈们提振士气。

放下多余的伪谦虚和忸怩作态，说句大实话，通过这种直系亲属间的血缘联系，英雄曾祖父吉柏托上尉的英雄事迹实在是让我受益匪浅。就是有了他作为榜样，当在那台被摔成废铁的波音飞机里的所有乘客，特别是我这个《贝尔梅霍夫妇》的昔日主演，面对那样一个从未经历过的极端紧急情况时，仍然能够继承往日英雄的风范，从容地找到飞机的逃生阀门。

当西班牙媒体开始挨家挨户寻访西班牙幸存者的下落时，我知道，除了求助于我们家族的历史传承以外是别无他法了。我能在这件事上侥幸过关，除了得益于这头引人注目的**金发**外，还有教会学校给我们提供的双语教学。多亏了世界上信息最灵通的艾杜薇修女，教会学校才能把澳洲驻马德里大使馆旅游办公室的语言推广项目**收入囊中**，得到这个聘用来自墨尔本的本土英语老师的机会。

于是历史就要**再次重演**了，我决定伪装成一个来自袋鼠与奇怪的树袋熊之乡的年轻人。对于这个办法的成功概率舍吉奥很肯定，他甚至引用了**教育心理学**的经典理论来证明："总得有个榜样才能学习的……"

朱蒂·史密斯是一个刚从美国盐湖城大学信息科学专业毕业的大学生，她这次来墨西哥城是为了**调查**那个全球瞩目的阿兹特克航空波音客机**神迹事件**,同时也是为了完成与此相关的**西语博士论文**。犹他州的摩门教组织在聪明伶俐、通晓多国语言的朱蒂身上寄予了巨大的希望。几年前摩门教在马德里建了一个教堂,希望用塞万提斯的语言宣扬他们与众不同的**教义**,于是年轻靓丽的朱蒂毫无悬念地成为耶稣基督后期圣徒教会①派往西班牙语世界的最佳大使了。

她才刚开始进行**公务接洽**,就把各个官方机构的代表迷得神魂颠倒了。一个快要光荣退休的、热爱黑白电影的政府官员,在为摩门教的教堂颁发开业许可证的仪式上,竟不小心把朱蒂喊成了著名的维若妮卡·莱克②。

"维若妮卡·莱克小姐……不好意思,不好意思……我想说的是,朱蒂小姐……"市政厅里没有人发出笑声,因为很可惜在现场没有人认识那位艾伦·拉德的**传奇拍档**。

犹他州的**保护神**很清楚它的金发子民们对整个拉美大陆意味着怎样的诱惑与魔力,而事实上摩门教在新大陆得以迅猛增长,弗洛伊德的"**本我**"**欲望与冲动**也有很大的功劳。因此,很少有人会把这些犹他州的小鲜肉拒之门外,虽然也就是听听他们讲摩门教创始人**约瑟夫·史密斯的十五诫**,然后在每年年底时捐点小钱而已。

朱蒂本着把客机事故里每个幸存者的故事与犹他州摩门信徒们分享的热切期望,在短短几天内便用她的电子记事本

---

① 耶稣基督后期圣徒教会即摩门教的法定名称。——译者注
② 维若妮卡·莱克(Veronica Lake, 1922—1973),美国演员,在20世纪40年代初期红透半边天。

计算并设计了一个无比高效紧凑的采访安排出来，如此高效的安排相信连世界上**最正统的效益主义者**看了都要叹为观止。把时间和空间最大化地利用起来对于朱蒂来说是如此重要，以至于她连早餐、午餐甚至晚餐的时间都不放过，不知疲倦地推进着自己的工作。

当我收到那条约我在墨西哥城著名的"西班牙女郎"咖啡馆见面的短信时，我以为我的马德里人身份最终还是被发现了。那是一个拉美版的"希洪咖啡馆"①，它的股东们都是来自马德里卡拉邦切区的流亡共和党人。这家咖啡馆蜚声全国，是因为"它对西语和葡语文化在世界上的凝聚做出了无形的贡献"。据说曾经光顾过这家咖啡馆的名人里，有重量级的文化人：来自阿拉贡的路易斯·布努埃尔②，也就是《升天》《维莉蒂安娜》《资产阶级审慎的魅力》以及《被遗忘的人们》等影片的导演。《被遗忘的人们》甚至在 2004 年被联合国教科文组织评为人类文化遗产，这在很大程度上要归功于这家跨文化的"西班牙女郎"咖啡馆的努力。电影在首映时，影片里描述的墨西哥城形象激怒了很多本地人，也导致"西班牙女郎"咖啡馆在光天化日之下遭遇了好几次暴力袭击。而他们却借此发起了各种宣传活动，弥合了这些争议带来的伤口。

---

① 希洪咖啡馆（Café Gijón），是一个位于马德里历史悠久的咖啡馆。——译者注

② 路易斯·布努埃尔（Luis Buñuel, 1900—1983），西班牙国家级电影导演、剧作家、制片人，后面几部影片都是他的代表作。

意外成为民族英雄的奥斯卡,也就是阿兹特克航空老波音客机的胖机长,骄傲地向我讲述着那些曾在他深爱的城市里留下过痕迹的"老西"们的故事。或许他想借此方式改变他"**轻浮、肤浅、一边胡吃海塞一边煲剧的飞行员**"的形象吧。除了崇拜在他心中无可替代的女英雄维罗妮卡外,他对经典影片也了如指掌,比如"印第安人"费尔南德斯、玛利亚·菲利克斯、马里奥·莫雷诺,还有那些拉美文坛公认的巨匠:帕斯、加西亚·马尔克斯、贝内德蒂等。

被当地媒体称为"**挽救了三百多位本无生还希望的乘客**"的机长和副机长,他们的家像极了一座新文化中心。在楼高三层面积近300平方米的房子内,收藏着大量各时期不同类型电影的DVD,几千张古典音乐、流行音乐和电子音乐的CD,超过八千册多种语言的藏书。墙面被数不清的20世纪后半叶拉美最著名画家的作品覆盖着,堪比德累斯顿美术馆。此外家里各处还放着好几十个小型雕塑,把他们家装饰得跟现代考古与人类学博物馆一样。

"你能保守一个秘密吗?"

"当然可以,没问题!"把我邀请到自己独具一格的家中的和蔼胖机长,这一问还真让我迷茫起来了。

"有政府高层许诺说,要把一幅迭戈·里维拉和一幅弗里达·卡罗的画送给我们作为奖励……"

"真的吗?"

"你没听错……他们知道我们喜欢收藏,所以想给我们补两幅'大作'……"

这位阿兹特克航空波音飞机的英雄机长、维罗妮卡的头号粉丝、世界文化的狂热爱好者、墨西哥城的最好招牌、把外乡人招待得无微不至的房东、被舍吉奥称作"庞无忌"的奥斯卡,一想到自己位于人口逾两千万的首都城市富人区里的**文化之家**的墙上,终于能挂上弗里达·卡罗和迭戈·里维拉的大作,就激动得不禁喉咙发堵。

"孩子,你可真是贵人啊!"骄傲的机长模仿着我剧中父亲安东尼奥的口气,带着哭腔说道。

"是个烫手山芋才对!"我半开玩笑似的回了句,因为我知道幽默是解除人心戒备的最好技巧,而且我觉得现在是最佳时机,应该把所有的**秘密**都告诉这位像打了鸡血一般的机长了。

又一次,马丁课堂上的回忆成了助我绝处逢生的法宝:"人们所熟知的幸福分享理论,指的就是当一个人自我感觉幸福的时候,就能够同情并帮助弱者,心怀慈悲并且最终达到智者才能拥有的境界,理解并且身体力行莱布尼茨著名的圆满性原则。"

阿兹特克航空的英雄机长奥斯卡,一边在脑海中幻想着弗里达·卡罗和迭戈·里维拉的画挂在了自家墙上,一边听我讲述了我的全部人生:教会学校的墨尔本外教、成为**标签**的**金发**、心理治疗、病态羞怯、青春期的痛苦、深深隐藏在内心的爱好、医学课和表演课、和安娜的关系、黄昏时一起看的电视剧、工作忙得不可开交的父母、淘便宜货的假日、家人对**戏剧艺术**的激烈反对、关于热带病学业的善意谎言、飞往波哥大的廉航、小阿娜伊、巴勒莫的试镜、《贝尔梅霍夫妇》的成功、演员定型大法、九三公园的逃跑经历、"高峰"的秘密、赴会"高峰"、我的守护天使巴拿马出租车司机埃德温以及这次结果皆大欢喜的阿兹特克航空老波音飞机之旅。

"简直就是一部卡拉威西电视台的电视剧！"我这部还未有结局的美洲冒险故事，引起了这位还沉浸在那两幅画带来的惊喜中的英雄机长的极大兴趣。他给我介绍了**各路人脉**，希望我的故事能像一部**优秀的肥皂剧**那样，有一个大团圆的结尾。

"那个巴勒莫就由我来对付好了！"

"他权力很大的……"我一边思忖着怎么去重演曾祖父在98战争里的英雄事迹，一边垂头丧气地说。

"但墨西哥城是我的地盘……"

阿兹特克航空的英雄机长奥斯卡的自信，让我觉得他有些天真，也许他是电视剧看太多了，变得像里面的某些角色一样了。巴勒莫在整个拉美遍布人脉，而他的商业帝国在墨西哥城也有分支，《福布斯》杂志将他评为**西语世界里最重要的人**并不是空口无凭的。

"我有一个办法……"

我从巴兹克兹开始说起，和绘画的关联再一次激起了胖机长习惯性的乐观。那位19世纪不为人知的画家的历史，和他那些被淹没在普拉多博物馆浩瀚藏品里的作品，再次让胖机长听得屏住气来。那位卑微的画家曾经给98战争中抗击了**美国坏蛋**的传奇英雄吉柏托上尉画过像，这位足智多谋的西班牙军人假装成**美国海军陆战队**的成员,那些美国佬竟然也没看出来。

吉柏托上尉凭着他个性化的**特洛伊木马式伪装**和出色的演技,狠狠地羞辱了那些胜利者,以至于美国佬们都不得不承认,98 战争是他们史上**最苦涩的胜利**,要不是他们有压倒性的海军优势,真不知如何才能战胜这些骁勇善战的西班牙人。

"瓜达卢佩圣母啊,真是个精彩的故事。他可不是普通人,而是一个不折不扣的英雄啊!他把那些美国佬耍得真爽,真是大快人心啊!"

当这位阿兹特克航空的英雄、热情好客的胖机长奥斯卡得知我的**金发**遗传自英雄曾祖父时,他把我抱了起来,就像是高大的篮球运动员举起布玩偶一样。他本来对《贝尔梅霍夫妇》里的那位养子已经崇拜有加,而现在则更是五体投地了,无论我提出任何要求,他都一定会像阿拉丁**神灯**里的精灵一样满足我所有愿望的。

"那我知道你的表演基因是从哪儿来的了……我也是带着自己家族基因的呢,要不是我们家族对'想入非非'那么在行,我怎么能当上机长!"

我被阿兹特克航空的英雄机长奥斯卡的哈哈大笑感染了,结果和他一起笑了好长一段时间都停不下来,尽管我还没有向他提出请求。

等我们到了墨西哥城的西班牙小领地——"西班牙女郎"咖啡馆时,奥斯卡就已经提前让他的人安排好了一切,以让我顺利出境而**不给巴勒莫的爪牙们留下任何线索**。我们已经收到消息说，这些人已经抵达他心爱的墨西哥城。因为在电视剧《贝尔梅霍夫妇》受到青少年热捧的哥伦比亚，由于神迹客机的生还者在媒体上透露了不少信息，所以我的名字已经在所有新闻报道中出现并引起了巨大的反响，当然也引起了他们的注意。

"在哥伦比亚，在'高峰'里面，也许他是老大……但是在这儿，是你面前这个墨西哥胖子说了算！"奥斯卡对于能在极短的时间内安排好这次可与《越狱》① 相媲美的**逃亡**感到非常骄傲。

我在新护照上的身份是来自墨尔本的理查德·多诺文，要到美国参加一个即将开镜的电影的录制工作。他为我在纽约最繁华的市区里预订了一套公寓，离中央公园不远，这样每天早上我都可以在这座独一无二的公园里**慢跑**，甚至如果我愿意的话，**光着脚跑**也没关系。他还在美国银行给我开了个活期账户，往里面存了 6 千多美元，以应付我在大苹果城的最初开销。

"你到美国后可别忘了跟你的新美国邻居打招呼啊！"看着我一脸像在看**科幻电影**般的表情，奥斯卡满意地笑了起来。

"伟大的路易斯·布努埃尔也曾经不止一次坐在这张桌子旁呢。他的西班牙老乡在多年之后来到美洲为他接力，也算

---

① 《越狱》(*Prison Break*)，是一部 2005 年开播的美国惊悚悬疑电视剧，第一季对悬念和节奏恰到好处的把握，使其成为经典之作。

是冥冥中注定的吧?"

"我不是在做梦吧?"在这张西班牙大理石桌子旁,英雄机长奥斯卡一股脑儿地把这些激动人心的消息都倒了出来,我实在不敢相信这些突如其来的幸福都是真的。

"咋会做梦啦?一切都和你面前这个瓜达卢佩圣母的虔诚信徒、维罗妮卡的死忠粉、你的好朋友自己人那样真实……"

"可是这得花不少钱吧!"

"你们这些西班牙佬都一个样……"奥斯卡一边搅动着香草朗姆酒一边哈哈大笑起来,"你们不知道在富豪数量上,墨西哥是位居世界第四的吧?但你可别傻傻地以为这些钱都是贩毒得来的!鄙人或者鄙人的朋友有需要的时候,总能找到人帮忙的,懂点儿人情世故就行……"

我是彻底被他折服了!这也是马丁**推崇备至**的众多**金科玉律**里面的其中一条。他说,"当你获得成功",说到"成功"这个词时,他用手指在空中做出了那个被用烂了的双引号手势,"所有的人都会觉得你就是他自己生活里的一个'组成部分',然后你就可以随心所欲了"。

接下来,马丁又用上了那种追羡着**昔日辉煌**的语气,说起他那讲过**无数遍**,却又每次都会加入或真或假的新情节的夸张往事来:坎塔布里亚的自治区主席在他表演结束时,派了一辆劳斯莱斯轿车去剧院门口接他,然后两人去欧洲之峰享受了一段温馨的过家家日子。这位主席在当地有数不清的中小企业,据说马丁对其中一家食品厂生产的帕斯小蛋糕情有独钟。但好事还在后头,主席向他承诺,如果他愿意与主席共度一段"低调却又不乏激情"的二人世界,不只小蛋糕随便吃,甚至全部财产都能交由他支配。

可是,尽管马丁接受了有权有势的主席的示爱,但他这个**唯美主义者**实在无法忍受主席爱人光秃秃的头顶和松垮下垂的便便大腹。

"不只那个跟电影场景一样豪华的海滨赌场,还有区内的好几家大酒店都是他的物业……但是我并没有像阿斯图里亚演员菲利克斯·费尔南德斯所说的那样,通过他捞到了什么好处。"

舍吉奥说,**我其实也没有捞到过什么好处**。除非有人像巴勒莫那样在"高峰"里踩到了我的底线,否则我就应该仿效生于西班牙的世界英雄凯撒·博尔吉亚的作风,把这个马基雅维利《君主论》的最佳范例学个透。

"可《君主论》里头的人都没有好下场!"我使出那位睿智的中学哲学老师的康德式辩证主义反驳道。

"从现在开始,你得带着墨尔本口音讲英语,并且去纽约生活了!这难道不是你从小在看着巴兹克兹画的英雄曾祖父画像时就梦想的生活吗?"

对于阿兹特克航空的英雄机长奥斯卡来说,能去马德里鉴赏那幅巴兹克兹为我曾祖父吉柏托画的像,甚至拍个照的话,就足以补偿他动用所有**高层外交关系**把我像文莱苏丹一样平安无虞地送出墨西哥所**付出**的一切了。

"我们这些收藏家啊,就像伟大的弗洛伊德所说的,都有一定的情感缺陷,所以我们为了得到想要的东西是上天入地也在所不惜的……"奥斯卡一边笑着说,一边往嘴里塞了一块西班牙土豆饼。

"等迭戈·里维拉和弗里达·卡罗的画挂在了我寒舍的墙上时,本胖子接下来一定要去马德里的普拉多博物馆故地重游一番,还要去你这个未来奥斯卡影帝兼西班牙才子的家,去瞻仰一下那幅巴兹克兹大师的巨作……"

善良慷慨的英雄机长在三杯香草朗姆酒下肚后已经微醺了,他边喝酒边大口嚼着各种西班牙冷热小吃:来自佩德罗切的腌油橄榄、来自阿尔卡拉茨的曼查克奶酪、来自巴伦西亚的咸肉干还有鱿鱼圈、墨鱼以及火腿肉丸子做成的炸物拼盘。

我心里开始忐忑起来:我能边说着墨尔本口音的英语,边使出**演员定型大法**来吗?这将是我刚开始的超现实**演艺生涯**里的又一个严峻挑战。不过说实话,理查德·多诺文这名字听上去还挺不错的。

马丁给自己取了个英语名字 Alex,就像当时很流行的做法那样,并且用这个名字在南部的阿梅里亚省演了一部**意大利式的西部片**。那是一段他**不愿意回忆的经历**:为了在 70 年代的石油经济危机中混口饭吃,Alex 跑去演了个北美土著切罗基人。当茅罗有一次问他有没有像练习中要求我们那样,把土著角色消化代入的时候,马丁的回答让他接下来**好几届的学生**都毕生难忘:"你胡说什么呢!你问我没有把自己当成一个印第安人?你问我演得像不像印第安人?我的血管里流淌着的是世界性血统好不好!"

XV

  在朱蒂还没到"西班牙女郎"咖啡馆时,奥斯卡让我**背诵**了一节《在路上》①的原文。文中的**主人公刚刚穿越美国边境,抵达了天堂一样的墨西哥**。

  "你知道吗?"阿兹特克航空的英雄机长眉飞色舞、情绪高昂地问道。

  "I don't know(我不知道)。"我开玩笑似的回了他一句英语,仿佛盎格鲁·撒克逊精神突然附身,把马丁给我们的建议贯彻到底。

  "你这个墨尔本来的西班牙臭小子!"

  "怎么啦?"

  "如果那位1898年美西战争的西班牙英雄在天有灵,瓜达卢佩圣母做证,他一定会为他的同胞如今在敌国取得的成就而感到自豪的。"

---

  ① 《在路上》(*On the Road*),是美国"垮掉的一代"作家杰克·凯鲁亚克(Jack Kerouac,1922—1969)创作于1957年的小说,被公认为20世纪60年代嬉皮士运动和"垮掉的一代"的经典。

或许吧……我们虽然不迷信，但也从来不会排除任何神迹发生的可能。正如我家二老就非常执迷于拥有**好面相**，据他们所说，想获得好面相，最好的方法是拥有**正能量**。

"这就是佛教所说的善有善报！"老爸在做成了一单马格里布地毯生意后，带着满足的语气说。

不过，通过专业整形也可以获得**好面相**，比如说日复一日的马拉松式面部拉伸、鼻形矫正、外耳的切割、缝补和粘贴也可以整出一脸福相来。

在大多数情况下，我爸妈所说的拥有**好面相**，其实指的是住在耶罗门的某户人家付出的辛劳获得了回报。奖与罚，是柯尔伯格理论中的道德发展最原始阶段。省去点拐弯抹角，换成舍吉奥的说法，就是**权贵阶层**典型的资产阶级化**自恋倾向**。按照这种逻辑，如果一个人没有**好面相**，那就等着一辈子**倒霉**吧。因此，我的双亲始终不明白为什么看门犬罗斯基总是**面露凶相**，喜怒无常，精神恍惚，一看到我还兽性大发凶神恶煞。

"有牺牲就会有收获！"我妈一板一眼地强调道。她对这支被伟大的尼采抨击的犹太基督道义分支笃信不移。

朱蒂拥有的**好面相**却是自然灵动的，那是自灵魂深处散发出来的纯洁清新。"好面相！好面相！好面相！"舍吉奥把这个词重复了三遍，由衷地赞叹着这个好比宗教**三圣一体**的神迹。他深信朱蒂就是上天派来的**天使**，来拯救世人于水深火热之中。

朱蒂是阿兹特克航空的英雄机长奥斯卡介绍给我的，以协助我从墨西哥城顺利抵达"New York City"（纽约），这个坎丁弗拉斯最爱操着浓重乡音反复念叨的英语城市名字。这个来自盐湖城的年轻女孩原计划在这里待上一段日子，协助市政府在东区建立新的耶稣基督末日圣徒教堂，并同时逐个探访研究波音客机事故幸存者个案。但由于她的**外交工作**出奇高效，因此可以提前返回美国。她还提出要为我在大苹果城做**向导**。

"你真是出门遇贵人了！"奥斯卡深信他的"功劳"将会载入史册。他很快就会看到成果的，甚至不久的将来他还可以漂洋过海，**在一位年轻有为的影星陪伴下实现踏足彼时宗主国的梦想**。

墨西哥城的国际机场，也就是几天前历史性奇迹上演的地方，此时送别的一幕确实让人感动。多亏了奥斯卡，我们才能在机场贵宾通道畅行无阻。我们看起来俨然是一对**摩门教**的新婚夫妇，由身形魁梧、经验丰富的机长一路护送着前往候机室。朱蒂的发色与我的**银光金发**如此般配，让我信心十足，在美国肯定没有人会对我澳大利亚人这个新身份起疑心的。

从我的英雄曾祖父在98战争奋战的那个年代起，**所有人**心目中的伊比利亚人形象就被定格为黑发黄皮，和西班牙韦尔瓦山脉上的顶级黑毛猪火腿一个样子。不仅是聪明绝顶的舍吉奥这样看，源自经验主义并备受质疑的**社会分层论**也认可了这一点。这种定论完全无视那些可恶的刻板印象和标签化会给一个人带来多大的精神伤害。然而，这种外貌偏见恰恰在戏剧选角中尤为根深蒂固。因此，在那个生我养我的国度里，顶着一头老外才有的金发、长着一张午餐肉般粉白脸蛋的我，只能在**上百次**的失败的试镜中，**默默地承受着这种歧视的伤害**。

这个**猪肉的比喻**是舍吉奥想出来的。在内心深处，他认为人类就是一群猪，而且男人更甚，他觉得甚至应该把我们归为一个另类的物种，一个无论怎么看都最无关紧要的物种。事实上，他的确遇到过形形色色"**来自不同国家的猪**"。而孟加拉野猪的旁系、肥头圆脑的印度猪则是他的最爱，因为这是在他心目中最不像猪的一种猪。在他的心目中，奥斯卡，这位墨西哥英雄机师，就应该属于印度猪族群。因此，当我们踏进登机口时，他的眼泪夺眶而出，而我这个披着**英国猪皮**的伊比利亚猪，则不得不强忍着泪水。从现在开始，我就是墨尔本人理查德·多诺文。而众所周知的是，**澳大利亚猪**是从不轻易在人前真情流露的。当年，大批**从袋鼠故乡来**的优秀教师到达奥古斯丁教会学校时，艾杜薇修女就曾说道："这些人够冷漠的！"

然而，盐湖城出生的朱蒂的眼睛却湿润了。她后来感叹不已，在墨西哥度过的一周里，认识了太多**慷慨善良、乐于助人并且经常笑脸盈盈的人**。她一定不会同意把这些如此友善的人等同为舍吉奥嘴里胡扯的**最不像猪的孟加拉猪**。

"那么朱蒂呢，你会把她归为哪一类猪呢？"我向舍吉奥施压，这大概是质疑他的**猪理论**最厉害的问题之一了。

"像朱蒂这种人，根据任何理论都无法将其归类，跟甜品一样，得区别对待。"

于是，**反人类**的舍吉奥坚决反对为朱蒂打上**母猪**的标签，不能把她称作**孟加拉母猪**，也绝不能把她叫成**北美小太妹**，因为她是他毕生所见的人里最像天使的一个人物。

一个天使，顺便一提，她的确**蕙质兰心**得令人嫉妒，让我不得不使尽浑身解数来让自己显得不像一个从墨尔本远道而来、一心只想在好莱坞闯出个名堂来的**肤浅粗鄙**的演员。虽然希区柯克认为**所有演员都不过是畜生而已**。

"又一次坐上飞机，感觉是不是很怪？"朱蒂打破了**尴尬的沉默**。之前我们在"西班牙女郎"咖啡馆里时，话痨的英雄机长奥斯卡一直兴致盎然地自说自话，滔滔不绝，我们几乎连打个岔寒暄几句的机会都没有。

"哑巴吃黄连，有苦说不出。"这个如此具有西班牙本土特色的回答，听起来实在不像是一个在遥远奔放的墨尔本城长大的人所说出来的。但这已经是我从马德里出发后连续乘坐的第三趟航班了，焦头烂额的我还哪里顾得上扮演所谓的理查德·多诺文？

"我挺喜欢这句话的……"朱蒂天使般的迷人笑靥让舍吉奥神魂颠倒。

"这是我的西班牙保姆教我的，她给我讲过好多她家乡科尔多瓦的谚语俗语。"虽然我并不想沾上说谎强迫症，尤其是在这位让舍吉奥心动不已并时刻挂在嘴边的**人间天使**面前，但这也不失为一个抵达美国之前的热身机会。

"我在大学里认识了很多西班牙人，后来我还去巴塞罗那交换学习过一年……"

在飞机上的头一个小时里，朱蒂一直用西班牙语和我们交谈。当舍吉奥听到她说有很多西班牙朋友时甚是不爽，因为亲身经历让他心知肚明，一头**伊比利亚猪学生遇到外国妞**时会是一副什么样的做派。

而我的心里却在不停地打鼓，我怀疑奥斯卡是不是已经跟她说了我的真实身份，或者她只是为了维持表面的和平愉快，而不去拆穿我这个显而易见的蹩脚伪装。否则，两个理论上都是英语国家的人，交谈时应该使用母语才对啊。

好奇心终于战胜了谨慎，在飞机起飞一个小时后，我提出了那个一直**折磨着我精神**的问题。

"奥斯卡除了告诉你我是演员以外，还和你说过什么别的关于我的事吗？"

"说的都是关于你的好话呗……"朱蒂笑道，对我的问题显得有点诧异。

"比如说呢？"我固执地追问下去，与我应有的**优雅从容的墨尔本青年**形象格格不入。

"唔……例如说，你的家庭观念很重……"

"没别的了吗？"我的回应显得如此**拙劣**。在奥斯卡看来，**大部分的西班牙佬都挺二的**。不过还好，这个词在这里跟在大洋彼岸的含义相距甚远，而且被人觉得是一个固执死板的**二货**也总比被人叫作**蠢货**来得好听一些。

无论如何，我几乎已经得出一个**结论**了：就是我并不太享受坐飞机。虽然我之前已经通过**行为治疗**从某种程度上克服了不可救药的害羞毛病，但看来在不久的将来我得再次接受治疗来消除我的飞行恐惧了。

"对于我和我的信仰而言，家庭是最重要的。"

朱蒂的这句话似乎与阿兹特克航空英雄机长奥斯卡同出一辙。而这让我不禁自问，我的职业生涯是否会像传奇的艾德·伍德或者还有其他不少人那样，被某种**宗教组织**掌控呢？

"的确，家庭就是一切……"我用拿捏得非常精确的模棱两可回答道，而脑子里则不禁回放起我们的家庭生活片段来：四处淘便宜货的夏日假期，马格里布的地毯小摊，强迫我学医的爸妈……而最过分的是，我那爱自己的狗胜过爱亲儿子的亲爹。

"比如说，我们教会正在积极跟众多政要交涉，提醒他们不要忘记，工作与家庭生活之间的平衡是建立和谐社会的最重要因素……"

"一点儿不假！"我无比激动地表示赞同，只需想象一下我爸妈整天都把他们那些**正经事儿**带回家处理的情景，对我来说就已经是**噩梦**一场了。

"不和谐的家庭是滋长青少年犯罪的温床。在与犯罪、酗酒、吸毒等沾边的青少年里，95%都没有正常的家庭生活。很多父母一味埋头工作赚钱来满足子女的各种需求，却忘了最重要的是陪伴……"

朱蒂说起这个话题时十分来劲。然而讽刺的是，她却不知道坐在她身边的，就是一个**工作和家庭生活失调**的活生生的例子。**要是我爸妈不是大半辈子都在私人整形诊所里忙着**

给人拉皮除皱,我是不是就不会对他们撒这个谎呢?

"子女过早弃学是另一个恶果……"我试图努力加入这**诉诸怜悯**式的辩证讨论,我孩提时代的影视偶像——英年早逝的迈克尔·兰登就很擅长这一套。

"纽约大学对我们社区开展的最新研究的结果就指出,恶劣的家庭环境几乎是这一切的罪魁祸首。这项研究唯一让我们不满意的地方,就是它提出的解决方案:他们认为应该通过给零用钱来鼓励学生……"

"太离谱了吧!用零用钱……"

舍吉奥认为,我在纯洁的朱蒂面前演的戏都已经不能用无耻两个字来形容了。他说我实在是虚伪至极。我这样一个富爸爸的**乖儿子**,上的都是旨在培育**少数执政精英**的私立学校,居然还有脸评论普罗大众的教育问题。正如大思想家加塞特①所言,我的整个世界就只是"**我和我的小圈子**"。

"不要再无耻地欺骗朱蒂了!赶紧坦白!"

"坦白什么?"

"把事情一五一十地告诉她啊……例如你可以从承认自己是一个有钱任性的富二代,漂洋过海只为过把演员瘾开始……"

"你真的想我这么说?"

"我当然就是这么想的。你撒的谎已经够多了!难道你真

---

① 何塞·奥特嘉·伊·加塞特(José Ortegay Gasset,1883—1955),西班牙哲学家、评论家,其哲学思想主要是存在主义、历史哲学和对西班牙民族性的批判。

的相信我们还活在你曾祖父的年代吗?"

"我还以为你是支持我的大计的……"

"什么大计?"

"在电影圈闯出名堂,实现梦想,迈进好莱坞的大计!"

"你真的相信好莱坞在张开双臂等着你吗?"

"我知道不是这么回事儿……可是我就愿意这么想。"

"这算是怎么一回事儿?你不知道吗,在那里像你这样金发碧眼的人多了去了,而且那些人也在做着同样的演员梦呢。"

"我知道……可是我愿意相信我拥有一些他们没有的东西。"

"什么东西?"

"例如,且不说其他,我有一个在98战争中欺骗了整个新生帝国的英雄曾祖父……"

"斯皮尔伯格不会因为这点而相中你的……"

"斯皮尔伯格怎么想我不知道……但我有预感会有好事发生。"

"你就是脑洞大开!"

"在波哥大发生的一切难道不也像是天方夜谭吗?还有《贝尔梅霍一家》?"

"肥皂剧和《外星人E.T.》之间有着天壤之别!"

"千里之行,始于足下……现在谁也挡不住我了。我非常有信心,无论给我什么角色,讲英语的也好讲西班牙语的也好,我都能一概通吃……"

"吓唬人啊你！"

"你别害怕……我又不会吃人，尤其是不会吃了朱蒂……"

"那就行！"

"行什么行啊？"

"你不要对朱蒂有非分之想就行！"

"说到做到……"

"那就好……"

舍吉奥越来越**迷恋**朱蒂了。**迷恋**是他的说法。我可说不出像我**迷恋**安娜这样的话来，尽管我心底里对她的**迷恋**更深。不过，舍吉奥说他对朱蒂的**迷恋**，就和那些宝贝儿子**迷恋**爸妈一样。否则，只要是个没有性冷淡的正常人，如果真的迷上了这个**大美人儿**，绝对不会把她晾在一旁，好几个礼拜都不去碰她的，起码在表面上没有做任何行动。

"我们几乎随时随地都在视频……"

"你们还视频做那事儿，是吗？"

"这是我们的隐私！"

"那就是真的咯！"舍吉奥毫不掩饰地露出狡猾的笑容来。实际上这正如他所愿，因为只要我对安娜忠心不减，与朱蒂就会相安无事。

"喂，说真话，你对朱蒂真的没有任何好感吗？"

"她很漂亮，可是我每分每秒都在想着安娜。"这是我的真心话。

"一切皆有可能！"

"我们这些爸妈的宝贝儿子一般都讲信用的……"

"我倒不能这么肯定……做起好事儿来是优胜劣汰，做起坏事儿来我们都是一个德行……"

"你哲学读多了吧，整天疑神疑鬼的……"

"你愿意的话，咱俩可以打赌，我赌你在纽约最终会偷尝禁果……"

"你拿什么打赌都行！"

"我可不只是赌朱蒂一个哦……"

"无论是朱蒂，还是别的纽约妞、德州妞、加州妞、波士顿妞……我一个都不会碰。"

"你确定吗？"

"放马过来……你赌什么都可以！"

"好……如果最后你抵挡不住诱惑……你就把你一头高贵浓密的银白金发染黑！"

"如果你输了呢？"

"那我就再也不拿你的头发开玩笑，也不嘲笑你是个富二代，也不取笑你那做整形外科医生的爸妈，还有他们的摩洛哥地毯小摊，还有你们全家的夏日穷游……"

"对你自己呢，没有什么惩罚吗？"

"你要是愿意的话，我就从你的生活中消失……"

巴勒莫也想要染黑我的一头金发，但最终没有得逞。最近大家又开始对我的**金发**执着起来了，这让我感到有些不安。我心里很想问朱蒂，她的**耀眼金发**有没有给她带来过像我这样的麻烦，但是最终从我嘴里挤出的问题却是问她在哪儿出生的。

"我是在普罗佛出生的,离盐湖城非常近……"

普罗佛的小孩一定不会因为头上长了金发而遭受什么困扰,因为毕竟这个州是摩门教的大本营,没有一头金发反而是不正常的呢。

"你有多少个兄弟姐妹?"

我奇怪自己竟然会问出那么直白的问题。然而,朱蒂看起来却好像很希望我打探她的家庭背景。**她自己也说,在她的信仰里家庭是最重要的组成。**

"说出来你肯定不信,我们兄弟姐妹加起来一共有27个……"

朱蒂的脸微微泛红,也许是觉得我会大吃一惊或者是露出类似的夸张表情。而事实上,我的思维所处的超现实状态,令我心里只想着她那27个兄弟姐妹的头发都是什么颜色,而她家的一夫多妻制对我来说则完全不是重点。

"他们都是金发的吗?"

"唔,几乎所有都是……"朱蒂微笑着答道,"除了贝蒂和乔治是红发的,百翰是黑发的。"

"那他还好吗?"

"谁?"

"百翰……他不是黑发的吗?"

"难道黑发有什么问题吗?"

"当然没有……我之所以这么说是因为小孩子的世界也是很残酷的,凡是谁有什么与众不同之处都会被贴上标签。"

"难道在墨尔本黑发的小孩会被歧视?"

朱蒂貌似有点恼火。她一定无法理解那一头**金发**为什么会给我带来童年阴影,因为在她的故乡这是最正常不过的。

"不……我这么说是因为据社会心理学的研究结果表明,小孩总喜欢排挤那些与众不同的伙伴。"

我尝试**借助**科学话题来分散注意力,但感觉已经回天乏术了。

"百翰和其他所有的兄弟姐妹一样,有一帮相亲相爱的小伙伴,童年都过得非常幸福。我们普罗佛人团结友爱,集体观念根深蒂固。"

"肯定如此……"

"何况,他还是我们的长兄,而且和我们其中一位教派创始人同名……"

"百翰?"

"对啊,杨百翰嘛……"

谢天谢地,普罗佛的那座杨百翰大学让我恍然大悟,否则我还要继续糊里糊涂下去呢。马丁不仅教会了我们在舞台上即兴表演的技巧,还给了我们一个演员该如何在面试或者日常对话中"**置之死地而后生**"的锦囊。

他将其称为"**死胡同逃生法则**",以纪念他最喜爱的电影之一《荒岛惊魂》①。

"死胡同逃生法则"的第五条用在朱蒂身上似乎颇有成

---

① 《荒岛惊魂》(Three)是于 2005 年上映的美国惊悚恐怖剧情片。

效,**马丁的胡言乱语**像突然得到了**印度教上师**的千年戒律度化一般,突然变成宝典了。

马丁那所谓的解救对话僵局的**十条黄金法则**还真不止一次派上了用场。用他本人的话说,他的理论即使在最严格的**科学分界理论**的审视下,也会被证实是极具科学性的,因此我们要尽快把这些黄金法则记下来,一分钟都不要耽搁。

"在英语国家或中欧国家,这种理论甚至会被纳入中学的教育大纲呢!"马丁使出卡斯蒂利亚戏剧式的浮夸语气来鼓吹他那"死胡同逃生法则"的价值,尽管他自己不止一次被学生**暗含嘲讽**的问题弄得恼羞成怒。

"真是卖盐的喝淡汤,卖凉席的睡光床了!"他总是怒不可遏地喊道。

尽管如此,以防万一,我还是像是被老师震住的学生一样,把他那"死胡同逃生法则"当场就记下来了。

无论如何,马丁曾经向世人展示过他"**令观众被他的演出深深吸引的魔力**"(他自己一字不差的原话),尽管那次演出是在一个郊区剧院,并且还受到一位非官方金主的私下补助。据八卦消息说,当年这位金主对他这颗冉冉新星**赏识有加**,为了支持马丁,一掷千金买光了他的演出门票,然后免费派发给观众。

黄金法则的第五条是:将在对话中**引起争议**的焦点**用语义转移方式引开**,从而达到岔开话题的目的。因此,我们可以从争论的核心,也就是朱蒂的**黑发**兄弟**百翰**,转移到摩门教创始人之一**杨百翰**,然后再跳转到普尔佛以他名字命名的大学,而朱蒂正是这所大学的优秀毕业生。这样,对话的气氛就会从**消极**转化为**积极**,因为对大学生涯的回忆总是很美好的。尽管舍吉奥在想象朱蒂在杨百翰大学的愉快经历时有点不爽,但他还是对我**虚构出来的对墨尔本大学生活**天马行空的描绘啧啧称奇。

不知不觉,我连"死胡同逃生法则"的第七条都一并用上了。根据这条法则,**世界上的任何地方都存在另一个与其相似的平行时空**:例如,你不需要亲自到过罗马,也可以侃侃而谈这座永恒之城,那里极致的地中海美食,还有让人流连忘返的"甜蜜生活"。

"一位真正的演员应该到过世界的每一个角落,不论是肉体上还是精神上,否则就不是一个好演员!"这是马丁在课上经常言之凿凿地喊出的课堂经典语录之一。

而他本人,则仅仅在一次法西学生交换活动里跨过比利牛斯山,到波尔多演了一出莫里哀的戏剧。几乎一直拮据着的家庭经济也无法让他实现内心最强烈的心愿之一:走遍戏剧界所有重量级的国际舞台。不过他却能在平行时空里自由自在地穿梭,到布宜诺斯艾利斯那神圣的哥伦布剧院遨游,或者到米兰、柏林、雅典、莫斯科、伦敦和亚历山大港。

"谁能说我没有细细品味过飘荡在巴勒莫区上空的胡里奥·索萨[①]创作的经典探戈?或者说我没有在布宜诺斯艾利斯

[①] 胡里奥·索萨(Julio Sosa, 1926—1964),乌拉圭探戈歌手。

城北的咖啡馆剧场中看过翻版妮妮·马萧①的表演?没人敢这样说是吧?"

然而,我那几个**漂洋过海**前来接受欧洲戏剧文化**熏陶**的阿根廷同学,则觉得马丁对他们家乡文化的向往实在是太**夸张**了,看他那兴致勃勃地模仿着阿根廷口音,对当地名人如数家珍,对热门地点津津乐道的样子,实在无法让人相信他真的踏足过马德普拉塔。在他头脑里的布市形象,只是一个虚幻的、像电影《吉尔达》里那样的**战前**的样子。

然而,朱蒂却被我信口雌黄的墨尔本社会生活深深吸引住了,还向我保证说下一次旅行的目的地绝对是我那**所谓的**家乡。她根本不知道,我侃侃而谈的内容全都是从以前澳洲老师的浸泡式语言教学里耳濡目染得来的,这还是多亏了艾杜薇修女的**外交手腕**。

"那大苹果城呢?"

纽约还有待开发。我虽然已经在银幕上看过发生在这座城市大街小巷里的上百个故事,可是这次还是不敢贸然动用"死胡同逃生法则"的第七条。

"你看到这个头条新闻了吗?"朱蒂指着一条报道给我看,貌似与马丁的招数有莫大关系。

在空姐派发的《今日美国》里,沸沸扬扬地讨论着汤姆·克鲁兹在巴西宣传新片时说的那句"这个国家最让我着迷的就

---

① 妮妮·马萧(Niní Marshall,1903—1996),20 世纪阿根廷女谐星和剧作集。——译者注

是探戈了"。

莫非朱蒂已经猜到我们演员都经常使用"死胡同逃生法则"第七条？到了纽约就知道了……我们的波音飞机已经在准备降落。

曾经在无数经典镜头里出现过的自由女神像在招手欢迎我们。也许正是这振奋人心的一幕，让我将上一次降落时不堪回首的经历暂时忘却了。

XVI

我顶着一头能亮瞎人眼的**金发**,在来自摩门教大本营犹他州的年轻金发美女的陪伴下,踏上了这个摩天高楼林立的大都市。我不禁开始想入非非,似乎这片布满了华尔街、曼哈顿、布朗克斯、哈莱姆区等传奇的土地已完全臣服在我们脚下了。起码我在纽约第一天的初始印象就是这样的。

当朱蒂和她的护花使者(也即本人)过海关时,警官只是随手翻了翻我们的护照并没有细看,还用异常灿烂的笑容目送着我们通过金属探测仪。

"怎么了?"我低声问朱蒂。

"没事儿……在媒体的渲染下,全世界都以为我们摩门教徒无时无刻不在想着造人……"

"原来如此!"我脱口而出。其中一名警官看我的表情仿佛在说:"春宵一刻值千金哦!"

在出租车站,一对正要庆祝银婚的年迈夫妻让我们先上车,仿佛觉得我们应该比他们更急着赶去我们的**爱巢**。这让我不得不又想起朱蒂所说的他们身上贴着的标签,全国上下对摩门教徒的印象都只是"捍卫儿女成群的传统大家庭的社群"。

这对老夫妻是从洛杉矶来的,他们只用了六分钟,便把他们婚姻固若金汤的秘笈传授了给我们。第一条,不得和同事做朋友;第二条,让生活与任何能让人上瘾的东西绝缘,因为在绝大多数情况下它们都是祸根,让人产生"不应有的欲望";第三条,也是最重要的一条,就是要共同分担照顾子女的任务。这恰好也是**摩门教最尊崇的理念**,他们无法容忍犹他州政府的不作为,让某些**误入歧途的子女企图把他们的坏种子播满全世界。**

"每颗种子都该在自家的花盆里生根发芽!"老太太拽着我的手臂说道,仿佛我就是个一夫多妻制的潜在支持者。

出租车里情况也是大同小异。当玻利维亚裔的女司机听到我们说西班牙语的时候,劈头盖脸就来了一句:"啊!你们不是那种多家庭混居的人吧?"

朱蒂尝试礼貌地向她解释她的宗教里十分重视的"我们都是弟兄,我们都要彼此相爱"这一**教条**。

"在我们的宗教里,教友情谊是一回事,和索多玛和格莫拉①那样的罪恶之城是完全不同的。"

我的脸瞬间红得像个西红柿。我已经很长时间没有试过这样了,最后一次脸红恐怕是很久以前在阿图罗·索里亚大

---

① 索多玛(Sodom)和格莫拉(Gomorrah)是《圣经》中的两个城市,因城里的居民不遵守上帝戒律,充斥着罪恶,被上帝毁灭,后成为罪恶之城的代名词。

街的录影棚试镜失败的时候。我的**演员定型大法**和**浸泡式影视培训**似乎让我成功摆脱了根深蒂固的病态羞怯性格。但舍吉奥却觉得我的脸红说明我对朱蒂的感觉已经开始超出**友爱**的范畴了。我无比坚决地否认了。

"我们这个族群的大家庭理念是建立在不容置疑的大原则下的,子女的情感教育从来都是处于首位。"

朱蒂用流利的西班牙语来辩解说,这些扣在他们教会头上的帽子是没有任何依据的。

"那为什么辛普森会梦想成为摩门教徒并且三妻四妾呢?"玻利维亚裔的出租车司机继续质问朱蒂,还举出了其中一个国际知名度最高的北美标志性人物作为证据。

"这只是一个别人捏造出来强加在我们身上的形象,并且这些误解已经深入人心,难以消除!《辛普森一家》①不是对我们进行了恶意丑化,对巴西人的冒犯更是肆无忌惮!"

"的确如此,我也看过那一集……但那也不是胡编乱造的。空穴来风,未必无因。而且,巴西人对玻利维亚人向来不友好,仗着他们国家大而我们国家小,老是公然欺负自己的邻邦。"

朱蒂眼看无法说服对方,只得无奈地耸耸肩,任其继续**火上浇油**。

"在我的家乡圣克鲁斯,如果一个男人与多个女人同居被

---

① 《辛普森一家》(*The Simpsons*) 是一部美国成人动画情景喜剧,讽刺性地描绘了美国中产阶级的生活方式。

岳父岳母发现的话,那他就甭想活到明年了……"

那个玻利维亚女司机通过后视镜把我上下细细地打量了一番。她的眼光让我顿时忐忑起来,尽管我这辈子连盘子都没打破过一个。更糟糕的是,我已经无心欣赏窗外在无数影视镜头出现过的曾让我向往不已的街景。曼哈顿大桥的身影就在瞬间一闪而过,宛若一声哀愁的叹息。

"您知道吗?我觉得您很面熟……"

这让我更紧张了。我没想到竟然在纽约也能看到《贝尔梅霍一家》。

"对嘛,您就是贝尔梅霍家族的其中一位公子!"

朱蒂抓住了我的手臂,就像在测量我的血压一样,而此时我的心在控制不住地怦怦直跳。她会心地笑了笑,打消了我所有的疑虑。

"你不用担心,我都知道的!"

"知道什么啊?"

"奥斯卡全都告诉我了……"

"不是吧?"

"你是个出色的演员,我会尽我所能帮你在美国实现梦想的。这是我欠奥斯卡的。"

玻利维亚女司机侧着耳朵仔细听着我们的对话。《贝尔梅霍一家》的每一集她都看过,而且还组织了一个粉丝团,每逢周日都会聚在一起通过卫星直播追看这部划时代的神作。

"我们在哈莱姆区成立了一个拉美影迷会来追这个剧,绝不漏掉一集,我要是回去跟他们说今天见到您了,肯定没人信!"

进入曼哈顿的一条主干线已经堵得近乎瘫痪了。汽车的喇叭声此起彼伏,焦躁地在路旁的摩天大楼间来回反弹,变得愈发刺耳,如雷鸣一般,气势好比那位能震慑住名叫堂吉诃德的拉曼查骑士的巨人。

"好不容易载到个明星却堵成这样,真是抱歉!在我们南美可不会遇上这样的状况……不过,我们有其他更难搞的问题!"《贝尔梅霍一家》的铁粉司机耐着性子说道,不知如何为恰恰在这个钟点出现的拥堵给出一个合理的解释来。

与所有演艺界专业人士一样迷信的我,遇到这样的好兆头心里怎么能不乐开花呢?我相信,我在纽约和在哥伦比亚首都的经历,都是由于我前世种下了**善因**,所以能在今世收获**善果**。如果说在波哥大认识埃德温和他刚落地的新雪佛兰是一个意外的惊喜,那么在纽约碰上的出租车司机恰好是那部让我成为青春偶像红遍半个美洲的电视剧的死忠粉,便实在是件让我狂喜的巧事了。

"你知道大家准备在网上创建一个平台,呼吁你在新一季里重新出现吗?"

"还真不知道呢……"

"我们在向拉丁美洲的所有影迷会收集签名,请求制片人重新考虑和你签约,让你重返下一季。对了,你为什么和剧中的父母罗杰和薇亚拉闹不和啊?"

"闹不和?我吗?"

"网上的论坛里都这么猜……制片人的官方声明也是这样

说的。"

"我倒想知道,我为了什么原因要和他们闹不和呢?"我按捺不住无益身心的好奇,脱口问道,尽管我很想把和巴勒莫的那段往事抛诸脑后。

"有几个版本的揣测……"这位哈莱姆区《贝尔梅霍一家》影迷会的会长,名叫曼罗兰的玻利维亚女司机答道,似乎对来龙去脉了如指掌。"你的哥伦比亚影迷们说起过一座叫'高峰'的大宅,电视剧的制片人在那里可以随心所欲,胡作非为……"

曼罗兰说得脸都羞红了,像是对巴勒莫在他那高端大气上档次兼国际化的**堡垒**里的所作所为都一清二楚似的。那套大宅可是他影视摄制的核心地点呢!曼罗兰突然猛打方向盘,来了个180度的急转弯,掉头往反方向驶去,像在曼哈顿拍摄的典型动作片镜头一样。

"我们可以穿过50街往哈德孙河方向驶去,然后抄一条没几个人知道的近道!"

曼罗兰娴熟地驾驶着这辆纽约标志性的黄色出租车穿街过巷,把朱蒂看得目瞪口呆。她正要开口称赞一番,但却插不上话来,因为哈莱姆区《贝尔梅霍一家》影迷会的会长不愿意放过这个弄清我为何突然退出热播肥皂剧的机会。

"阿根廷和智利的影迷觉得这纯粹是炒作,目的是为新的一季做广告,像《安德烈拉的来信》中的穆尼尔一样。和我们联盟的墨西哥蒙特雷影迷就持批判态度,说是因为你被名气冲昏了头,狮子开大口坐地起价。虽然你很红,但是制片人还是不愿接受,所以把你暂时踢出剧组让你反省反省。我们呢,则往更好的方向想,"曼罗兰再次通过后视镜窥看我的反应,"我们猜你是因为在美国签下了一部国际化的大制作电影,担纲主角……"

"那会是怎样的一部大片呢?"朱蒂插话问道。

"哈莱姆区的影迷会猜是类似于《歌舞青春》① 那样面向年轻观众的音乐剧,如果我说得不对请指正哦……"

"我还没和米高梅或迪士尼签下任何合约……"我一边解释,一边在脑子里试图为自己在电视界的职业生涯整理出个头绪来,其实这事儿连我自己都没搞懂。

"但不会错的是……你来纽约真是为了拍剧的吧,不是吗?"曼罗兰希望最终猜中了我不续拍《贝尔梅霍一家》原因的是她的哈莱姆区影迷会。"我保证官方消息出来之前一定守口如瓶!我只想请你给我签个名或者合个影,让我可以拿去给朋友们看……"

"我们正在谈……但暂时一切都还没有确定。"我回答道。我不知道命运会给我做出怎样的安排,我只知道,正如永远**毒舌**的舍吉奥所说的那样,我命运的主人似乎是我的影迷会,而不是我自己。

"看吧!我们猜对了!"曼罗兰为她哈莱姆区影迷会的胜利欣喜若狂,用力踩下了油门。出租车飞闯了一个红灯,害

---

① 《歌舞青春》(*High School Musical*) 美国歌舞喜剧青春片,讲述高中生追寻音乐梦想的故事。

我们差点撞上了一辆电影里经常出现的 UPS 快递货车。"还是咱们北方人分析事情时比较冷静！"

说时迟那时快，一辆警车截停了曼罗兰的出租车，让她在理想捷径上继续前行的梦想泡汤了。尽管警察给曼罗兰开了一张金额不小的罚单，但她还是坚持说遇上了我们就像一场神奇的美梦，并为这个意外不住地道歉。当我为她收藏在背包侧袋中的《贝尔梅霍一家》宣传照签上名的时候，她仿佛已成为**世界上最快乐的女人**了。

警察在礼貌地请我们搭乘另一台出租车以前，还不忘跟我们打趣说我们像是一对从犹他州来纽约度蜜月的摩门教新婚夫妇。

"你们急着赶到酒店是吧？"年长的那位警察问道。他顶着圆滚滚的弥勒佛般的大肚皮，留着 20 世纪 70 年代风格的胡子。

"没错。"朱蒂用标准的盐湖城口音答道，逗乐了一旁较为年轻的那位警察。他长得像极了某部电视剧里的一位配角，但那个演员的名字我却想不起来。

"除非你们坐地铁，否则的话就一定来不及了噢……"他斜眼瞄了一下年长的警察，看看他有没有听出自己的弦外之音。

"麻烦请出示一下身份证件。"年长的警察一本正经地说道，试图用威严的执法人员形象补救同僚那不合时宜的讥讽。

朱蒂从手提包里取出护照递过去，年长警察接过证件，然后往巡逻车走去。而我还在行李箱里掏我的证件，心里嘀咕着不知道奥斯卡有没有给我办美国签证。

"男人不背包,所以没法把所有证件带着身上,不过有些男人也会挽个手提包的,哈哈哈……"那个长得像某电视剧配角的警察企图用幼稚的**冷笑话**来跟我们套近乎。

年长的警察很快就回来了。他把护照小心翼翼地递还给朱蒂,话中有话地说道:"你们可以去酒店了。"

他完全没看我的护照。我们在年轻警察体贴入微的帮助下取出了我们的行李。他举手投足间无不透露出他在意淫着取代我的角色,成为**美丽朱蒂的新婚丈夫**。

"祝你们在纽约万事如意!"

曼罗兰用圣克鲁兹的传统方式祝我们"大富大贵",尽管两位纽约警察准备以**严重危害道路安全**的罪名把她的出租车拖回交管所暂扣。

然而,她却像斯多葛派的智者一样,这种形而上学的问题根本影响不了她:她纯真的面庞上依然挂着灿烂的笑容。

朱蒂决定坐地铁,她觉得这样更靠谱。她算了一下,我们到中央公园只有两个站的距离。

"否则很可能又要被堵在路上的!"

"纽约地铁……太棒了!"我兴奋地答道,脑袋里回放着在无数电影里看到过的镜头,朱蒂马上心领神会。

"根据《纽约时报》最近的一篇报道,纽约地铁可谓是全世界最大的影棚,几乎每一个车站都曾在镜头里出现过……"

我们身处59街的哥伦布圆环车站,完美的**既视感**。呼啸而过的列车让我浮想联翩,想起每个熟悉的影视画面,想起无数通宵看电影的夜晚,导致上课打瞌睡被修女训示的情景。

我提着箱子,几乎感觉不到它的重量。我像个绅士一样坚持要帮朱蒂提行李,但她拒绝了。我浑然不知自己的用力不当将会让我背痛得一晚无眠,此时此刻的我只想着把每一个细节都尽收眼底。

"真有在自己家的感觉啊!"我兴奋地喊道,活像个身在佛罗伦萨的司汤达综合征患者一样。

"美国人也一样,自中学时代读了《麦田里的守望者》①后,就开始有这种感觉了。"

连通不同线路的走廊里散发着一股独特的味道,让我想起马德里的地铁。三位年过半百的非裔乐手在演奏一首带着新奥尔良风情的优美乐曲,在地下封闭空间里飘荡的乐声也是同样嚣然。

在车厢里,朱蒂问起我的真实家庭。自从通过曼罗兰得知我拍过《贝尔梅霍一家》之后,她便禁不住想要了解我的家庭情况,这个在她的宗教信仰看来最重要的**社会组成**。

"你的家人怎么看?"

"我的家人?"我惊讶地说道。

"你有家人的吧,不是吗?"

"对啊,当然有了……"

"所以呢?"

---

① 《麦田里的守望者》(*The Catcher in the Rye*),美国作家 J. D. 塞林格(J. D. Salinger)的代表作,因其青春期焦虑和愤怒引起青少年的强烈共鸣。

"他们对我现在做的事儿一无所知!"

"什么?"

"你没听错,他们以为我正在哥伦比亚读一个关于热带疾病的研究生课程呢……"

朱蒂毫不掩饰她的吃惊,就像舍吉奥后来所说的,对至亲撒谎是想都不该想的事。

"你可能不会相信,我这样做是有原因的……如果你愿意给我时间,我会给你说出实情。"我尽量把回答说得像戏里的对白一样。

"我们教会从小就教育我们要宽以待人,放心吧。"

我对耶稣基督后期圣徒教会崇尚的仁爱宽厚精神真是感激得五体投地了。就这样,无须转弯抹角,我把一切都向温柔而高尚的朱蒂**细细说来**:从我在奥古斯丁教会学校,到我一头银光金发惹来的麻烦到澳大利亚外教的英语课,到我在耶罗门的大宅,再到我曾祖父在 98 战争里的英雄事迹,还有我对电影的狂热,在阿图罗·索里亚失败的试镜,让人无语的马丁老师的表演课和掩人耳目的医学专业,如狂人般工作的父母,在周边国家四处淘便宜货的暑假,病态的羞怯,最后还有我的**美好经历**:尝试以拍一部**电视剧**作为冲击疗法,还有意外发明出来并助我力挽狂澜的**演员定型大法**。

我唯一隐瞒的便是和安娜的关系,我一开始并没有想到我会如此在意。

"我现在明白你之前为什么会问起金发的事情了……"朱蒂恍然大悟,她还记得之前我异常担忧地问过她哥哥的发色。

列车到达中央公园—历史自然博物馆站时，我在哥伦比亚"高峰"的故事也刚好接近尾声了。故事的后来，便是我坐上创造了**神迹**的阿兹特克航空波音客机，然后在机智并且特立独行的奥斯卡机长的帮助下，来到了这座高楼林立的城市。曼哈顿的绿肺让我反复发作的鼻炎再次得到了缓解。像在美丽的波哥大一样，我的鼻塞暂时痊愈了。

"你肯定又在想哪部电影了……"

朱蒂已经摸透了我的自动电影场景联想思维。

"没错。"

"是《裸足佳偶》①吗？"

"你不是有超能力吧？"

"是那对情侣让我想到的。"朱蒂指了指联想的来源：一对情侣脱掉了鞋子在草地上接吻。

"但我可没看见他们。"我假装不满地回答，想逗逗朱蒂。

"你或许没有意识到他们的存在，可是在你的潜意识里却看到了他们。"

"你连心理分析都懂啊？"

"在普罗佛大学里，所有的院系都有心理学研究生课程，我们教会认为理解我们同类的心理是非常必要的。"

"是为了吸收更多的信徒吧！"中央公园的景色让我心旷神怡，我一下控制不住，失敬的话语冲口而出，而朱蒂则是

---

① 《裸足佳偶》（*Barefoot in the Park*）是一部1967年的美国喜剧片，描述一对新婚夫妇在纽约市林尼治村的婚姻生活。

一贯地**毫不介怀**。

"恰恰相反:是为了让自己不再为别人对我们评头品足而烦恼。"

"我其实并不是这个意思……每当我像现在这样舒心时,都会乱说话。"

"我明白的……这就是中央公园的诱人魔力,当然也和心理学有关!"

"你不是在嘲笑我吧?"

"你觉得我是这样的人吗?"

"我没有越描越黑吧?"

"当一个人初次来到梦寐以求的地方,一般来说认知能力都会有所下降。专家认为这是基于一个纯粹的生物反应:当动物到了安全的地方时,防御性和警觉性都会随之降低……"

"你是说我是动物?"

"咱们就当是打了个平手吧!"

我们开怀大笑,将中央公园的**魔咒**一举打破了。这个宏伟的公园让朱蒂与她的护花使者有了第一次小摩擦,但我敢肯定,这也将是最后一次。我们把什么**情感推理**、认知失调都抛诸脑后,无所顾忌地随性漫谈。舟车劳顿的疲惫也是导致我们胡言乱语的其中一个原因。然而,这种小小的争辩正是在新婚夫妇之间常见的,于是让我们看起来越发像一对儿。我不禁自问,这样的关系将会何去何从,要知道我曾对安娜信誓**旦**旦地保证过,一定不会变心的,连《贝尔梅霍一家》里最漂亮的女配角都从未让我如此难过。

多亏了阿兹特克航空英雄机长奥斯卡在墨西哥城的关系够铁,才能给我们预订到曼哈顿这家设备先进、一应俱全的公寓:无线网络,自动化厨房,每个房间都配有挂壁超薄屏电视机,电动按摩椅,还有好几个五颜六色的遥控器让你动动指头就能操控所有设备。

"你能猜到哪一件东西是在纽约式厨房里没有,但在欧洲家庭里却是必备的吗?"当我正透过客厅的玻璃窗眺望中央公园的湖泊时,朱蒂给我抛来了一个典型的文化差异问题。

"这是每到一个厨房都要问一遍的文字游戏吗?"

"不是游戏文字也不是废话。这可是让每一个游客都惊奇的事情呢!"

"咱们来看看哈……"我走到美式自动化厨房,拿出一副社会分析学家的架子,"这里有冰箱、微波炉、烤面包机、洗碗机、烤箱……"

"接近了……"

"不知道呢……或许是差了一个厨房挂钟吧。"我试探着说。

"不对啦,冰箱的冷藏室上方有一个自带的电子钟。"朱蒂玩得不亦乐乎。

"给点提示嘛!"

"很多电影里都出现过这个场景的……"

"在纽约式厨房里没有的东西?"一头雾水的我需要更多提示。

"根据统计是最让人厌恶的家务活之一!"

"熨斗!"

"差不多了……"

"衣服……"

"所以是?"

"洗衣机在哪儿?"

"纽约的公寓一般都在一楼设有公共洗衣房。"

"我不明白……"

"因为空间不够,同时也是为了环保和美观,所以让所有的洗衣机和干衣机都集中放在一个公共空间内。"

"原来如此。"我给出了终结游戏的典型对白,"在 38 楼晾衣服,画风严重不对啊!你可以想象所有的高楼大厦外都挂满了床单和工作服的画面吗?"

"纽约现代艺术博物馆里收藏了一些艺术家类似的摄影作品……"

"噢,原来不是我原创的啊……"

"哪里,当然也算啦!"

"真的吗?"

我在美式自动化厨房里静静地凝视着朱蒂。我们就像是重播了无数次的电视剧《蓝色月光侦探社》①里的布鲁斯·威利斯和斯碧尔·谢波德,这对一遍又一遍在欲望深渊的边缘徘徊却最终悬崖勒马的主角一样,每次让人看得心痒难耐。

---

① 《蓝色月光侦探社》(*Moonlighting*)是一部由布鲁斯·威利斯(Bruce Willis, 1955—)和斯碧尔·谢波德(Cybill Shepherd, 1950—)主演的美国侦探连续剧,他们饰演一对搭档。

朱蒂收拾好她的东西，回自己房间去了。在这次向我98战争英雄曾祖父致敬的美洲冒险之旅中，我又一次在**情感诱惑**的虎口里成功逃生。

良心的不安驱使我立即上网，开始和安娜视频，给她展示没有洗衣机的纽约厨房。

安娜发现了我的不妥。于是我便像一个蹩脚的演员一样，向她撒了个谎，老套地推说是**时差**问题，因为我在短短几小时内横跨了半个美洲。我还跟她讲述了和哈莱姆区《贝尔梅霍一家》影迷会的会长曼罗兰的偶遇。她感到非常惊奇，不仅仅是因为这部电视剧的影响力居然到了大苹果城，还有我跟那些出租车司机结下的不知是好是坏的**不解之缘**。

然而，让我接下来一整天惴惴不安的，是我爸妈瞒着我决定要来美洲看我的消息。安娜说，他们正在兴奋地准备行程，像是要来过暑假一样。我的双亲听说，理论上我正在研究热带疾病的波哥大其实是个超级平价大卖场，可以找到很多他们每年夏天都在周边国家热淘的宝贝。他们本来打算守口如瓶，给我一个意外惊喜，并且能避免万一计划有什么差池的话令我**大失所望**：马德里到波哥大的打折机票只能提前一周出票，而我爸妈除非是有利可图，否则绝不会离开他们那**耶罗门大宅**半步的。对于他们来说，这个世界上没有比待在这座大宅更美好的事情了，就算是亲临中央公园，或者是从曼哈顿时尚公寓的窗台眺望公园的湖水，都比不上这座前主人是被世界第一美术馆普拉多博物馆馆藏作品的其中一位画家画过肖像的战争英雄曾祖父的殖民风格老房子。

XVII

通常来说,在纽约,乃至整个美国,无论是东岸还是西岸,试镜都是必不可少的。如果要演超人、蜘蛛侠或者吸血鬼的话,还得穿上戏服去试镜,连克林·伊斯威特①也不能例外。无论你是著名制片人的御用演员,还是制片或者导演的情人,统统一视同仁。好吧,在后两种情况下,也许的确曾有过一两次例外,但是基本上都必须参加试镜,即便只是走走过场,也得向电影圈的人展示一下你除了会装高潮以外还会装点别的。这些所谓的机会,让所有怀着明星梦的少男少女趋之若鹜,再加上梅·韦斯特②和格劳乔·马克斯③两位毒舌大师的名言,为这个**美国制造**里最重要产业之一的**失败者**

---

① 克林·伊斯威特(Clint Eastwood, 1930—),美国演员、导演、制片人,他是美国影坛最受欢迎的硬汉明星,也是才华横溢的导演,曾获奥斯卡最佳导演奖。
② 梅·韦斯特(Mae West, 1893—1980),美国演员、编剧、剧作家,也是美国众所周知的性感偶像。
③ 格劳乔·马克斯(Groucho Marx, 1890—1977),美国喜剧演员和电影明星,以机智问答及比喻闻名。

们提供了继续前行的思想基础。

失败者,也就是"loser",在这个拥有三亿多人口的大国的文化中留下了重要的烙印,就像是**午觉**、**轰趴和搭桥**①对于我们西班牙一样。你可以因为很多的理由被归类为**失败者**。其实,如果我们仔细想想,要是以北美文化的严格标准来衡量的话,我们每个人都是**失败者**。如果你只是个普通电视剧演员,没有像布鲁斯·威利斯或者乔治·克鲁尼那样鱼跃龙门进军电影界,那么你就是一个**失败者**;如果你一直都在当配角,那么你就是一个**失败者**,因为你没有能力当上主角;如果你月薪不到六千美元,那么你就是一个**失败者**,因为在这个遍地黄金的机会之都里你竟然没能在一千零一个机会中抓住其中一个。以朱蒂的话说,这是一场社会瘟疫,几乎无人能幸免。当然,他们教会是个特例,因为家庭生活才是他们价值观的基本。

然而,你不需要有弗洛伊德的触觉,只须透过在欧洲被模仿了无数次的美国**情景剧**里的笑点,就能从每个意识层次上明白到,除非你是美国总统,或者拥有像布拉德·皮特和安吉丽娜·朱莉那样的婚姻,否则你就只能是一个彻头彻尾的**失败者**。通过数据来看则更让人汗毛倒竖,在恒河沙数的芸芸众生中,只有46位人士算是获得了成功:44位美国总

---

① 在西班牙,人们把法定假期和周末连起来一并休假称为"搭桥",例如,周四是公众节日,西班牙人一般会自动把周五亦定为假期,拼凑从周四到周日共四天的小长假。——译者注

统，加上布拉德·皮特伉俪①。而这46个人之中也只有两位得以在伊比利亚半岛最高大上的杂志《HOLA》的封面上露出幸福笑容（尽管这份杂志其实在世界文化圈里并不入流）。在这片以用长矛短剑折磨死一头公牛为国家盛事的土地上，**成功者**所指的也只有两类人：风头正劲的斗牛士，或是皇马俱乐部的主席。那个浑身浸透了汗与血，被人群簇拥着从拉斯班塔斯斗牛场大门抬出来的斗牛士，正是能称得上为人生赢家的标准形象。在这个号称为世界上最重要的斗牛场，来自全球各地的无论是摇滚乐队、流行歌星还是独奏音乐家，都乐此不疲地前来演出**吸金**，吸走的数目还相当惊人。

尽管真正能出人头地的人实属凤毛麟角，要成为他们其中一员的念头更看似疯狂，但体内流淌着98战争英雄之血的我，还是满腔热血地参加了在这遍地是机会与黄金的土地上的第一次试镜。虽说我作为一外国人，入主白宫是不可能的了，但我还有可能通过别的方式，登上时尚杂志《HOLA》的国际版，跻身成为名人堂的一员。

我参与主角试镜的这部电影，是加拿大、墨西哥和美国三地联合出品的亿万级大制作。该商业策略是立足于南方共同市场，试图以蒙特维的亚为基地，建立一个足以与好莱坞抗衡的影视产业基地的计划。

奥斯卡帮我联系的那位能帮我**进军美国市场**的经纪人正好在墨方的制作团队里。他名叫古兹曼，37岁，祖籍萨卡特

---

① 本书写于2011年，彼时布拉德·皮特夫妇仍未离婚。

卡斯州，众多在美国炙手可热的拉丁裔明星都是由他**代理**的。他的长相酷似墨西哥传奇影星豪尔赫·内格莱特，这让他在洛杉矶最重要的制片商圈中如鱼得水。凭着一副标准拉丁情人的俊俏模样，他打通了无数财路，也敲开了不止一扇贝弗利山金闺的房门。但有意思的是，古兹曼这样去拉宠并不是为了让自己进军大屏幕，而是为了他旗下的演员们。有很多**流言**说，他为了达到目的而花去的某些成本，可不是单纯能用金钱来计算的。很多人觉得他就是巴勒莫的**北美拉丁版本**。而事实上，他们俩的竞争也是越发白热化了，在**拉丁演员的造星系统**里，成功都是用**性**与**金钱**堆砌起来的。

古兹曼一大早就给我来电话，让我下午去皇后区的中央剧场，也就是即将举行试镜的地方。他知道我的背景，包括我在《贝尔梅霍一家》中扮演的角色，还有与巴勒莫的不和。"消息传得很快。但你别担心，我是站在你这一边的，他算是我们的共同敌人。"古兹曼微笑着对我说，"现在你需要把全副身心投入到这个新项目里，把过去都抛诸脑后。我在导演们面前是把你的好话都说尽了，你也知道这一行是怎么回事儿的。这两位导演是兄弟俩，犹太裔的，人非常好。你的外形对你很有利，和主角恰好是同龄，还集齐了他最突出的所有外貌特征。我唯一要跟你强调的是，你的英语一定得过硬，因为我跟他们说你是一个'WASP[①]'，母语是英语，跟他们一

[①] WASP，白人盎格鲁-撒克逊新教徒（White Anglo-Saxon Protestant），是指盎格鲁-撒克逊新教徒裔的、富裕的、有广泛政治经济人脉的上流社会美国人。

样,明白不?"。

我又怎么会不明白……我远渡重洋就是为了成为一个"WASP"的。或者更恰当地说,是为了假装成一个"WASP"的,以掩盖我和肉肠、火腿和土豆饼一样出身土气的真相。现在的我,将重演曾祖父在98战争中的光辉事迹,凭借我的外貌,来装成他们当中的一员。

从曼哈顿到皇后区中央剧场的路上,当那些让童年与少年时代的我每天下午都如痴如醉的影视场景终于以它们的真面目展现在我眼前时,我终于以弗洛伊德派的心理分析技巧摆平了我的彼得潘综合征。现在想来,我爸妈几乎对自家小孩守在电视机前究竟看些什么从未关心过,是否也应当承担一定的责任呢?如果他们以前每个下午都带我去音乐学校学钢琴,也许今天我就不会跨越整个大西洋来圆我的演员梦,也不需要撒这个研究热带疾病的弥天大谎吧?然而,当我在横渡东河时突然想明白了,我对影视艺术的热爱其实是遗传的。那些划过平静水波缓缓前行的渡轮,让我想起了我那98战争英雄曾祖父,还有他那幅高挂在耶罗门大宅饭厅里出自巴兹克兹之手的肖像画。这位作品被遗忘在普拉多博物馆储藏室里的天才画家,以一支生花妙笔,描画出了曾祖父那难以描述的、率性又稍带轻蔑的神态,似乎在诉说着他骗倒这支号称20世纪最强舰队的英雄事迹。

我怀着家族光荣史所带来的骄傲,揣着我19世纪英雄曾祖父的勇气,大步穿过皇后中央剧场庄严的前厅。

马丁曾经说过,一个人要把他内心的真我释放出来,才

能驾驭要演绎的角色的真我。可是我那个本来扬扬自得的**真我**,在准备迎接两位犹太精英制片人兄弟的严格审视时,立马被一屋子候选者的**真我**给淹没了。每个人的背后都一定有各种传奇经历,各种家族历史,还有各种坎坷挫折和执着奋斗的故事。他们还都怀着雄心壮志,要向世界证明自己。每个人都在各自的演艺学校里听过某位"马丁老师"侃侃而**谈真我**,谈斯坦尼斯拉夫斯基、谈真情表达、谈吐字发音……

他们每个人都有一头闪亮的**金发**,每个人都把派给我们的五页剧本在40分钟内背得滚瓜烂熟,每个人都把自己的运动外套摆弄了一遍又一遍,让自己看起来更贴近**卢梭式的自然人状态**。

但是他们当中没有一个是从澳洲来的,甚至不知道英语里还有墨尔本口音这回事儿,除了我。这是我学生时代欠下奥古斯丁修女的人情,多亏了她们的先见之明,引进了那一**帮澳大利亚外教**。至少,这可以算是对一次又一次不堪回首的圣诞戏剧表演屈辱史的一点补偿吧。我从来没有想象过将需要多少时间才能抚平我对这所学校深入骨髓的怨恨,它直接或间接地、显性或隐性地,把我牢牢困在由这头**金发**带来的心理阴影里,还令我怯懦寡言的性格雪上加霜。

在这部加墨美联合制作的大片中,其中的一位主角就是澳大利亚人。这部片子是各种最受欢迎的奇人奇事的大集合,只有在墨西哥机场那惊心动魄的奇迹迫降才能与其媲美。这部电影旨在对南方共同市场所受的文化侵略做出回应,讲的是几个身无分文的移民是如何在机遇之国出人头地的故事,又是一个典型的多线叙事式的纪实性剧本。

根据手里的剧本,我们即将要登上皇后区中央剧场饰演的**真我**,是一个从墨尔本农村来的小伙子。他经过漫长的旅程,在加拉加斯和迈阿密转机以后,终于到达了纽约。他在这个四处高楼林立的大都市中无所适从,更加剧了他本来就孤僻的性格,以致表现得像个无知**小处男**一样。这就是著名的**人物矛盾性**所在,用夸张的戏剧手段来塑造一个貌似已经与时代脱节的人物:在这个以点击鼠标来建立各种关系的网络时代,居然还有这样**卢梭式的自然人**样本存在!

这是我第一次,估计也是最后一次,在一场试镜中感觉如此良好。我似乎能感觉到,我那英雄曾祖父的顾长身影仿佛就在舞台的幕布之间陪伴着我。虽然此情此景与跨国战争并没有半毛钱的关系,但是演戏本身,就是去扮演另外一个人,而且是一个说另一种语言、表情姿态完全不同、举手投足也节奏迥异的人。而这种行为,与巴兹克兹笔下那位家族英雄的光荣史有着异曲同工之妙。

我不需要借助**演员定型大法**,也不需要用上马丁的锦囊。这个出身农村、单纯害羞的澳洲青年,与投进安娜怀抱前的那个住在耶罗门富人区的马德里小伙子是如此相似,我甚至连注意力都无须集中便能投入角色了。孩提时代墨尔本外教典型的举止神态深深地刻在我的脑海里,当我将人物完美地演绎出来时,连那对犹太制片人兄弟都不禁想知道我是从墨尔本的哪个地方来的。

"我从是菲利普港来的!"我毫不思索地说出了山姆的出

生地,以向这个从树熊和袋鼠之国远道而来把我们训练成双语人才的老师致敬。

"菲利普港?哈哈哈……"

制片人兄弟捧腹大笑,笑声很快传染给了附近的工作人员:一个年近退休的戴着一副80年代宽边眼镜的导演助理,还有一个正给他们递咖啡的笑得差点把杯子都摔了的年轻**跑腿**。

我纳闷了,我的新故乡究竟为什么那么好笑呢?是因为它像西班牙韦尔瓦省的小镇乐佩一样,风光旖旎但却被人遗忘?还是恰恰相反,我说的这地方根本与墨尔本毫不相干?管不上那么多了,我也开始加入他们一起**哈哈大笑**起来。这种一举多得的做法能解决的困局包括:在突发局面下不知如何站队(马丁教我们要顺应形势);被人发现我是个地理盲或者记性烂;菲利普港恰好在英语世界里就是一个被无数人玩坏了的梗,而山姆就像土生土长的乐佩镇居民一样,并不乐意把关于自己家乡的玩笑继续发扬光大下去。

"好的,菲利普港是吧!"兄弟俩其中之一做出了国际性的表示认可的手势,竖起了左手的大拇指,尽管握着咖啡杯的右手依然在**癫笑**带来的余震中颤抖不止。

癫笑是我爸妈发明的专用词,指的是他们笑得根本停不下来。我从来都没有问过他们癫笑爆发的原因,现在后悔了。但我从小就明白一个道理,在悲痛的场合,例如在为至亲守灵的时候,如果突然有人癫笑发作的话,后果会是灾难性的,这和办公室里口无遮拦地打趣完全不是一回事。

貌似我的98战争英雄曾祖父就拥有引人**癫笑**,自己却面不改容的能力。他在**美国佬**面前的精湛演出为他赢得了极好的人缘，而在他的谎言被拆穿以后，那些美国佬不但不追究，甚至还要派人到西班牙来邀请他去当某个美国大学的荣誉教授。然而，我的曾祖父对敌人送上门来的甜头总是抱着怀疑的态度，所以即使对方一遍又一遍带着金额留空的支票亲自来耶罗门的大宅拜访，他也不为所动，拒绝成为**一只在大学里卖艺的猴子**。从那时起，我们家族就一致认定，征服别人的最强武器就是幽默感。

  我多年以后才明白这些"WASP"是有多重视幽默感。比如说，他们非常乐意被一大群的欧洲跟屁虫前呼后拥，只要这帮家伙时不时能给他们逗逗乐。几个平常**不苟言笑**的英国佬簇拥着一些富得流油的"WASP"以换取最潮时尚秀场的免费邀请函的情景，似乎已经见怪不怪了。他们唯一需要做的，就是秀一下他们著名的**英式幽默**，以证明其影响力不逊于利物浦那支红透半边天的四人乐队。在咱们塞维利亚的四月节①上，也能见到类似场景的西班牙版本：一群**穷酸**的艺人围着那些**高富帅**，使尽浑身解数轮番用最流行的笑话来博君一笑，以换取一盘上等伊比利亚火腿作为打赏。马丁说得没错，一个聪明的好演员应该要懂得这个不二的定律："皮相面目千百变，天下人性一般贱！"

  毋庸置疑，这对犹太制片人兄弟也逃不出这个定律，所

---

  ① 四月节是西班牙安达卢西亚大区首府塞维利亚最重要的民族节日之一，通常在复活节后第三周开始，是由最初的集市演变成的一场举行各种娱乐庆祝活动的狂欢盛事。——译者注

以他们才会毫不掩饰地大笑不止,就像两个真正的"WASP"碰到一个秀幽默的考文垂英国人一样。这个关于菲利普港的谜团在接下来的好长一段时间里都困扰着我,而我在几个月以后才得以将它解开。朱蒂也好,古兹曼也好,都想不明白菲利普港为什么会让听众癫笑不止。我在确认它的确是墨尔本的一个美丽海港小镇后,就没有再深究下去了。

当古兹曼通知我被选中,将要出演这个初到大苹果城并拥有**卢梭式质朴**天真性格的**澳洲乡村小伙子**的时候,我已经不再是**原来那个被一头金发和极度害羞的性格困扰着的少年**了。马丁的另一番哲理名言又说中了,**天不总是遂人愿**的。好不容易能当一回**放荡不羁**的浪子,几乎要和朱蒂双双掉入情网了,现在居然再次回头饰演那个暗自庆幸已经摆脱了的角色。

我这么说真不是小题大做。一位演员是否伟大,在于他是否代入角色,真实自然地把他演出来,至少所有表演艺术教材的核心理论都是这样的。并且这也不是凭空臆造的理论,而是有真实范例的,比如罗伯特·德尼罗①,为了演《愤怒的公牛》,就下狠劲增重了不少。

因此,接下来的日子里我要面临的训练可谓是**摧毁性**的,得把所有学到的本领一一废掉,比如说要忘掉让我得益不少的**演员定型大法**,回到丁点儿小事都可以让我羞怯脸红的

---

① 罗伯特·德尼罗(Robert De Niro, 1943—),美国演员、制片人、导演,演技派的代表人物,在《愤怒的公牛》(*Raging Bull*)中饰演拳击手杰克·拉莫塔。

状态。

"你要把这个角色演好了的话,拿奥斯卡都不是问题……"

我在大苹果城的新代理人古兹曼有无数精辟生动的表达,其丰富的程度足以让地球上那些语言大众化的支持者抓狂。

这位**媒体红人**兼翻版内格莱特①就有这样一种能力,他走到哪儿,笑声就跟到哪儿。用启蒙运动时期的那些人格心理学先驱提出的人格类型来说,他就属于不折不扣的**老友记**类型。因此,他能自如地游走在各大电影首映礼,甚至是美国名流政要的宴会之间。

古兹曼几乎每天都会登上各大**铜版纸**杂志,他的身影可谓是无处不在,舍吉奥给他贴上的"**媒体红人**兼翻版内格莱特"标签就是这样来的。毕竟,他那俊朗迷人的典型**墨西哥美男**的形象,比任何国家旅游宣传片都来得奏效。大堆美国少女都因此而梦想跨过边境,初试一下与年轻拉丁帅哥**卿我温存**的滋味,如果可以的话**最好还能找到个长得像古兹曼的**。甚至在鼎鼎大名的旧金山同性恋团体的心目中,他都是经久不衰的拉美男神。他开放的思想和**性民主**精神深入民心,成为大家都争相效仿的对象。在某种意义上,他代表着一种绝对的权威,即便是随口说个大实话,对那些墨守成规的人来说都会是一场**无声的冲击**。正如他在最新一期的《名利场》

---

① 内格莱特(Jorge Negrete, 1911—1953),墨西哥电影演员、歌手,为墨西哥民族电影业做出重大贡献。

所说的那样，再明显不过了："有时候，当一盘新菜肴就这样放在你跟前时，人心肉做，谁会不想品尝新鲜味道啊？而且……让你的同类失望是很没有教养的行为。反正，我们要在这前不着村后不着店的地方待上五天，古语说得好，花堪折时直须折，莫待无花空折枝啊。"

佛罗里达州最尖酸刻薄的记者们认为，古兹曼在带领拉美女星军团闯荡美国的这些年来，**尝尽了**珍馐百味，甚至是**吃太撑了**。据资深业内人士统计，只有无法定性的传奇人物艾罗尔·福林才能超越他。福林当年也是凭着他独一无二的个人魅力让派对从不冷场，不仅是红粉佳人的挚爱，也是影评人的心头好。

然而，不久之前，古兹曼却差点把他在机会之国建立起来的事业毁于一旦。由于无法忍受全国最重要的频道里的夜间**情景喜剧**对他的冷嘲热讽，比如《芝麻街》①这类儿童性启蒙节目，他特意聘请了纽约大学的一位哲思导师，同时也是传奇人物马里诺夫及其畅销书《柏拉图灵丹》的追随者，希望他能引导自己进入怀疑学派的世界。

这位名叫约翰·季柏德的导师十分崇拜尼采、弗洛伊德和马克思：三位最伟大的"怀疑论大师"。2002年他在曼哈顿的中心地带开了一家工作室，专为华尔街的失意高管做心灵导师。季柏德从籍籍无名变得声名鹊起，是由于一次偶然事

---

① 《芝麻街》(Sesame Street)是由美国芝麻街工作室制作的一档著名的儿童教育电视节目，1969年在美国公共电视台首播。

件:一位来自明尼苏达州的业余经纪对他的见解做了自由诠释,倾尽家财买入了一家国际性石油化工企业的股票。当时这只股票是分文不值的,可几天以后,这家企业在尼日尔海峡突然奇迹般地发现了好几个**黑金**储量丰富的海底油田,于是这只股票便随之暴涨,一跃成为道琼斯指数年度升幅最高之一的股票。

季柏德被自己的一夜成名弄得措手不及。他在城中各处开了连锁分店,聘请了一些机灵的心理系准毕业生来为一般客人服务,而他本人则专门负责舒缓那些可以为一次咨询豪掷一万二美元的社会精英们的**心理压力**。相信大家都猜到了,古兹曼便是其中一位。当古兹曼向季柏德倾诉着自己的**情感倦怠**,是源于媒体只将他看作是一副**好看的皮囊**的时候,后者好不容易才忍住像我父母所说的那种**癫笑**。为了忍笑,他只能拼命幻想着接下来用古兹曼的巨额诊疗费到纽约最负盛名的、超级富豪们都热捧的高级色情会所享受一场**性虐**游戏的情景。

季柏德只用了区区几碗心灵鸡汤,就让这个**国家真相帝**心悦诚服了。对于古兹曼来说,季柏德的教诲恰好激活了他在萨卡特卡斯州由于过早辍学而未得到开发的脑部沉睡区域。因此,每一次约见季柏德,对于我们的**翻版内格莱特**来说都是一次思想火花的碰撞,他深信这每次一万二千美金的咨询费是他很长时间以来做过的最超值的投资。

"你要知道的第一条定律是:表面现象不可信。"

虽然古兹曼对季柏德的怀疑学派观点将信将疑,但这位大师曾在荷尔蒙流水席上一言道出哪道菜是他最心仪的，所以他还是像中了蛊似的听季柏德侃侃而谈他的心理分析理论。

"比方说，所有有刘海或者留长发的男人……都有严重的生殖器尺寸情结，所以才会无意识地用头发的长度来弥补缺少的那几寸。"

古兹曼快速地在脑海里检视他庞大的**民主交际**圈子，发现季柏德这个极具争议性的理论似乎还真有其事。他甚至比这位弗洛伊德的追随者还更进一步，决定从更大胆更原始的方法来完善这位维也纳智者的理论。

"我的那些留长发的 WASP 朋友，如果尺寸不达标的话一般就会去泡拉美或者亚洲女孩……"

他成功避免成为**众矢之的**并且顺势摇身一变成为这个国度热度最高的公众人物的秘密，就是曾经花了几个钱雇了一个口齿伶俐的亚利桑那州脱口秀演员作了一场秀，抓住这句话来添油加醋大做文章，风格与奥森·威尔斯的广播剧《世界大战》① 同出一辙。

要不是翻版内格莱特口没遮拦闯下的大祸，帕特·坎迪也不会有机会在全国观众面前演出那场经典的脱口秀。表演一开始，他就一股脑儿地驳斥古兹曼的观点："有人说，我们这些留长发的白种人那话儿小。你们不如去问问我的房东吧，她才又免了我这个月的房租……她可是波多黎各人呐！"帕特·

---

① 《世界大战》（*The War of the Worlds*），1938 年哥伦比亚广播公司播出由奥森·威尔斯主持的广播剧，改编自乔治·威尔斯的科幻小说，威尔斯以新闻直播的模式来播送这个广播剧，使听众信以为真，随即引发了恐慌。

坎迪边说边缓缓地拨弄一头长发，特写镜头开始往下推移，直到停留在他那被 70 年代风格的李维斯牛仔裤紧裹着的巨大凸出物的部位。坎迪自爆的情史让现场观众和电视机前的全美人民一起哄堂大笑。"古兹曼先生是个聪明人。一直以来他都让我们以为他是《芝麻街》的编剧，但实际上他却是全国最佳的阴茎增长产品代言人。我呢，其实是他的代表作，也是他 21 世纪最新推出的营销方式……"

坎迪从座位上站起来，炫耀着他的傲人尺寸。现场观众被他逗得不停地大笑。

美国的一线评论家们纷纷表示，又一颗电视新星诞生了，对古兹曼开创的这种别出心裁引人入胜的节目形式赞叹不止。可古兹曼自己却不明就里，直到现在说起此事还一脸懵懂，私底下三番四次地和朋友保证，说再也不会丢掉他特有的《芝麻街》式单纯直接的说话风格。而季柏德则像往常一样，积极地把这位客户获得空前成功的功劳都揽到了自己身上。虽然古兹曼最终停掉了季柏德每节一万二的怀疑论心理咨询，后者还是没有放过将这个故事写在自己的心灵鸡汤书里的机会。这本书的第一版上架没到半小时就全部脱销，其火爆程度堪比近几十年来最畅销的那位英国女作家笔下关于一位年轻魔法师故事的丛书。

就这样，古兹曼孕育了一个新的传奇故事，并且还引起了好莱坞的兴趣，还在主人翁没察觉的情况下把其搬上银幕。于是，除了《芝麻街》式的**简单直白**个性和**自由开放**的拉丁情人形象以外，这部戏还给他加上了点石成金的偏财猎手这个桂冠。因此,也难怪在各大电影颁奖典礼上人们都开玩笑说,**小金人**的候选人里,只要是直接或间接和古兹曼有过一腿的,都可以安心去准备获奖感言了。如果好几个被提名的都与这位翻版内格莱特有过交集的话,那就得看谁跟更合他的**口味**了。

我不禁怀疑墨西哥阿兹特克兹机场神迹一般的迫降,是否也是托了古兹曼的**洪福**,因为英雄机师奥斯卡是他的好友兼同胞,在萨卡特卡斯时,古兹曼也少不了把他约出来夜夜笙歌的。

如果这套关于古兹曼好运**辐射效应**的假设成立,那我离重演曾祖父英雄事迹的目标是比任何时候都更近了。也许我的曾祖父当年也同样沾上了这样一位贵人的运气,因此得以成功骗过新兴帝国的。

我曾经问过父母好几次关于那幅高挂在耶罗门大宅里的曾祖父肖像的问题,究竟它的作者巴兹克兹为什么会用大堆荷叶作为画的背景呢?然而这个问题却一直没人能给我解答。后来我私下研究发现,荷花在很多的东方宗教中都拥有神圣地位并且象征好运。不过这和咱们家中滋长的无神论传统是格格不入的,所以后来我也就放弃关于荷叶意义的猜想了。

然而,即便万事俱备,我也得用心把这个澳洲农村青年的角色演好,这样古兹曼的神秘魔力才能助我美梦成真。正如马丁所说:"既然现实生活中一切皆有可能,那么在电影的虚构世界中就更是无奇不有了。"

XVIII

朱蒂正在收拾行李准备回普罗沃。她在大苹果城时一直马不停蹄地拜访教会的不同代表，我们几乎见不着面。

安娜在视频时告诉我，我爸妈已经放弃越洋探亲的计划。原因是现在马德里的 **18 岁毛头小伙** 中兴起了缩鼻微整形，为自己的面庞增添一丝东方气息，似乎要仿效那个把市场拓展到了北京的流行摇滚乐队"箩筐儿的礼物"的成员，所以他们二人正忙得不可开交呢。

那些伍德斯托克音乐节精神的后现代追随者一定很鄙视我的**工作**：当别人在神圣的中央公园闲逛、跑步、享受生活时，我却在对着镜子铆足劲儿找回那张已经离我而去的单纯青涩的脸，那张很久以前舒舒服服地陪伴在安娜身边，和她一起看了无数场肥皂剧的脸。

舍吉奥确信，在大苹果城里做一位**退休老人**，几乎是至高无上的**福祉**。当伊比利亚半岛的退休老人一边盯着建筑工人凿孔修路打发时间，一边缅怀着退休前的忙碌工作时，自由开放的纽约老年人却深谙 20 世纪六七十年代"**权力归花儿**"① 行动的真谛：**花儿谢了**以后，真正美好的时光才开始呢。中央公园正是这种古希腊犬儒学派运动的新基地，这里有人练习神秘的**气功**，有人举行**植物**摄影大赛，还有无数露天**艺术活动**，让时光似乎倒流回了古典文明时代。

"生活由无数的矛盾与差异组成，一位好演员应该把它们运用到表演艺术当中。"

这是另一句马丁最喜欢用其独有的战后电台广播员的音调朗诵出来的至理名言。我突然发现，其实全世界都疯了，这让我窝了一肚子火却又无法发泄出来：为什么一个风华正茂的大好青年得困在小公寓里死记硬背一沓外文，而不能沉醉在中央公园的闲情逸致里？而那些退休后终于能享受无事一身轻的人，却在怀念劳碌的日子，难道这不是一种疯狂的强迫症吗？

我二话没说，把厚厚的剧本扔到了地上。我看着面前的这面镜子，里面的我曾无数遍挤眉弄眼地模仿着一个**纯真的澳洲农村小伙**，但现在的我已经换上朱蒂的中性运动服，对着镜子大声宣告："现在就下去证明给他们看，你能演好一个纯真的墨尔本农村青年。并且不仅仅是在镜头前的那几小时，而是全天候不间断地演，更不需要镜子的辅助！"

这《乱世佳人》式的台词还真奏效了。锁上公寓厚重的

---

① 权力归花儿（Flower Power）是在 20 世纪 60 年代末到 20 世纪 70 年代初美国反文化活动的口号，标志着消极抵抗和非暴力思想，源于反越战运动。

防盗门后，我感觉自己已经变成了另一个人：我的身份不再是耶罗门高尚住宅区里梦想成为影视明星的马德里青年，而是一个刚刚移民到大苹果城准备闯荡世界的年轻澳洲小伙。我的新名字是罗伯特·戴尔，我的新母语是带着澳洲口音的英文。

我准备先在公寓的大堂里一试身手。头一个任务便是在这个**国际大都市**向陌生人羞怯不安地打个招呼。

"先生小姐，你们好……"

一对活像是从《欲望都市》①里走出来的三十出头的情侣一下子怔住了。这对全身行头超过六千美元的俊男美女显得有点不知所措。众所周知，在纽约，特别是在曼哈顿，是不会有人在公共场所和陌生人打招呼的，因为这样会被看作对别人私人空间的侵犯。正因如此，这对经验不足的偷情男女马上紧张起来，以为被自己家里的另一半所雇的外国私人侦探抓了个现行。

"我们是在工作……"高富帅奸夫本能地警惕起来。

"我叫罗伯特·戴尔，来自墨尔本。"我在自我介绍时用力过猛，冒出了点儿阿甘的味道来，而我这个角色定位是不该有认知障碍的。

"大卫，这是偷拍节目吗？"

"没事儿，亲爱的！"

---

① 《欲望都市》(*Sex and the City*)，美国爱情喜剧连续剧，讲述生活在纽约曼哈顿的四位时尚女性的故事。

"噢！不不不！这是我来到纽约的第一天。我从墨尔本坐飞机来，昨晚刚在拉瓜迪亚机场落地。我一直都盼着来美国呢……"

"哦，是这样啊！"

疑似奸夫的大卫打住了我，因为他发现我这个罗伯特既不是私人侦探，也不是一个可怜的智障，只是一个想跟本地人套近乎的**澳大利亚乡巴佬**，好让他们给他聊聊这座城市，就像有外国游客去他村里看可爱温驯的野生树袋熊时，他也会热情地介绍自己家乡一样。

这对**偷情男女**的不屑一顾并没有让我觉得难堪。也许对一位 98 战争英雄的后裔来说是一种屈辱，但我现在是罗伯特。他们对待我的态度，完全就是对这部由著名犹太导演执导的墨加美联合大制作里的人设所应有的。这是继得知我的新代理人古兹曼有点石成金的法力之后最重大的好消息了。

"普罗大众无法理解演艺世界的伟大……当一个演员到了登峰造极的地步，将进入那些存在主义者所说的'忘我境界'。你不再是你，马丁，一个表演系老师，而是理查三世，或是拿撒勒人，又或者是唐璜，又或者是一位门诊医生，一名腐败官员，一个百无聊赖的邻居，一个出差的商人，如果再往狠里演，甚至能化身成一个有尊严的失败者……你要是能做到真的'忘我'，全身心投入到新的角色里，你会觉得这个人物的灵魂在你的体内重生，自然而然，水到渠成。"

罗伯特这个角色把费尔南多吞噬了，正如马丁所说的那样，**自然而然**。我在演《贝尔梅霍一家》的反叛公子时也没像现在那样感觉人格如此分裂。**演员定型大法**令我能在镜头前举手投足都挥洒自如，但却无法助我真切地感受角色人物的存在，还有那种深入骨髓无法抽离的真实感。然而，现在则是另一番体验。

马丁说，那些伟大的作家常说的"角色跃然纸上"，就是指那些诞生自他们笔下的人物甚至能从手稿里跳出来，与作者进行对话，要求他赐予自己一个与其所想相差十万八千里的故事情节。而真正的演员则会用自己的肉体去实现这番交流。伟大的堂吉诃德正是这样一个角色，这位悲情骑士把勒班陀的独臂人吞噬了，指使他写出自己在莫雷纳山脉上光着屁股撒疯的那段场景来。能让作者在那个宗教阴影笼罩的年代描画出如此出格行为的幕后推手，除了堂吉诃德自己还能有谁？然而，却没有一位西班牙演员，甚至连一身游侠骑士风骨的利威尔斯，都无法像作者那样，达到与这个传奇角色人魂合一的境界。

罗伯特有着堂吉诃德的影子。他也是放弃了澳大利亚的安逸生活，到外面的世界寻找挑战与刺激，但他并不需要把自己拍成一部有后现代随从侍奉左右的跨洋公路电影。如果能有机会演一个像他偶像堂吉诃德那样的角色，马丁恐怕愿意用他半条命来交换。这是从他进入演艺职业生涯起就锁定的头等目标：饰演这位拉曼查英雄骑士。因此，对那些有幸实现这个全伊比利亚男演员集体黄金梦想的人，他的评价都是恨甚于爱，偏颇甚于客观的。

一名**纯真羞怯**的澳大利亚小伙勇闯中央公园，除去时空的差异外，与堂吉诃德的冒险之旅其实是异曲同工。不过在墨尔本，公园却完全是另一番景象：周末时常可以看到当地人一家大小偕老携幼，分散在偌大的草坪上，摆出足够供整个军团享用的各色美食，悠然共享天伦之乐；在平常的日子里，也能不时看到人们聚集在公园里开生日派对，或是庆祝自己的圣名日。一切既小资又充满乡土气息。而大苹果城的绿肺里却是包罗万象，不同种族、不同宗教信仰、不同社会阶层或是不同性别取向的各色人等，或是自得其乐或是三五成群，都能在这里碰到。正如我的"同胞们"所说的那样："我们是唯一一个拥有真正意义上属于公众的公园的福利国家。"

对于澳大利亚人来说，保护公共休闲空间是关乎国家荣誉的大事。整个大洲的历史就是一部与大自然抗争的史诗，人们当然不会忘记让这种国家文化的精髓得以绵延，这在大城市里尤为重要。从幼儿园开始，每个澳大利亚人接受的教育，都是要尊重和保护身边的环境，从小与大自然建立血脉相连的几乎神圣的关系。

正因如此，当菲利普港市政府的官员决定更进一步地加强已经无可挑剔的环境保护措施时，把国际媒体都看得目瞪口呆了。这个出色的计划在网上各大论坛博客都是热点话题，因此我在搜集罗伯特这个角色的**背景**资料时，终于发现了试镜时让导演和其他工作人员大笑不止的原因。

这座城市在几个重要的地点设立了"每小时微笑十次"区域，吸引了最爱紧跟世界潮流的北美**上流社会**的目光，纷纷涌去这个欢乐友好的菲利普港。虽然作为费尔南多·佩雷茨，98战争英雄的曾孙子，心想这不就是和咱们西班牙"**不玩乐就会死**"的做派同出一辙的嘛！打那时起我便深信，在这个每天都只能看无聊新闻的世界里，人们对笑的渴求已经演变成强烈的**生理需求**，为了一笑好心情真是无所不用其极了。这也正是菲利普港的政策大受好评的原因。

罗伯特的**真我**就是长这模样的，因此演员费尔南多得深入领会，才能代入角色。这个天真小伙，**卢梭式的自然人**，内心深处热切渴望体验生活。生活对于他来说不是一个沉重的包袱，而是一份博大的礼物，赠予他环游世界、勇往直前的机会。

菲利普港的**乐天精神**流淌在罗伯特的血液之中。他循着远处飘来的音乐声大步走进中央公园，要在大苹果城感受生活的愿望越发强烈了。他像一只被哈梅尔魔笛手催眠了的小老鼠一样循声而行。这个场景我似曾相识。那个初学表演的学生、98战争英雄的曾孙，有次在马德里的丽池公园里，差一点把所剩无几的**自尊**也给丢了个精光。奇葩马丁老师，也就是毒舌舍吉奥嘴里的**浑球**，给我们布置的那次作业便是让他的学生们在阿方索十二世的雕塑旁，随着非洲乐队演奏的声乐当众跳舞。这位一事无成的老师把这次"表演"拍成了DVD，还把自己的旁白也一并录下来："如有必要的话，所有的演员都要随时做好出洋相的准备！"

然而，罗伯特的脑袋瓜里根本分不清出洋相和胆怯这两种感觉。对于他来说，**羞涩和放肆**这两种截然不同的状态之间根本不存在界限。说到底,他就是一个什么都可以接受的小伙子,因为他身边人都是善良的乐天派。他在家里无论是物质上还是精神上都从来没有缺过什么,而在家乡开甜品店的父母也从来没有对他说过一句重话。因此,他的少年时期几乎甜蜜得像他们家的招牌点心那样:用邻国新几内亚岛屿产的可可做成的复活节彩蛋。当他的点心师父母听到他们最疼爱的独生子要前往这座高楼林立的大城市时,便为他做了一个能令任何糕点师都瞠目结舌的创意蛋糕:一个巨大的三层蛋糕,以墨尔本到纽约的洲际旅行为主题,缀满了大量以黑白巧克力雕成的小饰物。激动的罗伯特把蛋糕上一个印有他名字的飞机糖果藏在了行李内,像对待护身符一样小心翼翼地保存起来。

当罗伯特终于找到引诱他的魔音的源头时,他从口袋里掏出了这架印有他名字的飞机糖果,津津有味地吮了起来,就像电视里的侦探科杰克叼着那根鼎鼎大名的棒棒糖一样。音乐把他带到了比当下更快乐的生命时期——童年。罗伯特此时已经不是一个来美国体验生活的二十出头的小伙子,而是一个彻头彻尾的小孩,一个边吮着飞机糖果,边出神地看着古巴饶舌乐队表演的小孩。

这些**说唱歌手**用混杂着**西班牙语的英文**抨击着社会的种种不公。虽然罗伯特听得不是很懂,但很快便跟上了节奏,而且还开始有模有样地跳起舞来。他的舞姿是那么自成一派,连在中央公园晨运的观众都以为他也是表演乐队的一员。

古巴黑人的音乐风格加上**原产自墨尔本**的编舞,换来了观众的纷纷解囊，甚至还有人一掷 10 美元。这阵势引起了这些从迈阿密来的哈瓦那艺术家的注意，问道："你是在哪儿学的跳舞啊？"

98 战争英雄曾孙费了好大一番力气，才把自己按捺在澳洲青年罗伯特的**真我**背后，以免露馅。尽管他很渴望跟这群古巴音乐家用母语交流，但是他知道一旦这么做了，马丁建议的 24 小时以上角色体验就会前功尽弃。

"在菲利普港……"

"是澳大利亚人啊……好的好的！"

音乐再次响起。为了对罗伯特即兴表演带来的增收表示感谢，饶舌乐队选了一首致敬约鲁巴海洋女神叶玛亚的歌，是由西莉亚·科鲁兹的一首著名歌曲改编而来的嘻哈风格版本。

费尔南多实在太熟悉古巴音乐了，让我边听这种音乐边装澳大利亚人真是难上加难啊。我在马德里的爸妈特别喜欢在晚餐时播放拉丁音乐，以回忆我们家族的光辉历史。他们最爱的口头禅之一就是："能比输掉哈瓦那更惨？"[①] 他们甚至在整容外科手术讨论会里也会不时脱口而出，以至于有一次几乎引发了外交冲突。那是一位在多米尼加共和国驻马德里大使馆工作的外交官，他对缩鼻手术的效果不甚满意，而当听到我老妈不经意地抛出这句字字铿锵的口头禅时，更是火

[①] 是西班牙俗语"能比输掉古巴更惨？（Más se perdió en Cuba.）"的变体，源于 1898 年美西战争中西班牙惨败，彻底失掉美洲的殖民地。——译者注

上浇油了。这位有权有势的政客几乎把诊所告上了法庭。这场误会最终通过数场**反殖民历史辩论**，再加上一系列英式务实主义手段才得以化解，并且诊所还免费为他做了全套面部整形。而术后没几天，这位外交官就几乎把整个加勒比使团都吸引到诊所来了。

这个说唱乐队一共由七个人组成：三个留着爆炸头的黑人鼓手，乐感一流，把非洲鼓玩得像国际马戏团的杂技一样出神入化；一对像一个模子印出来似的古巴双胞胎兄弟，用复古电吉他为说唱配乐；麦克风前的则是一对三十出头的唱作歌手，他们在定居佛罗里达州前曾游历过半个拉丁美洲，以唱博莱罗舞曲谋生。

从唱博莱罗、民谣和宾宾雷拉[①]式的情侣斗嘴流行歌，到年轻一代愤世嫉俗的说唱歌曲，这对搭档的艺术道路转了个一百八十度的大弯，但其实内里并没有什么特别的故事。由于连续剧**片头曲**和电视广告的反复播放，再加上在半个美洲夜店里的连番轰炸，老套的流行音乐已经让人听得耳朵起茧，因此在美国各大州的公园里便顺理成章地被这种新鲜的旋律占据了。

拉奎尔·金汤纳是乐队的领袖，她的母权式作风打破了一般"WASP"对拉丁裔大男人主义的刻板印象。她出生在马

---

① 宾宾雷拉（Pimpilena）是阿根廷的双人音乐组合，由兄妹露西亚·伽兰和华金·伽兰组成，演唱过无数脍炙人口的情侣对唱歌曲。——译者注

坦萨斯省，并且拥有来自母亲的阿拉贡①血统，可想性格能有多强悍。刚满三十二岁的她身材丰腴匀称，把她**极刚强的个性**展示得恰到好处。很多人都以为她是那种典型的古巴辣妹子，是每年不惜漂洋过海寻找标准加勒比尺寸的无数欧洲佬的意淫对象。法国、意大利和德国的"游客"应该算是最热情的一群了，他们脑里没有一刻不在幻想着抚摸加勒比美女的酥胸、翘臀和长腿，哪怕只有短短几分钟。

　　路易斯·科罗拉是她的搭档，两个人操着浓重古巴口音的**英西混合语**一唱一和，控诉着**对制度的不满**。他没有蓄胡，一脸的稚气，健身房练出来的一身肌肉颇为养眼，与古巴辣妹子是天造地设的一对，至少情歌二人组时期的观众都是这么认为的。然而，虽然他们演出时总是脉脉含情，而且路易斯的各种追求攻势也从未间断过，可是他们之间还是一直保持着纯工作关系。他竭力保持着堪比运动员的健美身材，尽管千万少女都被其彩色紧身运动衫勾勒出的性感肌肉轮廓迷得神魂颠倒，但他的目标只有一个：得到他音乐拍档的**芳心**。并且，那对多才的古巴双胞胎吉他大师也老是**横在他们中间**，似乎和拉奎尔之间有些什么说不得的秘密。

　　"你喜欢吗？"拉奎尔冲我迷人一笑，展露了让无数欧洲"游客"为之倾倒的加勒比风情。然而，我现在是罗伯特，一个**天真无邪**的澳洲少年，一心只想在这个曾在无数大片中出

---

① 西班牙阿拉贡自治区的女人普遍被认为个性独立强悍，对法独立战争时的著名女英雄奥古斯丁娜为最佳例子。——译者注

现的公园里享受音乐。

"你们太不可思议了！你们的节奏感简直是天生的！"我边说边试图把那套已经练得炉火纯青的舞步跳完，因为理论上我应该表现出激动得停不下来的样子。

"你是做哪行的呢？"路易斯像打翻了醋坛子一样，上下打量着我。

"我来纽约讨生活的……"我按照剧本对角色定位答道。

"来给华尔街的高管捡垃圾吗？"路易斯看出他拍档被我的**金发**吸引住了，恶意地嘲讽了一句。

"现在我还不需要工作……"我想起了我的糕点师父母，毫不示弱地回答道。如马丁所言，如果我想把罗伯特这个角色演得**入木三分**，必须要找到他的真我。

"哦，原来是个 Pijillo① 啊……"古巴双胞胎兄弟被路易斯蹦出的西班牙语说法逗乐了。尽管按理说我这个澳洲小伙子应该是听不懂的，但费尔南多还是无法完全抽离，更何况还有舍吉奥，这个世界上**最爱贫嘴的小蟋蟀**②。

从青少年时代起，我**见招拆招**的本领一直都不赖。

"爱争一时之气的，一般都是脆弱的、失败的、对自己生活不满意的人。简单来说就是'屌丝'。我可以向你保证，在马德里屌丝多了去了……"

---

① Pijillo，是 Pijo 的变形，是小 Pijo 的意思，Pijo 指的是有钱（或者起码看起来像有钱）并且非常注重个人形象的人，跟中文的小资类似。——译者注

② 指的是《木偶奇遇记》中代表匹诺曹潜意识的小蟋蟀。——译者注

心理治疗师对付我的害羞问题时，最管用的一招就是这句话："没什么大不了的！"如果碰到的是一些技术性问题，也就是说可以用简单办法解决的问题，就根本**不用费心**去担心它们。而且在日常生活中，我们会碰到的问题一般都只是这类技术性问题而已。这位治疗师跟马丁，还有高中哲学老师一起组成**彪悍三头同盟**，为快要成年的我带来了无数的认知冲突。

奥古斯丁·康西奥是认知行为治疗的专家，让他最引以为荣的是曾经把美国一流大学的前沿疗法引进西班牙。他曾经接触过这套植根于心理分析基本原则的创新疗法的发明者，因此他便大胆地把这些核心理论**通俗化**。在马德里平民聚居的拉瓦皮耶斯区①出生长大的他，对自己是只土生土长的特立独行的"猫人"②深以为荣。我的父母虽然是出了名的铁公鸡，但还是对这位声名鹊起的**拉瓦皮耶斯心理治疗师**慷慨解囊。

"记住了年轻人：只有至亲的人去世才有资格使你情绪紊乱，才算得上是个非技术性的大问题！"

那时奥古斯丁还让我看了一张弗洛伊德年轻时坐在书桌旁的照片。他父亲的去世让他说出了心理学史上最为真切和郑重的一句话："对于一个人来说，这是最为悲伤的一天。"

---

① 拉瓦皮耶斯区是马德里市中心最古老的区之一。——译者注
② 马德里人也被称为"猫人"，关于这个称谓的起源说法不一，其中一个较广为接受的版本是马德里夜生活丰富，人们都习惯像猫一样昼伏夜出。——译者注

话说回来，古巴兄弟的笑声和**屌丝**说唱歌手的嘲弄，我**并没有放在心上**。

不仅是费尔南多觉得**无所谓**，罗伯特也觉得**没什么大不了**的。因为，对于一个来自**搞笑的**菲利普港、带着闲情逸致闯世界的澳洲小伙来说，碰上一个技术性问题只不过意味着能有机会展示一下他无尽的幽默感而已。因此，我跟古巴双胞胎一起大笑起来，使出**演员定型大法**的所有精粹舞动起来。中央公园里游人的**小费**不断地增加，拉奎尔对我的注意也是有增无减，把路易斯弄得越来越慌乱了。

我确定已经找到角色的**真我**了，因为我感觉自己完完全全就是一个罗伯特。马丁、奥古斯丁，还有高中哲学老师一定会为他们的学生感到骄傲的……

XIX

不知不觉，在纽约的拍摄工作已经进入第八周了。这是我第一次拍长片。古兹曼寄快递给我的分镜脚本里，对这部跨国大片的所有镜头都做出了详细的注释。

马丁说，角色的重要程度与其特写次数成正比，如果是在长镜头中的大特写则更是加分。我的角色罗伯特，一个**卢梭式**的澳大利亚青年，被分配到的几乎都是中景镜头，也称为**美式镜头**。然而，**剧本里写的是一回事，到真正拍摄的时候又是另一回事**。

在演艺学校里，我们早就被训练得能应付任何情况了：所有与第七艺术相关的职业，由于其特殊性，都一定会有**遭特殊罪**的时候，除非你是大明星。而且即便你有了名气，都还不一定能得到制片人的认可。因此，近来很多演员成名后都建起了自己的制作公司。

团队合作可以带来无数创意火花的碰撞，但也常常会因为同伴之间的互相**踩踏贬损**，而导致项目偏离初衷。总的来说，这是一个人能想到的**最反斯多葛的工作**了。并且，凡事都要看你的上头是否同意你的想法。但无论权力多大的人，抬头看看，上面总会还有比他更高的人，就和军队一样阶级森严。事实上，行内人就是用军队来比喻我们的，而且似乎觉得只能这样，没有别的更好的、更符合我们想创造的**艺术世界形象**的选择。我觉得道家说的才是最好的，应**无为而治**。

像地球上任何一个地方一样，在好莱坞，**生财的艺术**才是统领一切的艺术，拍电影的和开火腿进出口公司的其实没什么两样。因此，任何有违**经济学逻辑**的行为都会被立即废止。如果不信的话可以问问那些编剧，他们就是在电影业内**层层剥削**的生物链里最底层的劳工。类似的情形每天都在上演，与媒体笔下的风光大相径庭。

"当我在学校被问到那个无可避免的问题'长大后想做什么'时，我竟没有想过答案原来在西塞罗那里。如果能有幸认识电影世界，他一定会更加坚信他的理论的。"

约翰·赫斯是当今业内批评家口中最**反对偶像崇拜**的**非主流**编剧。他在与**影视界巨鳄**们进行了年复一年的斗争后，头也不回地跑回老家明尼苏达州种甜菜去了，借此向智者西塞罗致敬。他说他已经受够了，以后**连一个标点符号也甭想有人动他的**。

赫斯的这番宣言被醒目地刊登在《名利场》最新一期的封面上。这篇访问出自当红人物专访记者威尔利·贝勒斯之手，是堪称在第七艺术史上最让人哗然的反击行动了。这回可不是**天才编剧哗众取宠**要和老板**耍花枪**的老一套，他说要回老家种甜菜就真的回老家种甜菜了，**可信度为99.9%**。因此，名利圈大师贝勒斯给出的结论是警示性的："如果这个国家想要继续在国际电影业上称雄，就不能老是让那几个脑袋长在屁股上的土豪拍脑门做决定，而真正的有识之士反而郁郁不得志。"

贝勒斯的这番警示其实已是公开的秘密，只是真相越发让人难以接受。**真正的权力**都掌握在向制片商投入了大把金钱的几个企业家手上，就跟华尔街一样。然而还有更甚者，某些投资里还带着**附属条件**。除了那些**造星计划**里人尽皆知的潜规则以外，还有**投资方**想要传递的**政治正确**或是某些**价值观**，都要在大屏幕上得到明示或者暗示。这些**可恶的潜规则**不止一次毁了赫斯的好剧本。

然而，古兹曼却让我不要理会："他们都是滔滔江水中被来势汹汹的后浪拍翻在岸上的前浪。"而我即将担任主角的这部电影就是一个证明。犹太裔制片人兄弟今天的地位，是在没有任何**后台**的支持下打拼回来的。"他们能登上电影界的巅峰全凭自身的才华"，古兹曼能拍胸脯保证，因为他是第一见证人，"他们在好莱坞从来没有出卖过自己"。

"没出卖自己不等于没卖过身，这可是另一回事儿……"舍吉奥对古兹曼**民主自由的私生活**了如指掌。

"我可没有靠卖身拿到这个角色……"我骄傲地回敬了他一句，带着点儿挑衅的意味。

"你这纯粹是走了狗屎运……"舍吉奥又开始挑起我们之间特有的**破罐子破摔式**辩论了。

"你说什么狗屎运？"

"你从离开马德里之后就一直走的狗屎运。"

"怎么说我自己也有一点功劳对吧?"

"你说的功劳就是遇到一个少年老成的妞,帮你打通了所有的门道!首先是把你介绍给电视剧之王,哗就当上热播肥皂剧的主演。你说这是不是走了狗屎运!然后,更不可思议的是,在墨西哥城遇上飞机失事你竟然安然无恙。接着国家英雄胖机长出现,为你在曼哈顿最高大上的地区安排了一套公寓,然后又让你和电影界的金牌经纪人攀上了关系,还得到了明确要求主角有澳洲口音和一头金发的试镜机会……"

"那在'高峰'发生的事又怎么说?"

"正是在'高峰'发生的事把你带到这里来的。你就像屁股长了朵四叶草或者莲花一样是福星转世,就像你常挂在嘴边的98战争英雄曾祖父一样……"

"就算是这样,难道是我的错吗?"

舍吉奥一时哑口无言。说一切都是命中注定恐怕无法让他信服,我知道我还要**奋力一搏**才能让他心服口服,用马丁式的总结陈词来说就是:"我这部电影实际上是一个完全不同的故事。没错,我是想克服害羞的毛病、成为一个著名的演员,这为整个故事埋下了伏笔。可是,让我决心离开古老欧洲大陆的却是更深层的、更内在的动力。我心里很清楚,有两件事从小就塑造了我的未来:一头银光金发和98战争英雄曾祖父。因此,伪装成美洲大陆千千万万个'WASP'中的一员,脱颖而出征服好莱坞的目标便是理所当然了。一头金发给我带来的贯穿整个童年和青春期的痛苦和屈辱,今天终于如愿得到补偿了。这才是我人生的真实故事！"

马丁的**矛盾平衡论**让舍吉奥将信将疑。这套说辞迷信成分太重，与他一贯自认的**虚无主义找碴儿砖家**身份格格不入。

"马丁那一套对我来说不管用……这厮被神鬼谬论洗脑了……"

舍吉奥爆出了马丁非常可疑并且水分比养分多的简历里面缺失的一部分，而正是这一段秘密经历奠定了他今后的古怪性情。一直有个流传甚广的小道消息，说他在家乡卡里翁时，曾经想**入神职侍奉天主**，可是这一打算在1972年的圣周期间发生了大逆转。在当年的圣周巡游中，马丁被选中了扮演耶稣的角色。他在表演时与角色产生的共鸣，神迹般地激发了他对表演的热情。这种兴趣与农民家庭出身的马丁本是八竿子打不着的，但同年秋天，他却已经在马德里准备演艺学校的入学考试了。

"马丁起码是真性情的……"我毫不示弱地反驳道。

"真性情？你知道你在说什么吗？对不起，'理查德'，恐怕你还不知道，现在真性情和坦荡荡都不值钱了！他要是真性情，就不会对一届又一届的学生隐瞒把他引向演艺世界的其实是耶稣基督，而不是堂吉诃德也不是唐璜！"

"他只是谨言慎行而已……"

"什么谨言慎行？虚伪是缺德而不是功德！这可是你最敬爱的高中哲学老师教过你的。马丁隐瞒他的黑历史只是为了让自己看起来高大上一点而已。"

"这样说来，我隐瞒自己的身份也是虚伪了？"我故意对一直喊我澳大利亚名字的舍吉奥质问道。

"你的情况是情有可原的。"

"我看不出有什么区别啊。"

"你只是想我给你说点儿你想听的是吧？"

"差不多是这样。"舍吉奥终于发现了我一直跟他**抬杠**的真正目的，我得意地笑了。

"那你好好听着！首先，你来美国是要解决个人问题，想要真正成长，这完全合理合法。回想一下，你在家乡并不招人待见，你去参加试镜时大多都会被人耻笑，而你的金发也不断地给你招麻烦，甚至没人会相信你的名字是地地道道的费尔南多·佩雷茨·德卡斯蒂尔。而这个名字在这里，意味着你就只能是个小人物、毒贩子或是反政府游击队成员。那么做'理查德'有什么不好呢？而且俗话说盗歹人者，可得百年宽恕。你应该给全世界做个榜样才对。"

虽然我弄不太明白究竟是**谁盗了谁**，但舍吉奥头头是道的一番话让我重新充满能量，继续向把我带到美国的**理想**迈进。如果我能重演英雄祖辈的壮举，一定会使那些因袭陈规的人闭嘴的。也许**金发**是少数人的专利，但也不需要给他们像商品一样贴上原产地证明和注册商标吧？这些电影、电视剧和其他所有媒体，是不是都该好好反省一下了？现在那么多标新立异、只为吸引眼球的浮夸扮相，不都是让那些影视传媒给逼出来的吗？

我也曾扪心自问，我只是单纯想满足一下自己的自尊心和虚荣心呢，还是想成为真情坦荡的现代版堂吉诃德呢？在巴兹克兹的肖像画里，我的英雄曾祖父神态谦卑，一副和蔼可亲、平易近人的老好人模样，一点没有趾高气昂的讨厌做派。要是换作别人，一定会把这个称霸海上的帝国舰队的安保系统贬得体无完肤，然后在肖像里摆出像委拉斯克兹笔下的教皇一样高高在上的姿态。古典派的画家们从来不会在他们的画里隐瞒历史，就像是向未来悄悄扔出一个漂流瓶那样。

如果舍吉奥的预言成真，我真的能成功化身为**卢梭式的澳洲青年罗伯特**的话，我可以肯定，几百万跟我一样默默承受着这种**社会病之苦**的人，都会跟我一起欢庆这场胜利的。例如朱蒂，几乎每天都要跟人解释她的教会并不是像媒体大肆渲染的那样，并不是所有人都金发碧眼，不是所有人都儿女成群，更不是所有人都满脑子是传宗接代的事儿。再如安娜，被贴上了愚蠢的"潘启达"标签也只得逆来顺受。还有小阿娜伊，尽管心智无比成熟，还是无法摆脱特殊童年为她带来的刻薄待遇。我当然不会忘记，还有千千万万像马丁一样在不同岗位上营营役役的劳动者，被划入**失败者**的群体而无法翻身。

如果我的 98 战争英雄曾祖父还在世，肯定也会和我一样去用心拯救世人，并且一定会为我这位继承祖训的曾孙感到骄傲的。林林总总的社会不公，让我们再也无法躲在安逸的生活里视而不见听而不闻。然而，舍吉奥的看法却不一样：他认为一切不公都是因为**统治阶层的良心被狗吃了**，他们自以为是，忘记了往日先驱们的卑微。

朱蒂在出发回普罗佛前，还想了解更多的我家庭的实际情况。一定是因为她对我的故事心存疑惑吧。尽管**她觉得我是个好人**,但是在她的教会看来,一个"好人"和一个"离开父母远走他乡的人"是两个非常矛盾的概念。对于摩门教徒来说,一个"好人"一定会跟他的父母关系非常亲密,哪怕父母犯了再过分的错误,都可以旧事不提或者原谅他们。

"你可以回答我一个私人问题吗?"

朱蒂在我完全进入了罗伯特的角色时抛出了这个问题,这时离我在中央公园和古巴饶舌乐队的合作大获成功过去了刚好 24 小时。

"当然可以!"我拿出**卢梭式澳洲青年**应有的单纯直率答道。

"我在这几天来来去去地在想这个事情……"

罗伯特迅速沉睡过去,朱蒂口中那个自相矛盾的费尔南多重新在我体内苏醒了。看来我对她的迷恋她是心知肚明的,也许像舍吉奥所说,她正在期待我的**进攻**。

"我不知道怎么开口……"

朱蒂的欲言又止显然只是卖关子,她再次使出催眠式的巧妙手段来向我套料了。

"你知道的,在我面前你不需要有任何顾虑。"

我的脸唰的一下红了,跟在圣诞戏剧表演出糗后被艾杜薇修女惩罚时一样忐忑不安。其实,我跟正在扮演的角色是一样的单纯。我依然恪守着对安娜许下的诺言,就像堂吉诃德对达辛尼亚那样的忠心耿耿,抵受了一次又一次的诱惑:《贝尔梅霍一家》的剧组、九三公园的粉丝、"高峰"里的群交……

"我跟你说过,对于我们教会来说,家庭是很重要的。"

"对!"

我不敢看朱蒂的眼睛。哪怕在这几个月里我经过了千锤百炼,又是跨国旅行,又是签约拍摄,又是**演员定型大法**,都还是无法改变眼神交流时带来的紧张。

"我得承认,从在墨西哥城认识你到现在,我对你有了很大的改观。"

"比原来更好还是更坏?"

我打断了朱蒂的话。我们这些生性胆小的人总是爱插嘴,却又说多错多。正如马丁所言,空虚恐惧症的症状就是见不得一点留白,总想着怎么把它填满。

"嗯……我想是比原来要更好……"

朱蒂微微一笑,接着解释道:"……最初,我对你为了来美国撒的弥天大谎实在感到非常失望。"

"你指的是热带疾病研究的借口吗?"

我控制不住自己,又一次打断了朱蒂经过三思的**倾诉**。

"让我在意的是这个举动的深层原因……"

"什么深层原因?"我心里慌得不行。

"嗯,起码我是这么想的……我觉得你就像无根浮萍,你也知道的,我们对这类事情特别有感触。"

"我明白了。"

我嘴上这么说着,但事实上是一头雾水。

朱蒂,你到底想说什么呐?

难道在别人看来，自愿离开耶罗门那市值几百万欧元的豪华大宅就成了无根浮萍？

还是因为我爸妈是全天候命的整形外科医生，而一到假期又只想着到邻近国家去淘便宜货？

在别人眼里的我原来是这样子的？

又或者只有朱蒂这样想？

她不是一个聪颖出色的女孩吗？

难道，她是想对我示爱？所以我才听不懂她这番话的深意？

但是，这有可能吗？

一个是摩门教徒，另一个是尽管长得像但并不是同教派的人，我们能够违反教会的规定组建家庭吗？

可能是因为这个原因她才犹豫不决的吧？那安娜呢，她怎么办？

我从来没有跟朱蒂提及过她，是不是我的错呢？

似乎是受到了我的影响，朱蒂也跟着一起紧张起来，露出了我从来都没有见过的神情。即使一位演技最精湛的演员都无法模仿出她那美丽的眼睛、鼻子和嘴巴扭曲在一起的奇怪表情。

我做好了**最坏的打算**。

"就像我之前所说的……"朱蒂的下巴微微颤抖了一下，"家庭对于我们来说是最重要的。我们从小就被教育要寻找真爱，而当遇到的时候就要迈出人生的重要一步……"

"当然，我明白！"

我知道朱蒂马上就要向我表白了，可是无论是作为自己还是作为角色，我都束手无策。连马丁这个自称卡萨诺瓦式的风流单身才子，都没有教过我们在这种情况下该如何应对。而他在献身教育多年后，被地区政府委以重任，派往地方剧场继续表演事业，然后遇到了真爱。

"经过这几天的深思熟虑……"

朱蒂眼帘低垂，看着地面。我们这两个眼看就要跌入**欲望深渊**的成年人，在曼哈顿高耸入云的高层豪华公寓里，一起呆呆地盯着抛光大理石地板。而在离我们脚下百米的地面上，地球在一如往常地转动着：运动爱好者、散步的中老年人和各式各样的艺人，**熙熙攘攘**地挤满了中央公园。

"……我看到了你和家人其实保持着密切的联系。我原以为你一心只是想着拍电影，把其他的一切都抛诸脑后……"

朱蒂的眼光躲躲闪闪，不敢跟我对视。

"对对对，我一直都跟家人保持着联系……"如果我把真相告诉她，结果又会怎样？

真相是，在我生命中有一个人，她曾让我真正成长，曾为我打开了爱情的大门，曾鼓励我漂洋过海去实现我的梦想，然后日复一日如初见那天一样等待着我归来……这个人名叫安娜，我曾对她许下了不离不弃的诺言。

"我发现了你是个很有条理的人，把时间安排得有条不紊……"

朱蒂始终开不了口，而事实上我的表现也帮不上什么忙。我们俩还是死死地盯着大理石地板，"欣赏"着由天然石头纹理形成的抽象图案。

"这是我在学校里学到的最有用的东西……"

也许是唯一有用的东西,我郁闷地想着。我把思绪引向了教会学校里度过的学习生涯,以缓解我的紧张情绪。当然,还有那时学回来的墨尔本口音,谁也没想到现在会把我置于这个进退两难的境地。

"我也曾有过复杂的往事……"朱蒂局促地回答道,目不转睛地盯着地上一个有点像心形的图案。

"那段日子不容易啊……"

我暂时转移了话题,松了一口气。然而,我终究要面对一个现实,就是**命运弄人**。在戏剧表演失败后,马丁也会这样对吵得脸红耳赤的学生这么说。

朱蒂忍住了在眼眶里打着转的泪水。在杨百翰大学接受的精英教育,是不能允许泪水弄脏她灰姑娘般的姣好脸庞的。她咬紧了牙关,这招心理学技巧总算成功止住了泪水,没让它掉下来,没让马丁所谓的"**地中海式泪奔**"的戏码上演,这让我们好歹没有失态。

在上关于**情感表现**的课时,马丁讲解的理论都是东拼西凑出来的,没有任何一条能让我们这些**新生代演员**信服。而南方美女辛达则是将怀疑精神发挥得最极致的一个,她在课堂上反驳马丁的话语,就算要拿出来写成一部**讽刺愚蠢世相**

的作品也一定会大受欢迎,甚至可与伊拉斯谟的《愚人颂》①媲美。我和同学们坚信,把自己戏称为"**涅夫拉的吉卜赛拉拉**"的辛达将来肯定大有所成。她天生的聪慧与表演天赋,再加上傲人的身材,一定会让她所向披靡的。

"所以……如果我没有理解错的话……当我被一个女孩抛弃后伤心哭泣,那只是因为我是来自地中海地区的吗?"辛达从来没有出柜的概念,因为对于她来说,柜子根本连门都没有。

"这一点您可以确定!"马丁用字正腔圆并且语调客气的西班牙语答道,故意显出一股战后播音员的腻歪风格,要与辛达"**轻佻浮薄**"的安达卢西亚吉卜赛口音形成鲜明对比。

"啊!我现在明白了!在上学的时候我曾疯狂地恋上了我的老师费尔南达小姐,她来自塞维利亚的一个小镇。她每次跟我们说起这些故事时总会很激动:

'在很久很久以前,平松兄弟,也就是鄙人的同乡,在帕洛斯德拉夫龙特拉登上船只,开始了那次史上最重要的航海探险。顺便一提,就是在这片温暖的地中海土地上,你们面前这位热情如火的吉卜赛女郎,和来自邻镇的美女第一次发生了性关系'。"

然而,辛达遗传自**大西洋文明**的性格还有她复杂的**文化**

---

① 《愚人颂》(*Moriae Encomium*),伊拉斯谟(Desiderius Erasmus,1466—1536)是中世纪尼德兰(今荷兰和比利时)著名的人文主义思想家和神学家,他的代表作《愚人颂》主要以"愚人"的口吻评论当时的世态世象,对以罗马教廷为代表的宗教权威和以君主制度为代表的世俗权威极尽讽刺。

背景与经历，并没有让把地域标签段子挂在嘴边的马丁觉得意外。这个唯一真心喜欢我，而非像其他舍吉奥所说只**想和我做爱**的女孩，和我有一个共同点，就是我们都有着璀璨的家族传承，这让我当时还脆弱不堪的自尊心稍微增强了一点：在发现新大陆的几个世纪后，我的98战争英雄曾祖父**让曾经辉煌的伊比利亚半岛在大西洋重振威名**。曾在圣诞剧表演时当众羞辱我的教会学校校长艾杜薇修女说，欧洲其他国家正是因为对我们拥有如此光辉的历史嫉妒无比，所以才会在悲惨的内战时期像对待实验室小白鼠一样蹂躏我们。

那些前来为我们学校创造双语环境、被艾杜薇修女称为"**来自地球反面**"的澳大利亚教师怎么也不会明白，能够踏上这一片孕育了世界上最勇敢民族的土地，是多么大的福气。西班牙民族的骑士精神没能在海外传扬，抹黑我们国家的谣言却四处肆虐，罪魁祸首其实是人性最阴暗面的化身、盎格鲁－撒克逊海盗的利己主义在作怪。所以尽管教会非常**强调仁爱的原则**，艾杜薇修女对那些代表着盎格鲁－撒克逊传统的墨尔本老师始终没有给过好脸色看。很多年以后，我终于恍然大悟，我被艾杜薇修女安排去接受"揩油手"的语言能力启发疗程，跟她这个观念原来有着莫大的关系，她一定是对我这一头金发产生**偏见**了。

现在，当我看着即将往"**地中海式泪奔**"而不是"**大西洋式泪奔**"趋势发展的可怜的朱蒂，我知道我们只会更亲密，而不会疏远。无论是在曼哈顿还是在北京紫禁城，或是在人头攒动的新德里，人性都是共通的。无论在**文化和教育**上如何歪曲事实，最终都无法与人类的情感抗衡。就算存在语言和习俗的差异，都会有世界性的沟通方式存在。事实上，从小让我着迷的第七艺术，也就是所有其他艺术的**综合体**，有时也能抵达这种虔诚**奥古斯丁教徒**所崇尚的境界：世界无穷大，人心恒相通。

这恰恰是我98战争英雄曾祖父的荣耀所在，能让**敌军**与他心灵相通。在他的家乡普拉森西亚发现的一份最古老的报纸里就是这样写的。这个位于埃斯特雷马杜拉自治区山谷里的小城，盛产冒险者与征服者。

在1901年7月15日，玛利亚·克里斯蒂娜王后①授予了普拉森西亚市"上善之城"的称号，以表彰该市的居民救护了从古巴征战回来的军队。在这份旧报纸里，还特别详细地叙述了我曾祖父的壮举。我的父亲每逢圣诞都要在巴兹克兹的大作前，不厌其烦地把这些光辉事迹复述一遍。

"吉柏托上尉迅速地脱下了他的军服，让敌军无从分辨，成功混入了这支史上最强的加勒比海军。

"在这次的自救行动中，我们的同胞成功地混进了警惕无比的美军，连最私密的细节都伪装得天衣无缝，他甚至毫不犹豫地在众人面前脱了个精光，装成一个毫无反抗能力的可怜小童。

"后来，我们的英雄勇士秉承了弗朗西斯科·皮萨罗和埃

---

① 玛利亚·克里斯蒂娜王后（Maria Christina Herriette Desideria Felicitas Raineria of Austria, 1858—1929），西班牙女王，是西班牙国王阿方索十二世的妻子。

尔南·科尔特斯的民族精神，低调谨慎地扮演着一个刚刚丧失记忆以为自己是个小孩、只会口齿不清地吐出几个英语单词的人，来掩饰他并不流利的英语，以免引起别人的怀疑。

"吉柏托上尉的外表简直是上帝和大自然对他的恩赐，让他成功骗过了敌军。当然他那完美健硕的身材，也有咱们美丽的蒙特迈奥尔温泉小镇的一份功劳，他在那里进行的体能训练可不是白费的。"

也许正是因为我有着和曾祖父一样的外表，朱蒂才对我动心的。每当我父亲讲到曾祖父的这一段事迹时，特别是说到**上帝和大自然的恩赐**时，总是用上意味深长的调侃口吻，然后一家人都会哄堂大笑，除了遗传了他这一特征的我。我无法理解为什么我的父母一年中只在这个时刻格外高兴，而其余的时间只会把他们的笑脸留给**精神分裂外加躁郁症**的大狗罗斯基。我只能想，这可能是与皱纹抗争的全职整形外科医生的职业病吧。

"你真的不知道你就是个纯种白人吗？"我的影子哥们儿舍吉奥试图为我指点迷津。

"你又拿我的金发来说事儿了！"我一脸天真无辜地答道，不明白他在说的其实是那个能刺中全世界男性痛处并能随时引起雄性角斗的话题。

"难道你没有注意到你那话儿吗？你不觉得拥有这样的长枪巨炮简直可以征服世界了吗？"

"少夸张了！"

"你说我夸张？你那 98 战争英雄曾祖父之所以能够骗倒

那些美国佬，不仅仅是因为他的一头金发和精湛演技，最最重要的其实是他那威武的尺寸！"

"那只是你这么认为而已！"

"嘿，要不你去问问那个被他迷得七荤八素的护士？还有那个差点要把他带回科罗拉多州的双性恋医生？你少来这套！"

"我从来没这样想过！"

"你不知道美国佬总是以为咱们西班牙人都是'短小精悍'的吗？"

然而，基于我对朱蒂的认识，尽管美国媒体大肆渲染**摩门教徒**对传宗接代的热衷，把舍吉奥的这些淫秽念头加在她身上实在是格格不入。

"你知道吗？我做了一件让教会蒙羞的事！"忏悔的神情让朱蒂**玉雕般无瑕的脸上**笼罩了一片乌云，用我父母的专业术语来说，就是出现了许多面部动态性表情纹。

"没那么严重吧！"这句话是马丁常挂嘴边的挚爱，而我那**影子哥们儿**则每次听到都要气炸。

"我偷看了你的笔记本电脑！"朱蒂羞愧地低下头，像考试作弊被发现的小学生一样。

我无言以对，空气中漫长而恐怖的静默持续了足足一分半钟。无论是费尔南多，还是他的**演员定型大法**，还是已经植入我新习得的多重人格中的**卢梭式澳洲小伙子**罗伯特，都无话可说。连舍吉奥，这个无可救药的**话痨**的嘴里也蹦不出一个单字来，就连平常使得不亦乐乎用来侮辱我的句子也说不上来。

没有比这更戏剧化的场景了。要是马丁在这儿,肯定又要从**表演的角度**来分析一番:"两个年轻人挣扎在情感的边缘。角色的完美演绎固然重要,而同样重要的人物互动也几乎无可挑剔。两个人在几星期的相处之间逐渐酝酿出来的情感张力,实在太适合在镜头前面展示了。一个专业的导演,首先会来一个能看到这套曼哈顿高级公寓窗户的全景镜头,然后用电影学院里学到的跟踪摄影法把镜头逐渐推进,由远及近,一直推到满脸爱意的演员前,来个大特写。背景音乐一定得用帕赫贝尔①式的经典唯美旋律。如果我有幸成为导演,我会用直升机的航拍镜头作为这个镜头组的开端,把整个城市阳光明媚的全景摄入镜头,还有中央公园的瑰丽湖泊和多彩的文化气息,最后把镜头推进这层高级公寓……"

然而,无论我们现在的境况是多么戏剧化,可是现实生活并没有剧本可循。马丁要是真的身临其境,恐怕又会引用起他常说的一句话来:"大家都知道,生活没有说明书,所以表演艺术才如此伟大。它是能让这个世界变得更美好的事物之一。表演绝对是独一无二的,它为我们提供了行为模范……"

在这漫长的一分半钟里,无论我怎么搜肠刮肚,都找不出类似的电影或电视场景,好指导我在这个难堪的情景里如

---

① 帕赫贝尔(Johann Pachelbel, 1653—1706),德国音乐家,是巴洛克后期作曲家、管风琴家,代表作是 D 大调卡农。

何给朱蒂一个恰当的回复。要知道我脑袋里的数据库可是非常庞大的，各种题材和播放格式都应有尽有。难道又被心如明镜的辛达说对了，和奇葩马丁的理论相反，她认为无论是90还是120分钟的电影，与现实生活都是有着天渊之别的。

"连90分钟都不到的影片也就只有同志们才会看！所以现在无论是电影也好，戏剧、电视剧也罢，都是同志们的天下。"

XX

贯穿我整个青春期的极端害羞的毛病,似乎还是给我带来了某些好处,其中一点就是懂得准确地把握分寸。按照心灵鸡汤类书籍所说,拥有**抽象逻辑**的人懂得把达到总目标的过程细分为短期、中期和长期的小目标来逐步完成,这是一个人心理成熟的标志。而那些急功近利的人很快就会因为对时间的错误估算而吃亏。尽管我对电影和表演艺术无比热爱,但当代许多优秀的思想家却认为这个行业把很多人摔成了**破罐子**。

对于及时行乐天后辛达来说,这正是马丁人生失败的原因:生长于与绵羊和农作相伴的嬉皮士世界里,却幻想着只要走进大城市,就能像加里·库珀①一样在90分钟内能让芝麻大门处处为他敞开。

事实上,马丁的一件轶事正好印证了辛达的性格分析。

---

① 加里·库珀(Gary Cooper, 1901—1961),美国知名演员,获两次奥斯卡最佳男主角和奥斯卡终身成就奖,他重新定义了好莱坞英雄形象,代表作《正午》(*High Noon*)。

而这件发生在他离开家乡卡里翁德村不久以后的事，只有他最亲近的人才知晓。据说，他曾经带着一张证件照，勇闯马德里哈瓦那大道上的西班牙国家电视台工作室，要求参演当时最大手笔的美国影视制作。

"但是这个马丁可没你这头金发！他是标准的西班牙棕黄发色，就像当年艾娃·加德纳的那些露水情人一样，令她的一代歌王丈夫对各种流言烦不胜烦，嘿嘿……"

舍吉奥重新蹦了出来，对电影界的八卦秘闻津津乐道。他知道我一听到这些话就会沉不住气。

"我觉得你的妞儿安娜应该立马飞过来抓奸，就像辛纳特拉去逮艾娃那样！你觉得这个比喻怎么样？"

虽然我的**影子哥们儿**三番四次的坚持，但事实上安娜并不需要从马德里飞到纽约来阻止我移情别恋，即使娱乐圈的经典出轨戏码的确是年年上演，就像我们家的淘宝度假之旅一样。倒不是因为我没有机会，而是恰恰相反，用舍吉奥的话来说，要是换作一个**登徒浪子**，早就把握住每一个良机了：在波哥大九三公园咖啡厅里女粉丝的狂热，《贝尔梅霍一家》剧中姐妹们对我暗送的秋波，还有在"高峰"那儿让我逃之夭夭的狂野派对，甚至作为罗伯特也在中央公园让美丽的古巴女歌手一见倾情。

"该给你颁一个奥斯卡最克制演员奖！"

面对着朱蒂，舍吉奥的这句玩笑话用在我身上可真是恰到好处了。她也许才是我在这趟美洲之行里所受到的最大挑战，相比起来，连墨西哥城机场的死里逃生都不在话下。那会儿也就只不过是肾上腺素飙升了一下罢了,而此刻与美丽动人的朱蒂道别则是锥心的痛楚,这也是我在成年后第一次面对如此刻骨铭心的别离。我终于理解了马丁为什么说**成年人的世界是残酷的**。

"你是想用我的电脑发邮件吗?"在脑子经过一分半钟的空白过后,我没头没脑地问了一句。可朱蒂自己也有笔记本电脑。

"不……我只是想多了解你一点。"朱蒂还是死死盯着地面。

"哦,是这样啊。"我也低着头答道。

"安娜是你在马德里的女朋友,对吗?"朱蒂抬起头,用她强忍着"大西洋式泪奔"的哀伤蓝眼睛盯着我大惊失色的面庞。

"没错……"我即将被"地中海式泪奔"攻陷了,就像当年艾杜薇修女把我从圣诞戏剧表演的舞台上揪了下来那样。

"我明天就要回普罗沃了,我想这样对大家都好。"朱蒂在我的脸颊上轻轻地亲了一口,感觉像职业公关那样冰冷,然后就回到了她的房间里,关上了房门。

我离开马德里是为了演一部激情跌宕的**肥皂剧**,来克服天生的胆小害羞,而结果却硬生生地把我的现实人生演成了一部狗血**肥皂剧**。

"你现在能理解为什么那些摩门教徒会一夫多妻了吧?"舍吉奥绝不会放过任何能在我伤口上撒盐的机会,哪怕用马丁的话来说,我遭受的已是**情感重伤**。

我无言以对,尽管现在我的确十分理解这种对两全其美的渴望。此时此刻,我甚至能马上发誓信守摩门教派的创派教条,而不需要像某些著名演员那样,用几个月的时间去融入所扮演角色的生活,来达到人角合一的境界。尽管这些教条有非常大的**争议**并且游走在法律之外,比如说与成群温顺的妻子快乐地共同生活在大篷车里。如果能与安娜和朱蒂左拥右抱,我一定会成为世界上最幸福的男人吧?

　　但朱蒂知道这是不可能的。她不需要使出杨伯翰大学的心理学硕士学到的知识就能明白,从小被灌输的思想和信仰会成为像身体发肤一样成为必不可少的存在,如果要将其除去,就好比摘掉身上的器官,会造成极大的创伤。如果我是个顶级的演员,也许能出色地扮演一个三妻四妾的**原始而快乐的摩门教徒**,但我的良心却会无法安然接受这种**三角**、**四角或者五角**的爱情。舍吉奥这次是有道理的。

　　"你在奥古斯丁教会学校学到的看来不只是澳洲口音的英语嘛!"

　　的确,不仅在漫长的教会学校生涯中,我被不断灌输着一夫一妻制的观念,在佩雷斯家族这儿也是代代相传的传统。事实上,我的98战争英雄曾祖父正是这一传统的贯彻者,尽管他在敌军阵营里引来的**追求者**无数,他都巧妙地用**半推但不半就**的方式婉转地把他们打发掉了。就连那位美国护士,或是那位想要把他带回科罗拉多的高级军医,都没有机会沾上一点普拉森西亚旧报纸中所描写的"**大自然赐予的雄伟奇观**"的**雨露**。

"我真不知道你和那位98战争英雄曾祖父谁更不解风情些!"

尽管舍吉奥怀疑我们家族性趣贫乏,与拉丁民族热情似火的形象背道而驰。而且事实上还真不是这样,跟安娜在耶罗门大宅室内泳池里难忘的午后缠绵就可以说明这一点。这至少能成为一项**有力证据**,以消解我那影子哥们儿的**冷嘲热讽**。

然而,犹太导演兄弟却把另一个世界闻名的标签贴在了我角色的身上,把我定位为受犹太基督教义约束的道德感极高的**澳大利亚青年**罗伯特,在引人发笑的同时对现实进行尼采式的抨击。当然,他们的拍摄手法也不忘照顾大众的口味,看看他们之前的票房成绩就知道了。

"你就跟那个澳大利亚愣头青一样蠢到家了!"

舍吉奥确信,在罗伯特这个角色的试镜中,我最大的亮点其实不是一头**金发**,也不是墨尔本口音的英语,而是那张一看就知道连盘子都没打碎过的**单纯无辜的脸**。

看起来,这对犹太导演兄弟的举世瞩目的成就,并不是只投入巨额预算制作视觉效果美轮美奂的大片就能达到的,重要的是他们对人类心理的超强洞察力,他们的所有电影都是现实感十足并且撼动心灵的作品。

重量级的国际影评家弗朗索瓦·德兰勒夫,以他笛卡尔式的分析如此评论道:"如果给整个第七艺术界也做一场考试,那么我们让人又敬又爱的导演和编剧兄弟,凭着他们在电影中精心打造的细节,绝对能获得史上最高分。即使把他们放到整个艺术创作界里比较，也绝对能摘走荣誉的桂冠，因为他们的作品能触动人性中最原始的情感。可以说，他们是能洞悉人类情感的心理大师，要不，他们怎么可以做到让我们边哭边笑？从他们身上，能窥视到这个优秀的民族具有何种天赋。他们能将难以捉摸的人性看透并随心操控，甚至可以说，他们堪比塑造人类灵魂的圣人。"

罗伯特的**灵魂**纯净得仿佛是来自另一个星球的生物，目的是让我们**下流无耻**的世界在他面前变得**无地自容**。这对犹太导演兄弟的意图就是这样：用**尼采**的手法来阐明**犹太基督教**的道德规条。弗朗索瓦对此还有另一番解读，说他们乍看似乎是这些教条的完美代言人，但故意为之的过火造作却又让一切变得暗含讽刺。

罗伯特身处华尔街的巨型建筑群，这个场景简直具备了**奥斯卡金像奖**的风范，好莱坞造星大神古兹曼对此深信不疑。凭着他对电影艺术的独特触觉，他无须看完整部影片就能指出其中最具亮点的场景。对于他来说，**细节**更为重要。尽管**特技时代**已经来临，但古兹曼的一双慧眼是绝不会出错的，弗朗索瓦也曾对此赞誉有加。

可是，古兹曼却从来不知道这位国际著名影评家对自己做出了如此好评。在**美国**这个最利润滚滚的行业里，他不需要任何人的赞誉来包装自己也能如鱼得水。实际上，他也**不在乎**是否能跟这种**高高在上的法国影评家**或者其他孤芳自赏的欧洲文艺人扯上什么关系。要是弗朗索瓦胆敢对《星球大战》一代说点不好听的，早就被人**骂得体无完肤**了。他是何方神圣，要大家听他指点该如何欣赏电影呢？正如他在大苹果城转悠时不绝于耳的那首《一如往日》①所唱的那样，"我只是走我的路"。难道欣赏电影不应该像品尝世界上最好的红酒一样，得浅斟细饮吗？如果《星球大战》的影迷就是愿意中途跑到放映厅外休息，直到光剑在大屏幕上挥舞起来再赶回来看的话，那又有什么问题呢？难道只有像石像一样坐在座位上，一口气看完一部动不动就是十分钟长镜头的存在主义电影才算是懂得欣赏电影吗？

《美式镜头》既没有长镜头，也没有特技效果。这是一部犹太导演兄弟的招牌式影片，就凭这点便能让无论是弗朗索瓦还是《星球大战》一代都趋之若鹜了。正因为得此盛名，道琼斯指数中收益最高的制片商们都对这两位票房福星紧追不放，就像那些银行家围堵彩票中奖者一样。

"权贵们，颤抖吧！"

我的**影子哥**们儿舍吉奥与古兹曼不谋而合。影片中对华尔街的讥讽，很明显就是这对艺术家兄弟对**财团**们的追逐已经烦不胜烦，借此进行的反击。拍摄这部作品的目的，无疑是因为社会已经对这个被野蛮手段冲击得千疮百孔的体制忍无可忍，必须得找到一个宣泄的出口了。

"你将会成为新时代的代表人物！你的头像将会和切格瓦拉一样出现在年轻人穿的文化衫上！"

---

① 《一如往日》(My Way)，是一首欧美著名英文流行曲，旋律源自法国名曲《一如往日》(Comme d'habitude)。——译者注

犹太导演兄弟在《美式镜头》这部电影中，除了一如既往地贯彻着让他们之所以成为电影界榜样的精益求精以外，还尝试着在拍摄中加入**解构主义哲学**元素，旨在给观影者无论在视觉上还是心灵上都带来的极大震撼。这绝对是一部划时代的巨作，弗朗索瓦认为其成就甚至会**超越制作者们自己的预期**："如果说《堂吉诃德》开启了现代文学的先河，《美式镜头》绝对是继卢米埃兄弟发明电影艺术后的最重要里程碑。"

这位举足轻重的影评家对此巧合也感到非常惊奇，这回又是一对兄弟，又一次**打破了我们最基础的认知架构，把我们头脑也许无法接受的事实呈现在我们的眼前**。

罗伯特，这个**卢梭式**的澳大利亚青年，在弗朗索瓦眼中就是**自由主义精神**的象征。在无数次的革命失败后，所有**企图改变社会现状的承诺**都变成了**折戟沉沙**，被历史洪流冲去。而正是这种自由主义精神，将会成为**再次燎原的星星之火**。

当我们在华尔街拍外景时，恰逢一年里为数不多的几个重大节日之一，所有国际金融大厦都**人去楼空**了。美国各大媒体的摄影师们纷纷涌来拍摄现场，盼着可以拍到犹太导演兄弟这部新片的独家照片，大赚一把广告费。

在同一天，朱蒂从普罗沃给我发了一封电子邮件，告诉我她决定在未来几年都留在刚果，援助战火中的儿童；安娜在和我视频时悲痛欲绝，因为她的表姐罗莎里奥被哥伦比亚的游击队绑架了；我的父母一如既往地忙于工作，无暇理会别人的喜怒哀乐，打算以无心工作的名义辞退安娜，同时宣布乘坐廉价航空的跨洋旅行计划第三次流产。另一边,我讨厌**影子哥们儿舍吉奥**,正在津津有味地看我的**小资作风如何一点一点地被我企图重振英雄曾祖父威名的虚荣弄得土崩瓦解**。

还是同一天,我的定装时间出乎意料地长,几乎花了两个小时才为我的一头金发定好型。

仍然是同一天,一场伦敦式的薄雾笼罩了曼哈顿岛,为我这个漂洋过海只为**圆梦**的**青涩**演员,平白增添了一片愁云惨雾。不需要成为马丁也能意识得到,这一定是上天给我的苦难与惩罚。

然而,依然是同一天,路透社的实习摄影记者本·鲍梅斯特在华尔街摄下了一组震撼的照片,把**一路走来的我**在那一瞬间化为永恒。我在其中的一张照片里,把一切浓缩在了一个表情里:**我的演员定型大法,我的地中海式泪奔,我的大西洋传承,对自信的寻觅,对走出童年阴影的向往**,对试镜的逃避,还有最重要的是此刻的**失落感**。一切都定格在我那一瞬间的怅然若失里,而这种感觉似乎是所有拥有灵魂的生物的共性。这种深入骨髓的失落感让我无法感受到一丝一毫的快乐。在这一瞬间,我忽然明白我的98战争英雄曾祖父当时为什么会对其丰功伟绩淡然处之。归根到底,**人生总是失去的比得到的多**。这是只有在生命里才能学习到的真谛,尽管我人生中所有的导师——从奥古斯丁修女到奇葩但**亲爱**的马丁——都或多或少地都曾经尝试着让我**领悟**到这一点。

因此,当本·鲍梅斯特在他的数码相机屏幕上看到这幅

熔铸了对世事种种拷问的照片时，也怪不得会浑身战栗了。犹太导演兄弟第一眼看到这幅照片，便把它钦点为《美式镜头》的封面海报了。我神情复杂的这张照片正好完美地诠释了《美式镜头》的精华。这种覆盖人物头部到膝盖高度左右的中景**镜头**，是典型美国西部片最常用的镜头，因此而得名。这个镜头把所有人都处于同一水平线，无论是好人还是坏人，无论是警官还是痞子，统统一视同仁。它既没有特写的狂妄，也没有远景的空洞。因此，美式镜头可以看作是追求与挽回社会公义的一种象征。而我在封面照片上的神情，恰好能准确地传递这个信息，所以被印在了宣传海报上，贴满了全世界大街小巷。在电影大获成功的日子里得日复一日地忍受着世界各地的严冬酷暑，身为一张海报其实也真够可怜的。

当世界**金融巨鳄**史蒂夫·道格拉斯与罗伯特撞了个满怀时，后者并不知道，他的话语将会为前者带来**心灵的叩问**。

犹太兄弟的剧本绝不墨守成规。传统剧本描写动作时一般都非常呆板，所有**创造力**都留待导演来**发挥**，因为演艺学校就是这么教的。于是，当导演同时也是编剧时，便一定能孕育出一部出色的作品。因为由始至终，每位演员都能非常清楚每个场景想要表达什么，而每一页剧本的脚注都像**人生哲学**那般深刻。

"罗伯特将会变成一个当代犬儒，但却不是普通的犬儒。我们想把他设定为第欧根尼式的大神级的犬儒主义者。因此史蒂夫得把自己想成亚历山大大帝。要传递的信息很经典：世上最快乐的人并非拥有最多的人，而是欲望最少的人。"

"你走路不带眼睛的啊！"身穿价值两千美元西服的史蒂夫与看似笨拙的罗伯特撞了个满怀，怒不可遏地**骂道**。

"生活，就是学习如何失去的过程。"

这句**反体制意味浓烈**的台词迅速被翻译成各种语言，演变成朗朗上口的至理名言，在世界范围内飞速流传，半个地球的青少年都把它当作了金科玉律。弗朗索瓦说，新一代的年轻人将会因此变得聪慧而无私，也就是说，活出一个真正的时代来。这位国际影评大师在他的笛卡尔式电影分析中一再强调，看《星球大战》长大的这**一代人**，是**危害世界和平的推波助澜者**。然而另一方面，他却忽视了"时代"的概念**是历史最重要的组成部分**，某位几乎已被遗忘的智者曾这么说过。而他自己，却在不知不觉间也成为如是**一代人**里的一员，把刻板印象、社会阶层、标签、绰号及偏见等**化成了恶毒的武器**，令无数人**失落沮丧**。

不需要老生常谈的马丁跳出来说我也知道，这恰好是我**人生故事**的关键。把我带到美国来的，是我的一头**金发**和有时会让人十分担忧的**羞怯性格**。这两个标签在童年、少年和青年时期都给我烙下了深深的印记。而在这场比**尼采更尼采的游戏**中，这些标签却和我 98 战争英雄曾祖父的事迹一样，在我的生命中担当着同样重要的角色，这大概就是命运的旨意吧！"一场永恒的轮回"，我的影子哥们儿舍吉奥唤起了我在高中哲学课上的难忘记忆。

XXI

"你想象不出来有多轰动!"安娜在邮件中跟我说,当媒体发现理查德实际上名叫费尔南多,是一位**优秀的伊比利亚演员**时,顿时**炸开了锅**。

"你将会像独裁时期那位从美洲归来的口水歌手一样风靡全国!"我的影子哥们儿已经想出了**讽刺我的最佳形象**了,还特别借用了我在独裁时期的希菲萨公司老电影里看回来的那些套路。

"那我爸妈呢?"我不安地问安娜。

"他们可兴奋了!从早到晚都在忙着接媒体的电话。"

在我的脑海里浮现出了一番景象:我爸妈一边与八卦杂志出版社谈着未来的独家报道协议,一边用打点马格里布地毯摊子般的殷勤带他们参观我们的祖传大宅。他们把之前对娱乐圈的种种偏见全抛在脑后了,而**热带疾病研究**的谎言当然也不在话下了。他们甚至把我的故事拿来和98战争英雄曾祖父的事迹对比,为圣诞晚餐的例行历史回顾时刻又增添了一个新环节!

"大家都对我们虎视眈眈！"安娜跟我说，那些记者甚至连家里的用人都不放过，开出高价企图揭开我这位**新晋国家英雄**的神秘面纱。

在从纽约到马德里的回程飞机上，没有人跟我开口搭讪，没有天才童星和她的嗜睡母亲，也没有电视剧迷飞机师。但从身边乘客们的闪烁眼神里，透露出他们都认得我这头**金发**，这头在荣居近年票房榜首的电影巨作的海报中熠熠生辉的金发。当然了，我这回坐的不是廉航，也不在经济舱内。在当红名导的好莱坞大片中出演主角可不是开玩笑的。舍吉奥说，我现在就像是古时从传说中的黄金国荣归故里的**拓荒者**。

然而，我倒是更愿意从另一个角度来看。我尽量依照那些把严谨行为心理学加水炖煮而成的心灵鸡汤所指引的那样，用最积极的目光去看待当下。尽管舍吉奥这个**虚无主义者**又一次用最尼采的方式，提醒我"**自欺欺人者最快乐**"。

"没有人会原谅你获得奥斯卡提名的！"舍吉奥坚持他半个空瓶子的消极态度。

"那么，要是我真像古兹曼断言的那样拿下小金人，别人都会盼我不得好死了是吗？"

"该隐是阴魂不散的啊……"

"这也太土了吧！"我不等舍吉奥把话说完就赶紧打断了他。

"你会一辈子后悔曾想重演98战争英雄祖父的辉煌的！记住我这句话吧！"

"也许你说的有道理……"赶在舍吉奥继续啰唆他那些预

言之前，我赶紧投降了，以便静心**享受**平生第一次如此四平八稳的飞行体验。

"你是很聪明，但是你骗不倒我的！即便你像对待疯子一样想随便打发我，也没法阻止我继续提醒你，到了巴拉哈斯机场你就在劫难逃了！"

"我就知道你是这样的人！"

"人怕出名猪怕壮，普罗大众就是看不惯明星纸醉金迷的生活，盼着他们出糗来找心理平衡的！"

"这就是狗仔队被发明出来的原因。"

"还有那些娱乐八卦周刊里码字的……"

舍吉奥最终说出了这个能刺到我最大痛点的猜想：众所周知，**明星的隐私**是属于在媒体中有**发言权**的那些人的**共同财产**。

"你准备好怎么对付绯闻了，还有那些批评博客呢？还有肚皮上自带游泳圈的泳装照呢？"

"我可没有游泳圈！"我冲口而出的回答让舍吉奥得意万分。他就像所有没文化的粗人一样，逮着别人的错处不放。

"美图秀秀一下你就有了，帅哥……"

其实，我本来就不适合坐飞机，无论是越洋的还是不越洋的。我想象狗仔队将会怎样利用我和安娜，甚至和朱蒂的故事大做文章，在我的简历里挖出最让我**羞于启齿**的一部分，然后浓墨重彩地渲染一番。没人会喜欢听一个年轻人如何跨过大西洋去克服**害羞**的毛病并追求梦想的滥俗故事，更不用说我98战争英雄曾祖父的那些事迹了。毋庸置疑，就像舍吉奥所说的，另一个版本显然会**更有市场**：一个**金发**西班牙小伙，不择手段地用上了墨尔本青年理查德的假身份，目的只是为了追名逐利。

我准备好迎接这一切了吗？我会变成一个冷漠功利的"生意人"吗？难道这不是意料中的事吗？

曾经在地方剧场小有名气的马丁不是已经反复提醒过我们名气会带来的后果吗？我不是对别人的评价已经不在乎了吗？或许真的会像舍吉奥所预言那样，我常年积累下来的认知行为心理学知识也无法抵抗即将铺天盖地汹涌而至的舆论洪水呢？

然而，我唯一可以确定的是，我 98 战争英雄曾祖父的态度，尤其是在立下**丰功伟绩**后的表现，将是我效仿的榜样。不论处于何种境况，我都不能把传承自他身上的精神抛诸脑后。这也是我在**心灵鸡汤丛书**里面学到的诸多道理中的一个：坚守道德准则，让别人对你无从诟病。我的 98 战争英雄曾祖父最值得钦佩的一点，就是他获得了敌我双方的共同赞誉。

"尊敬的吉柏托·佩雷斯上尉，在不费一枪一弹，连敌军也同样毫发无损的情况下，把普拉森西亚的传统精神发扬光大。"

地方报纸上的这篇文章，是我们在每年平安夜家宴上举杯欢庆的缘由，巴兹克兹所作的肖像画年复一年地见证着我们的和平颂。这位英雄的形象似乎在对佩雷斯家族的**年轻一代**嘱咐，时刻要谨记把他宽宏博大的人生观延续下去。

而我，将会践行他的遗志。面对舍吉奥为我描绘的可怖前景，我将会再次将我这天掉下来的优越基因发扬光大：像我的 98 战争英雄曾祖父那样，谨遵康德的道德义务，为尽可能多的人的幸福着想，低调地把我的荣耀与众人分享。

"你以为他们会轻易放过你吗？"我话音刚落，我那影子哥们儿就急不可耐地继续预言起灾难来了。

"但是我有一个全新的计划！"在万米高空，飞机正在越过亚速尔群岛上空时，我的创造性和溯因性推理思维被重新激活了。

"现在已经是千钧一发了！难不成你现在要变装吗？"

"谁知道呢！我准备以一颗慷慨的心来迎接挑战……"

卢梭式澳大利亚青年罗伯特的精神驱动着我，他的头像与那位 20 世纪最流行的**革命英雄**形象还真是不无相似之处，这驱使着我梦想创造一个史无前例的乌托邦。我并不是在信口雌黄，因为我已经满足当代心理学提出的**必要条件**之一：**实现了最竭力追寻的其中一个梦想，自我价值已经得以实现**。

"好心不会有好报的！你越是扮演好好先生，媒体就会对你攻击得越卖力！"尽管我一再抗争，舍吉奥还是穷追不舍，让我的长途旅行不得安宁。

"没有人会识破我的！"我斩钉截铁地答道，像被**远古神灵**上身向世人宣告真理一样。

"他们会窃听偷拍，把你抓个现行！"

我从座位上站了起来，但这与所谓的**经济舱综合征**没什么关系。这是我第一次主动中断了和舍吉奥的对话，连我自己都几乎不敢相信我真的这么做了。在这最新一代的空中客机上，通往洗手间的道路似乎格外明亮。在我的脑海里全是在马德里落地后的各种计划。我第一次真正感觉自己像 98 战争英雄曾祖父那般英勇无敌。这感觉真爽！

XXII

这是我很久以来的第一次，走在马德里街头而没有感觉到任何**直接**的或是**间接**的、看似**彬彬有礼的羞辱**了。无数次试镜失败或者临阵逃脱的经历，曾经让我对这个见证我成长的一国之都充满了厌恶。舍吉奥是第一个发现这个异常现象的。而且我竟然发现没有人盯着我的金发看，这比我在美洲冒险之旅里获得的误打误撞的成功还要诡异。我的98战争英雄曾祖父绝对会为他的曾孙子感到骄傲的，因为我在美洲重演了他那段光辉的历史。我在归途客机上幻想着的这些**乌托邦**情景，即将要变成现实了：**城市街头自由地漫步，为我的电影寻找着别致的外景。**

在电影圈内，伟大的演员总是想着过渡为伟大导演，而事实上也有这样成功转型的例子。但马丁却觉得，能获得这种至高无上的荣耀的人，**屈指可数**。在争取全面实现自我的路上，我将要再向前迈进一大步。在多年来对那些自以为是的导演言听计从后，轮到我这位"伟大的演员"**出击**了。

在我的**乌托邦**里，我并不想像马丁所说的那样向任何人

还击，也不是为了满足自己的骄傲或者无止境的虚荣心，对这一切我都已经**不感冒**了。我只是想为这趟**特殊的美洲冒险之旅**画上一个完美的句号，就像我的 98 战争英雄曾祖父那样。

"'理想主义'和'乌托邦'的区别在于，前者是可能实现的，而后者却注定要失败。尽管对于很多人来说，乌托邦实际上代表了来得太早的真理。"

当我的高中哲学老师鼓励我们追随理想甚至心中的**乌托邦**时，我从来没有想过在二月隆冬里的这一节课，将会如此深刻地影响我短期、中期、长期的处世方式，甚至转化为那个无时无刻不在烦扰着我的**画外音**，它的名字就叫舍吉奥，令我在面对任何事情时都逃不出怀疑主义的魔咒，甚至直接沦为更极端的**虚无主义**。这位优秀的哲学老师教出来的一代又一代的学生，在青少年时期都成功地把他们尚未成熟的**思想**向着积极的方向转化，而这绝对不是偶然。

我的**第一次重大转变**发生在高中快毕业的时候，那时我在**电光石火之际**做出了一个连自己都无法相信的正确决定：同时学习医学和戏剧表演艺术。舍吉奥坚称这是我对"**传统小资家庭**"的束缚做出的独立宣言。但是我真正的转变却是在踏上美洲大陆时开始的，就像我 98 战争英雄曾祖父当年那样。

然而，这次美洲冒险之旅尽管已经相当"**理想主义**"了，但它距离真正的"**乌托邦**"愿景还差了那么一点点。

当空客翱翔在堂吉诃德的家乡拉曼查地区伊列斯卡斯上空时，我在机舱内的洗手间里设计好了通向"**乌托邦**"之梦的每一个步骤：让舍吉奥彻底闭嘴；用加拿大名牌染发剂把我这一头**不知是好是坏**、有时还令我**非常心塞**的**金发**染黑；步出巴拉哈斯机场时，以一头典型**地中海风情**发色的新形象成功避开**狗仔队**的注意；到达耶罗门大宅时，接受那条喜怒无常的德国牧羊犬罗斯基破天荒的热情迎接。

"我终于成为一个真正的演员了！"

这话不是舍吉奥说的，也不是贝尔梅霍家族的斯拉夫养子，更不是理查德或者罗伯特说的。

不需要砖家马丁的总结陈词，也不需古兹曼来**预言我将获得电影界的最高殊荣**。这句话出自全新的费尔南多之口，这就已经足够了。

新生的费尔南多已经找到了哲学终极难题"**我是谁**"的答案。他已经准备就绪，要把自己的"**乌托邦**"化为现实。

这个**乌托邦**计划已经启动了。与其他**好莱坞大腕**一样，我家的耶罗门豪宅，将会按照纯弗兰克·卡普拉风格被改造成史上**最革新**的影棚。

导演兼演员费尔南多，将要把他的98战争英雄曾祖父还不为人知的光辉事迹拍成电影。这部全新制作的演员阵容更是近年来**最独一无二**的：美貌与智慧并重的辛达，天资过人的小阿娜伊，甚至还有奇葩的马丁。当然，像所有的乌托邦计划一样，特别致敬、本色演出、友情客串这些是一定要有的。要不再加上一对将自己的家变成工作室，慷慨为穷人服务的整形外科医生父母？

安娜呢？当然少不了她的戏份。朱蒂呢？同样也是角色之一。阿兹特克航空公司的两位英雄机长呢?也不会例外。巴拿马裔出租司机埃德温?这还用说!那巴勒莫呢?当然也得算上他……所有人都会出现,因为他们都是我的乌托邦里必不可少的元素,少了谁都不行。

"那舍吉奥怎么办?"

舍吉奥将会扮演非常重要的角色,可以说是举足轻重。他的角色源自深层次的需要,是一切运转的根源。舍吉奥将化身为一个力图摆脱所有歧视、疑虑和恐惧,寻找内心真正动力的演员。

"主角还会是金发的吗?"

"这有什么所谓!"

"这个角色稳拿奥斯卡吗?"

在我 98 战争英雄曾祖父仍不为人知的乌托邦式故事里,回报是不值一提的……